赤き太陽の神去団地

獄門撫子此処ニ在リ 2

ごくもんなでしこここにあり

伏見七尾 ❖ [illustration] おしおしお

You alone will be burned and devoured in Naraka because of your own evil deeds. Your family, such as your wife, children and brothers, cannot save you.

獄門撫子《ごくもんなでしここにあり》

CONTENTS

You alone will be burned
and devoured in Naraka
because of your own evil deeds.
Your family, such as your wife,
children and brothers,
cannot save you.

「あなたはここにいて、アマナ
――神去団地は私が壊す」

無花果アマナ
［いちじくあまな］
檣堂ひすい
［しきみどうひすい］
枕辺鮎美
［まくらべあゆみ］
花を大切に
花を大切に
花を大切に
花を大切に
花を大切に
花を大切に
MILK

「――算啦《シュンラ》。まァ、気にすることはない」

四月一日白羽《わたぬきしらは》
真神雪路《まがみゆきじ》
獄門撫子《ごくもんなでしこ》

羅々
［らら］
咬月院ジャノメ
［こうげつぃんじゃのめ］
哭壺狼煙
［なきつぼのろし］

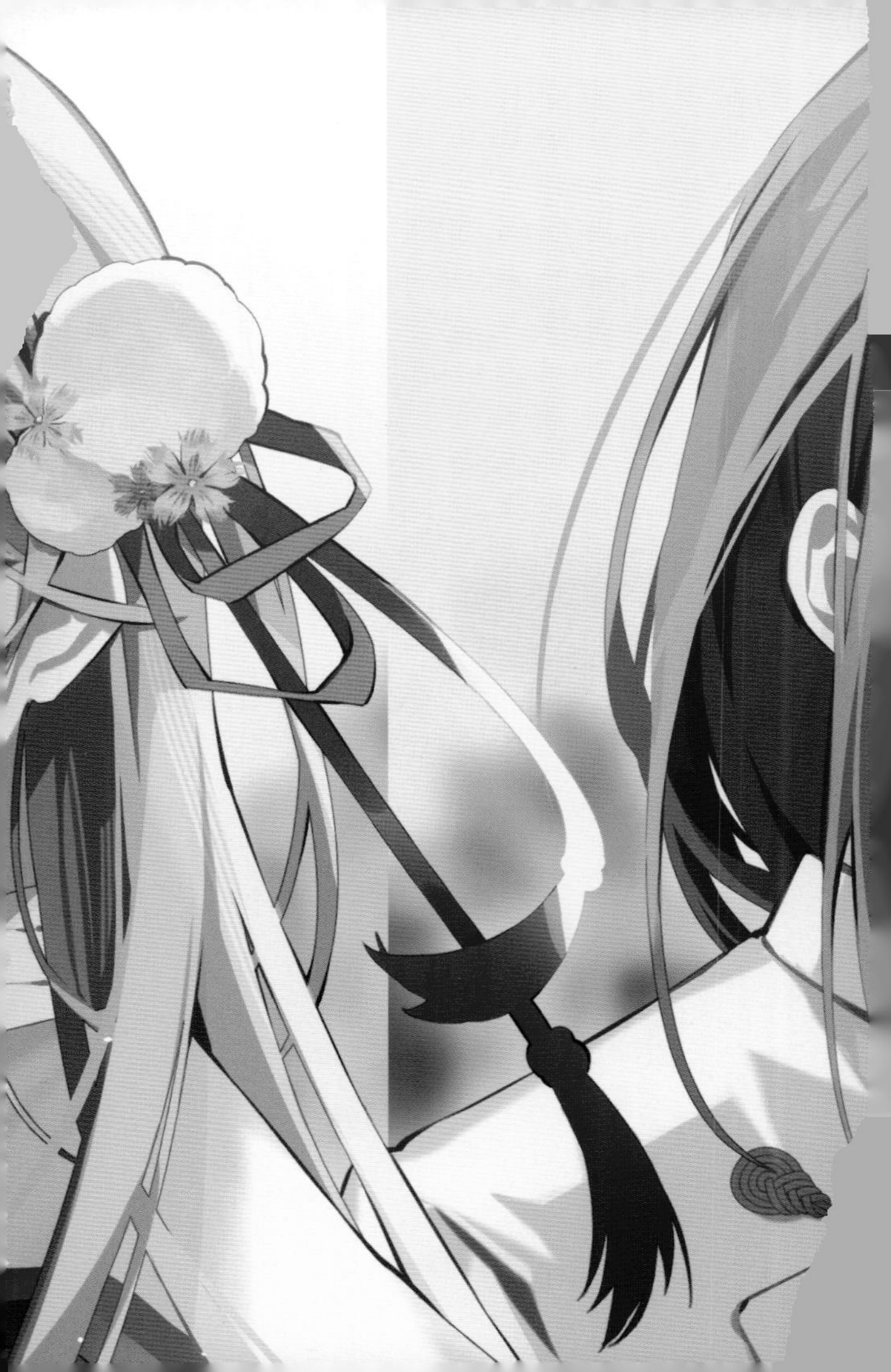

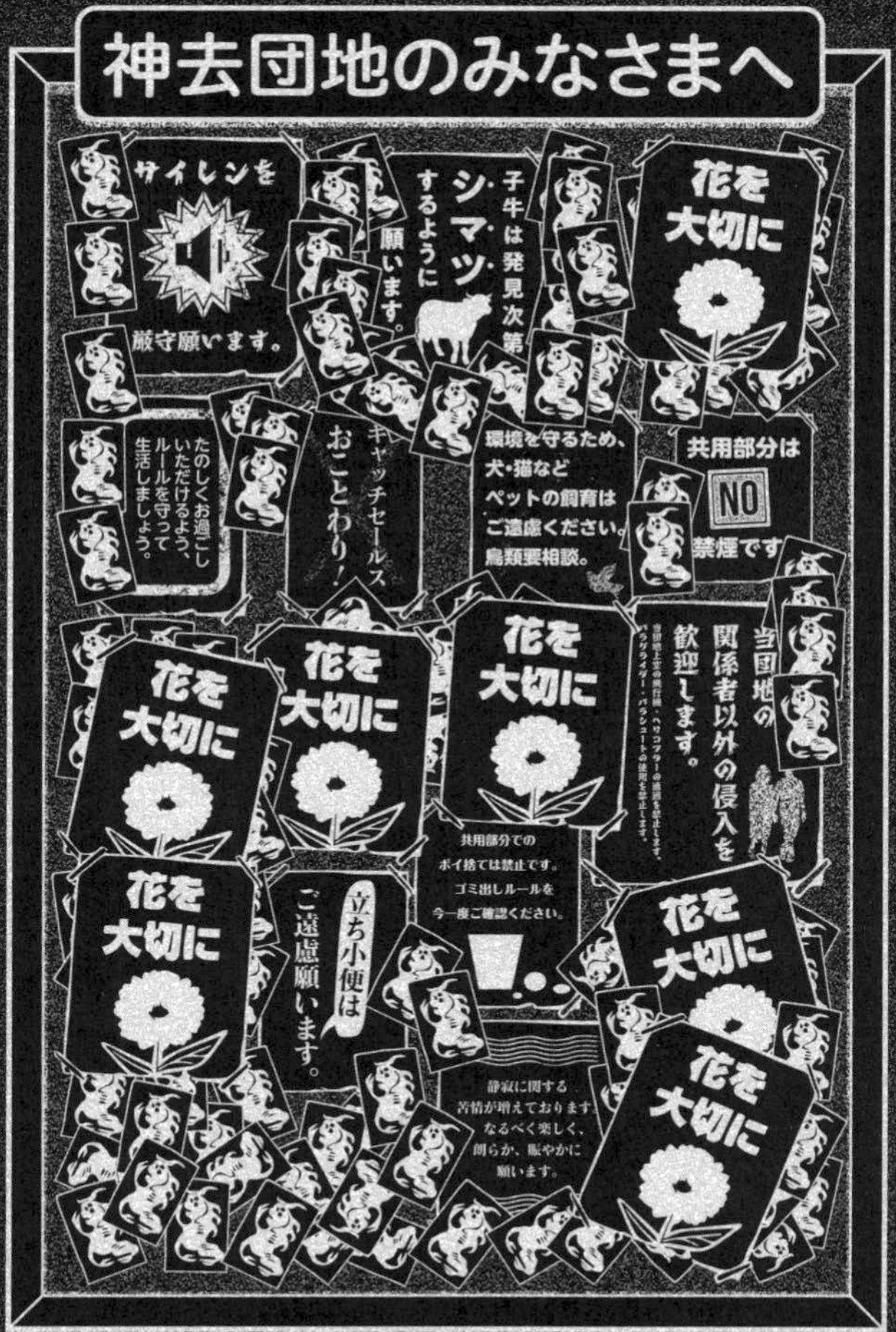
神去団地のみなさまへ
サイレンを厳守願います。
子牛は発見次第シ・マ・ツするように願います。
花を大切に
たのしくお過ごしいただけるよう、ルールを守って生活しましょう。
キャッチセールスおことわり！
環境を守るため、
犬・猫など
ペットの飼育は
ご遠慮ください。
鳥類要相談。
共用部分は
NO
禁煙です
花を大切に
花を大切に
花を大切に
当団地の関係者以外の侵入を歓迎します。
当団地上空の飛行機・ヘリコプターの通過を禁止します。
パラグライダー・パラシュートの使用を禁止します。
共用部分での
ポイ捨ては禁止です。
ゴミ出しルールを
今一度ご確認ください。
花を大切に
立ち小便はご遠慮願います。
花を大切に
静寂に関する
苦情が増えております。
なるべく楽しく、
朗らか、賑やかに
願います。
花を大切に

序　鬼は沈み、天狗《てんぐ》は浮く

紀元前——星降る青丘山《せいきゆうざん》の頂で、女は碁を打っていた。

美しい山だった。宝玉が地を成すこの山の夜は、天地に星が満ちているように見えた。

「……我の言葉をよく覚えておくといい」

女の顔は絹の布で隠されていた。それでも、息を呑《の》むような気品が滲《にじ》み出ている。

「我はじきに彼方《かなた》に赴くけれども、汝《なれ》のことはいささか気がかりだ。宿した星気の障りか、元よりの霊魂の歪《ゆが》みか……兎角《とかく》その性《サガ》は、汝に幾万もの惨苦をもたらすだろう」

女が白の石を打つと、黒の打ち手は惑うそぶりを見せた。

黒の石を挟む爪《つめ》は鋭く、瑠璃《るり》の如《ごと》く青い。眩《まばゆ》い金の髪が、身じろぎするたびに煌《きら》めいた。

「だから改めて、この女媧《じょか》が改めて世のいくらかを教えてやる」

永い夜だった。いくつもの星が流れ落ちた。いくつもの神秘が、女媧の口から語られた。

「——天狗と鬼はどう違うのです。どちらも人の成れの果てでしょう」

黒の打ち手が問うと、女媧は碁盤を指先で軽く叩《たた》いた。

白の石が一つ、盤上から浮き上がり——それだけだった。石は、空中で静止する。

「これが、天狗だ。軽骨故に何処《どこ》までも飛べるが、空虚故に何処にも辿《たど》りつかない」

続いて女媧は黒の石を一つ盤上から取り、相手に差し出した。

黒の打ち手の掌《てのひら》に、碁石が落ちる。しかし、それはすぐに碁盤へと零《こぼ》れ落ちた。

並ぶ碁石が震え、紫檀《したん》の盤上に亀裂《きれつ》が走る。

「これが、鬼だ。執念の鎖に囚《とら》われ、人よりも人でありすぎたが故に沈みゆく」

「成程。よくわかりました。どちらも無様な存在というわけだ」

「これだけで理解した気になってはいけないよ、金色《こんじき》の」

「……私よりも劣っていることは確かでしょうに」

九重円を刻んだ双眸《そうぼう》が嘲笑《ちょうしょう》に光る。そして黒の打ち手は、扇子で天頂を示した。

「人が地の石なら、私は天の星——これほど貴き私を、どうして貴女《あなた》は置いていくのです？」

「……今の汝に、我の真意はわかるまい」

物憂げに囁《ささや》き、女媧は盤上に指を滑らせる。亀裂が溶けるように消えさった。

そうして、新たな白を盤に打ち込んだ。黒の命脈を断つ一手に、黒の打ち手は笑みを消す。

「鬼は執着により沈み、天狗は逃避により浮く。即《すなわ》ち、如何様にでも成れてしまう……それが人というもの——いつか汝を脅かすモノなんだよ、我の子狐《こぎつね》」

獄門撫子此処ニ在リ《ごくもんなでしここにあり》

赤き太陽の神去団地 ❖ 2

You alone will be burned and devoured in Naraka
because of your own evil deeds. Your family, such as your wife,
children and brothers, cannot save you.

獄門撫子此処ニ在リ

伏見七尾

[イラスト] おしおしお

[題字] 蒼喬

[デザイン] AFTERGLOW

一　神去団地《かむさりだんち》に至る

ジリジリジリ――目覚まし時計の音に、撫子《なでしこ》は呻《うめ》いた。

窓に貼られたステンドグラス風のシールが、天井にカラフルな光を投げかけている。時計を確認すると、一昔前のヒーローを描いた文字盤が七時半を示していた。

（学校がある日に、撫子がいつも目覚める時間だ。）

「撫子、早く起きなさい。学校に遅れちゃうでしょ」

いいにおいがする。恐らくは、オムレツを焼くにおいだろうと撫子は思った。

（撫子の母親の得意料理だ。彼女は卵料理を得意としている。）

おんおんと頭が痛む。撫子は眉《まゆ》を寄せつつ、なんとか布団から這《は》いずりでた。

小さな和室だった。古いシールを大量に貼った勉強机には、鞄《かばん》と制服とが用意されている。

（撫子が小学校時代から愛用している机だ。日曜大工が趣味の父親が作ってくれた。）

机の上に転がる名札には、『歌方《うたかた》』の苗字《みようじ》が刻まれていた。

「……うたかた……なでしこ……？」

(撫子《なでしこ》は――歌方《うたかた》撫子は、自分の名前を口にした。)

部屋の隅に、姿見がある。撫子はよろめきながらも、そこに立った。

ミルクティー色の髪に、落日の空を思わせる赤い瞳《ひとみ》。このうえなく美しい容貌《ようぼう》は、いまはどこかやつれてみえる。首筋には傷一つなく、シンプルなパジャマを纏《まと》っていた。

「撫子ー、遅刻しちゃうわよー」

女の声に、我に返る。姿見に背を向け、撫子はのろのろと朝の支度を始めた。

布団を片づける。ぬいぐるみをもふもふする。そして、パジャマのボタンに手をかける。

『――何をしている?』

陰鬱《いんうつ》な男の声に、息をのんだ。

振り返った先の姿見には、自分の顔が映っている。その背後には、着流し姿の男が佇《たたず》んでいた。鏡の縁で、首から上がほとんど切り取られているように見える。

顔形は判然としない。左の輪郭が奇妙に揺らいでいる。

撫子は鏡を見つめたまま、肩越しに震える手を伸ばした。そこには、なにもない。

(見てはいけない。あれは、悪い夢だ。)

男が、ゆらりと長身を屈《かが》める。枯葉の擦《す》れるような音がした。

『ここは野良猫のいるべき場所ではない……とっとと狭いねぐらに帰るんだな』

頭がおんおんと痛んだ。そして血管が焼けそうなほどに、体を巡る血が熱くなる。

声も出せないまま、撫子は鏡に手を――。

「――撫子ッ！　起きなさい！」

響き渡る女の声に、撫子はびくっと背筋を震わせた。

和室に異変はない。目の前には姿見があり、血の気の引いた自分の顔だけが映っていた。

「なんなの……？」


ぼんやりとした頭痛を感じながら、狭い洗面所で顔を洗う。

時計を見ると、のんびりと朝食を楽しむ時間はなさそうだ。撫子はため息をついた。

『……未熟者め』

撫子は凍りついた。洗面所の鏡には、背後の風呂場《ふろば》の扉が映っている。

ガラス扉にうっすら、隙間《すきま》が空いていた。暗い狭間《はざま》に、呪符《じゅふ》で覆われた影が見える。

『さっさとよそへ行け。ここはお前には不相応な場所だ』

叩《たた》きつけるようにして、ガラス扉を開けた。

カランから、雫《しずく》がぽたりと滴り落ちた。冷えたタイルのどこにも、影一つない。

（幻覚だ。悪夢の名残りだ。すべては、終わったのだ。）

撫子は頭を抱え、呼吸した。聞こえるのは心臓の鼓動と、浅い呼吸と、水滴の音と――。

「撫子！」――洗面所の扉が開いた。

ゆるゆると顔を上げる撫子《なでしこ》の視界に、目を丸くしたスーツ姿の男が映る。

「どうしたんだ？　具合が悪いのか？」

「え……えっと……あの、わたしは大丈夫よ……」

「なら、急がないと。遅刻してしまうぞ」

男にせかされるまま、撫子はダイニングに足を踏み入れる。

窓から、燦々《さんさん》と陽光が差し込んでいた。ブラウン管からは和やかな天気予報の声。小さなテーブルにはテーブルクロスが敷かれ、そのうえには食事が並んでいた。

「おはよう、ねぼすけさん！　冷めちゃうかと思ったわ」

洗い場で手を洗いつつ、エプロンをつけたふくよかな女が笑いかけてきた。

「おお、今日も美味《うま》そうだなぁ。さて、新聞はと……」「はい、あなた。ほら、撫子もぼうっとしていないで……」「撫子、おいで。スープが冷めてしまうよ」――。

（テーブルについた父と母がせかしてくる。早く食べなければ、学校に遅刻してしまう。）

「……ええ、いただくわ」

撫子は小さく微笑《ほほえ》みつつ、テーブルについた。

トースト、オムレツ、レタスのサラダ、にんじんのスープ。目の前に並ぶ品々はシンプルだが彩り豊かで、においを嗅《か》ぐだけでも唾《つば》が湧《わ》いてくる。

「ごめんなさい、ケチャップを……」

撫子は目を見開き、口元を手で押さえた。

「どうしたの、撫子？」「顔が真っ青だぞ。やっぱり、具合が悪いのか？」

同じ食卓についた男女が顔を見合わせ、心配そうな声をかけてくる。

――この人達を、なんと呼べばいいのかわからない。

「あ、ああ……厭《いや》……」

血が、熱い。炎の奔流の如《ごと》きそれが、耳元でごうごうと音を立てている。

――これは偽りだと本能が叫んでいる。

（全ては幻だ。歌方《うたかた》撫子がいま感じている恐怖は、全て幻だ。）

「わ、わたし……違う……わたしは……」

『うちなぁ――』女の声がした。聞いたことのない声だった。

なのに、細胞が震えた。撫子を織りなす遺伝子が、あの赫《あか》い戦慄《せんりつ》を覚えていた。

『茶番は、きらい』

ぼうっ――と音を立て、世界が燃えだした。

陽光に包まれたダイニングを、彼岸花の如く鮮烈な炎が蹂躙《じゅうりん》していく。

「や、やめて……」

こちらを気遣う男と女の顔が、火中の写真の如く焦げていった。彼らの優しい言葉は雑音にかき消され、徐々に聞き取れないものになっていく。

黒く歪《ゆが》んでいく像の狭間《はざま》で、赫《あか》い瞳《ひとみ》がじっと自分を見つめていた。

「お願い、お願いよ……とらないで……！」

手を伸ばした途端、世界は焼け落ちた。ダイニングは奈落《ならく》と化し、火の断片が闇《やみ》に舞う。

撫子は悲鳴を上げ、燃える断片を必死でかき集める。

どれほど手を焦がしても、脆《もろ》い断片は集めた傍《そば》から砕けていく。灰と化して零《こぼ》れ落ちる断片を見つめ、撫子は透明な涙を零した。

「どうして……どうして、こんな……ひどいこと……」

「——」

——彼方《かなた》から、呼ばれた。

濡《ぬ》れた目を開けば、焼けた掌《てのひら》を満たしていた灰は花弁と化していた。

透き通るような花弁——桜だ。認識した途端、それは掌から一気に舞い上がった。

幾千もの花弁が、あたたかな風とともに奈落に散る。それは柔らかな衣のように——あるいは誰かの指先のように撫子の髪を掻《か》き撫《な》ぜた。

「——」

——傍らから、呼ばれた。

安らかな心地だった。ありとあらゆる傷が、幽《かす》かな桜の芳香に癒《い》やされていくのを感じる。

撫子は目を伏せ、花の嵐《あらし》に身を委《ゆだ》ねた。


——撫子は、目を開いた。

とっさに、起き上がろうとする。その拍子に硬い木のベンチから、地面へと転げ落ちた。

「う、うっ……く……なんなの……？」

苦悶《くもん》の呻《うめ》きをあげつつ、撫子はなんとかベンチへと這《は》い上がった。冷たい風がミルクティー色の髪をなびかせ、打ちつけた肩をしくしくと痛ませた。

頭上には、息をのむほどに鮮やかな青空が広がっている。

彼方に目を向ければ、白い雪をかぶった寒々しい冬の山々が見えた。山の方は曇っているらしく、山影は粗い麻の布を通したかのように煙っている。

そして撫子の周囲には、双子のような建造物があった。

いずれも、これといった個性のない形をしている。ささやかなベランダも、でんと据えられた巨大な塔屋も――クリーム色のペンキの劣化具合さえもそっくりだ。

そんな異様なほどに瓜二《うりふた》つの建物の狭間に、撫子はいた。

奇妙な香りがする。夢で感じたものとは異なる甘ったるいにおいが、辺りに満ちていた。

「何よ、ここ……」

よろよろと立ち上がったところで、撫子は己の状態に気がついた。式部《しきぶ》女学院のセーラー服は乱れ、露出した肌にはいくつかの擦《す》り傷《きず》がある。

「一体、何が……っぐ……」

ぼんやりとした頭痛に、額を押さえた。

激しい痛みではない。しかし、視界をぐらぐらと揺らすような痛みだ。そうして背中に砂袋でも載っているかの如《ごと》く体は重く、そのうえ眠気までこみ上げてくる。

撫子《なでしこ》は頭痛の原因を思い出そうとして、はたと動きを止めた。

「わたし……何……？」

頭蓋骨《ずがいこつ》の中に、濃霧がかかっているような気がした。そこに確かに記憶はあるのに、手繰り寄せようとすると輪郭が消え去る。

自分がどこの撫子なのか――一体何者なのかが、わからない。

ミルクティー色の髪をぐしゃりと掻《か》きつつ、撫子は必死で呼吸を落ち着けようとする。

「お、落ち着いて……落ち着くの……わたしは、どこかの撫子で……それで……」

（眠ればいい。）

おん……と、急に脳が重みを増した気がした。

撫子は、血の味が滲《にじ》むほどに唇を噛《か》み締めた。鋭い痛みに、ぼやけた思考が研ぎ澄まされる。

「起きなきゃ……ともかく、動くのよ」

探ったポケットの中には、小さな応急処置キットとともにスマートフォンがあった。

悠々と眠るオオサンショウウオを捉《とら》えたロック画面には、無慈悲な『圏外』の文字が光っている。どのみち、パスワードさえ思い出せないので意味はない。

日付は二月十二日。時刻は午後十二時十五分。

そして――画面に表示された通知を見て、撫子は首を傾《かし》げた。

『アマナ』という人物から、数十件近くメッセージが届いているようだ。

「アマナ、さん……？」

この人物の顔さえも、今の撫子には思い出すことができない。

ただ――その名前を口にすると、不安が少しだけ和らいだような気がした。

役に立たないスマートフォンを片付けると、辺りを見回した。

人影はない。あたりは、がらんと静まり返っている。見えるのは古ぼけた自販機、ろくに手入れされていない街路樹、ひびわれたアスファルト、各所に貼られたシール……。

そして、無個性な建物。自分を挟むようにして佇《たたず》むそれを見上げ、撫子は首筋に触れた。

「……なにか聞こえるわね。向こうの方かしら」

歩き出して間もなく、そっくり同じ外観の建物が無数に存在していることに気がついた。

いずれの建物も、側面には素っ気ない書体で大きくこう書いてある。

『コーポ榊法原《さかきのりはら》　十五号棟』

ペンキはところどころが剝《は》げ落ち、『神去《かむさり》』とも読めた。

「なるほど……ここ、団地ってわけね」

相当、大規模な団地のようだ。量産された街並みは、永遠に続いているように思える。

近づくにつれて、人の気配をより感じ取れるようになった。

夥《おびただ》しい数のベランダに、夥しい数の洗濯物がかかっている。あたりには布団を叩《たた》く音も小気味よく響き渡り、冬に取り残された寂しい風鈴の音色も聞こえた。

正面の建物の一階部分は、商店街になっていた。

色褪《いろあ》せた看板には**『榊法原《さかきのりはら》バブリー商店街』『花を大切に』**と記されている。テープで補修した電気屋の看板や、理容室の赤・青・白のサインポールが見えた。

ずいぶん薄暗い。こわごわ様子を窺《うかが》った後、撫子《なでしこ》は慎重に建物内へ入ろうとした。

――袖《そで》と袖が擦《こす》れ合った。

撫子は息をのみ、辺りを見回す。しかし、空虚な団地には撫子のほかには猫一匹いない。

「そんな、はずは……」

誰かが、自分のすぐそばを通り抜けたはずだった。コートの袖が擦れ合う感触も、指先がかすめるような感触も確かにあった。

改めて、前を見る。古びた商店街は、いまや姿の見えない何かが潜む洞窟《どうくつ》のように思えた。

撫子は落ち着きなく首筋をさすりつつ、寂しい商店街からあとずさる。

「――なでしこ」

背後から、名前を呼ばれた。首筋に触れたままの姿勢で、撫子は凍りついた。

「なでしこ」

年端もいかない少女の声のように聞こえる。

しかし、奇妙な抑揚だった。まるで、鳥や獣の類《たぐ》いが人の声を真似《まね》ているようだ。

前方には、薄暗い商店街。後方に、少女らしきなにか。

呼吸の仕方がわからない。両者の狭間《はざま》で釘《くぎ》づけにされ、鼓動ばかりが早まっていく。

「ねぇ、なでしこ」——背後のそれが、機械的に繰り返す。

撫子は、意を決した。じっとりと汗ばむ手をきつく握りしめ、振り返った。

「……なでしこ」

それは、小学校低学年ほどに思えた。撫子よりも背がずっと低く、細い。上品な服装に身を包んでいる。真っ白な毛皮のケープに、ブラウスとスカート。

少女だ。少女のようだ。少女なのだろうか。

とても判断がつかない。

こんな、牛の頭をしていては。

「なでしこ、ねぇ、ねぇ」

真っ白な子牛の頭が、少女の肩から上に据え付けられている。細い体軀《たいく》にはあまりにもアンバランスな大きさをしたそれは、間違いなく少女自身の頭部らしい。

作りものではありえない潤んだ双眸《そうぼう》が、青ざめた撫子の顔をじいっと見つめている。

「ねぇ、ねぇ、ねぇ、せなか……」

かつりと響いた音は、靴音ではなく蹄《ひづめ》の音だった。

少女が撫子《なでしこ》に手を伸ばし、一歩踏み出した。体のわりに重すぎる頭がぐらりと揺れる。

「せなか、に……」

金色の角がぎらりと光る――瞬間、撫子の硬直が解けた。

細い手を振り払い、転びそうになりながらも踵《きびす》を返す。そうして鼓動が突き動かすまま、ほとんどなにも考えずに商店街へと突き進んだ。

精肉店、フラワーショップ、惣菜店《そうざいてん》、手芸店――色褪《いろあ》せた看板が様々に視界をよぎる。

そして天井に設《しつら》えられたシャッター、壁面を埋め尽くす消火栓、どこにも繋《つな》がらない螺旋《らせん》階段、マネキンが佇《たたず》む管理人室、トイレの暗がりに光るネオンサイン――。

「なに、ここ……ッ！」

撫子は絶句しつつも、最初の段と最後の段しかない階段を飛び越した。

肉眼で見える景色さえもコラージュ写真のような有様だ。そんな混沌《こんとん》を駆け抜けるうちに、撫子はやがて心身ともに疲れ果ててしまった。

荒い呼吸を繰り返しつつ、背後をうかがう。寂れた景色のどこにも、牛頭《うしあたま》は見当たらない。

「……なんて場所なの」

廃れた店先に並ぶパイプ椅子《いす》に、撫子はぐったりと体を預ける。

顔をあげれば、しだれ桜を模したと思わしき造花の飾りが見える。色褪せたそれがかすかな空気の動きに揺れるさまを、撫子はぼんやりと眺めた。

「……どうして、こんなことに」

ぎしりと椅子を軋《きし》ませて、撫子は頭を抱え込んだ。

ミルクティー色の髪が肩から流れ、視界を遮る。そうして狭く区切られた煉瓦《れんが》色の床をじっと見つめているうちに、目頭にじわりと熱が滲《にじ》んだ。

「どうして……起きてしまったの……」

あの夢が幻影だと、理解している。

食卓を囲んだ二人の姿は、もはや黒ずんだ影としてしか思い出せない。けれども、彼らとの穏やかな朝の情景は今も撫子の記憶に焼き付いている。

柔らかな朝の日差し、ブラウン管から聞こえる声、朝食の香り——全てが、胸を引き絞る。

「どうして……戻ってしまったの……」

ここが現実だと、理解できている。

けれども、今はあの幸福なまやかしに帰りたくてたまらない。

自分には、本当は父も母もない。そして、わけもわからずに薄暗い商店街を彷徨《さまよ》っている。

(夢の中の方がいいじゃない……)

頭の片隅で、誰かが囁《ささや》く。それに従うように、撫子はぐったりと瞼《まぶた》を伏せた。

今はただ、ここにいたくない。あの優しい夢に戻りたかった。

「こんなことなら、いっそ……っ」

零《こぼ》れかけた言葉は、唇に留め置かれた。

うつむいたまま、撫子《なでしこ》は濡《ぬ》れた目を開く。ポケットから、スマートフォンを取り出した。

ロック画面の通知には、『アマナ』の名がある。

「アマナ……」

敵か、味方かもわからない。

けれどもその名を口にするたびに、波打つ心が凪《な》いでいく。夢の中で見た花の嵐《あらし》とは別の安心感が、不安に竦《すく》む撫子を包み込んでくれる。

「………もう少し、だけ」

ゆっくりと息を吸い、吐いた。そして涙を拭《ぬぐ》うと、撫子は立ち上がる。

「もう少しだけ……頑張るわ……」

どうすればここから脱出できるかもわからない。それでも撫子は、一歩を踏み出した。

こあぁん――下駄《げた》の音が、高く響いた。

撫子は、息を詰める。ぎこちなく首を動かし、音の聞こえた方向を見る。

玩具《がんぐ》店があった。軒先から鈴なりに吊《つ》るされた色とりどりのボールが、揺れている。

強烈な血のにおい――そして、それは現れた。

異様に背が高く、天井に頭がつきそうだ。ぼろぼろの黒衣と袴《はかま》を纏《まと》っている。首から下げた結袈裟《ゆいげさ》は鮮やかに赤く、球状の飾りも相まって道化のようにも見えた。

ぼうぼうと伸びた鬣《たてがみ》の如《ごと》き髪には、鶏の鶏冠《とさか》を思わせる金属の冠が埋もれている。

黒い手は、熊手《くまで》のように大きい。

その長い指先に隠されるようにして、大きな柘榴《ざくろ》の実がひとつ握られていた。赤くぬめるような皮に指先がわずかにめりこんで、雫《しずく》を滴らせている。

違う。あれは、柘榴ではない──停止する頭の片隅で、冷静な部分が呟《つぶや》く。

心臓だ。抜き取られたばかりの心臓が、掌《てのひら》で蠢《うごめ》いているのだ。

それはゆらりと首を揺らして、硬直した撫子を見た。

鉄製の仮面をつけている。黒い仮面は、どうやら烏天狗《からすてんぐ》の顔を模しているようだった。

「カ……カ、ズ、……ア、ゴァ……ク……」

それは、声を発した。人を真似《まね》る鳥の声に似ていた。

黒い手が、無造作に心臓を放った。びしゃりと音を立てて、肉塊が赤を散らす。

呼吸の仕方がわからない。体は凍りつき、指先ひとつ動かせやしない。なのに、心臓ばかりが壊れたように暴れている──肉体から分かたれるのを、恐れているように。

「──こ、い」

かすれた声が前髪を震わせた。気づけば、天狗面が眼前にある。

洞穴の如き眼窩《がんか》の向こう側が見えた。そこには、ぬらりと光る青い虹彩《こうさい》があった。

撫子は呆然《ぼうぜん》と、視界を覆いつくそうとする黒い手を見つめた。

「────【撥《ハジケヨ》】ッ！」

玲瓏《れいろう》とした女の声が空気を震わせる。

黒天狗《てんぐ》の動きが止まった。一方、撫子《なでしこ》の体は思考が追いつくよりも早く動いた。

本能のまま飛《と》び退《すさ》った直後、虚空に火花が弾《はじ》けた。

青と金の閃光《せんこう》が、黒天狗の顔面めがけて立て続けに閃《ひらめ》く。軋《きし》むような悲鳴を響かせて、天狗は両手を振り回しながら後方へとよろめいた。

気の抜けた撫子は、その場にへたり込みそうになる。

しかし、手を強く摑《つか》まれた。

「莫迦《ばか》！　なにしてる！」

撫子の手を引き、黒髪の女が急《せ》き立てる。思わず見惚《みほ》れるほどに、美しい顔立ちをしている。

「三十六計逃げるにしかず──逃げるぞ、撫子！」

「えっ、あ……！」

わけもわからずに、撫子は女に導かれるままに駆けだした。

神秘的なにおいを感じる。女が纏《まと》う香りのようだった。夢で感じた桜の香りとも団地の甘ったるいにおいとも違うそれは、どこか馴染《なじ》み深く──。

めきめきと骨肉の軋む音によって、撫子は現実に引き戻される。

肩越しに見れば、体勢を立て直した黒天狗が全身に力を漲《みなぎ》らせていた。背中が裂けるようにして変形し、肉体の底から奇妙な翼を生じさせている――！

「おやおやまァまァ……なんと不細工な翼だろう」

黒髪の女は嘆息しつつも、撫子を背後に庇《かば》いながら反転した。

「羽畜生め、分を弁《わきま》えたまえよ――狐火《きつねび》・衣手《コロモデ》！」

さながら振袖《ふりそで》がなびくように――扇子の軌跡に青と金の炎が揺らめいた。

直後、透明な力の波濤《はとう》が放たれる。黒天狗は、それに真正面からぶち当たった。『てづくり唐揚げ』のケースを粉砕し、異形は盛大な破壊を伴って惣菜《そうざい》屋に入店した。

「鶏の方がまだ飛べる！」

笑い声を高らかに響かせて、黒髪の女は疾駆する。

あの天狗の正体も、この女が何者もわからない。

けれども――撫子もまた、少しだけ笑った。

◇◆◇

走る、走る、走る――ひたすらに、がむしゃらに。

そうして撫子の目が回ってきた辺りで、不意に視界が開けた。

公園だった。『**花を大切に**』の看板も虚《むな》しく、草木は荒れ放題だ。遊具はいずれも錆《さ》びつき、池は藻のせいで水中の様子さえわからない。

淀《よど》んだ池の縁には、小鳥が一羽止まっている。

鮮やかな翠《みどり》の羽根――カワセミだ。清流に住むはずのそれが、じっと二人を見つめてくる。

「……ンン、まったく悪い子だ」

悩ましげなため息に、撫子《なでしこ》は黒髪の女へと視線を移した。

このうえなく美しい女だ。見事な射干玉《ぬばたま》の髪が、白い首筋に流れている。妖《あや》しげな琥珀《こはく》の瞳《ひとみ》に、にやけた紅珊瑚《べにさんご》の唇。目元の小さな黒子《ほくろ》が、どこかあでやかな印象だった。

完璧《かんぺき》に均整の取れた体躯《たいく》には黒のコートを纏《まと》い、肩からは鞄《かばん》を提げている。

息をのむほどの美しさだった。そんな美貌《びぼう》を正面から向けられ、撫子は思わず後ずさる。

「私を置いていくなんて冷たいぞ。一言、相談くらいはしたまえよ」

「えっ、えっと……」

まごつく撫子をよそに、黒髪の女は扇子をぱちぱちと閉じ開きする。唇こそうっすらと笑っているものの、どことなくふてくされた空気を感じた。

「今まで一体どこで遊んでいたんだ？　挙句、あんな天狗《てんぐ》モドキに……」

「あなたは誰――ですか？」

ぱちっ――女は、扇子を開きかけたところで動きを止める。

戸惑う子供のような表情を浮かべる女に、撫子は何故《なぜ》だか妙な罪悪感を覚えた。

「――――何だって？」

「わたし、自分の名前しか覚えていなくて……わからないんです、本当に。なんでここにいるのかも……あなたが、誰なのかも……」

撫子は首を振り、頭を押さえた。ぼんやりとした頭痛は相変わらずだ。そのうえ全力で走ったせいか、砂袋を背負っているかの如《ごと》き体の重みは増している。

「私が、わからないと？」

「……わかりません。助けてくれたのに、ごめんなさい……」

撫子はうなだれた。女が扇子を弄《もてあそ》ぶかすかな音さえ、自分を責めるようなものに感じた。

きぃ、きりり、きりり、きぃ、きぃ――静寂の中で、カワセミが囀《さえず》る。

「――算啦《シュンラ》（仕方がない）」

柔らかな声に、撫子はおずおずと顔を上げる。

黒髪の女はふっと微笑《ほほえ》んだ。迷子を見守るような、優しい微笑だった。

「まァ、気にすることはない。記憶がなくなっただの、感情をごっそり奪われただの、世間一般ではよくあることだ。算啦、算啦、仕方がない……切り替えていこう」

「あの……本当に、ごめんなさい……」

「謝る必要はない。とりあえず、私のことは無花果《いちじく》アマナと呼びたまえ」

「アマナ、さん……ありがとうございます」

「よしよし、いい子だ……ただ、どうか呼び捨てで呼んでくれないか。できれば、突如とし

て人語を発するようになった飼い猫が疲れ切った飼い主を呼ぶかの如《ごと》く……可愛《かわい》らしくもふてぶてしい感じで雑に呼んでくれ。敬語もいらない。落ち着かなくなる」

「……どんな感じなの？」

一瞬心配になりつつも、しかし撫子《なでしこ》は安堵《あんど》を覚えていた。

アマナ――恐らく、自分に何度も連絡してきていたのは彼女だ。彼女が本当に味方であるかどうかも定かではないのに、撫子ははじめて落ち着いた心地になっていた。

「それで、撫子……君はどこまで覚えている？」

「……名前だけしか、わからないの」

アマナに促され、撫子は片隅に置かれたベンチへと移動する。

腰を下ろした途端、一気に疲労が押し寄せてきた。頭蓋骨《ずがいこつ》の内に水糊《みずのり》でも詰まっているかの如く頭は重く、思考がどろりと朧《おぼろ》になっていく。

それでも必死で頭を振り絞り、撫子はこれまでの経緯をなんとか説明する。

「ン……『幸福な夢』か。なるほど、なるほど……」

隣に腰かけたアマナは扇子で口元を隠し、じっと撫子を眺めた。

わずかな沈黙。その間にも、撫子の頭は危なっかしくぐらぐらと揺れていた。

（眠れ、眠れ）――限界を迎えつつある脳に、睡魔が訴えかけてくる。

「――失礼。少し、確かめるぞ」

おもむろに片手を伸ばしてくるアマナに、撫子《なでしこ》は一瞬体をこわばらせた。しかし、アマナは肌には触れてこなかった。髪の輪郭を辿《たど》るようにして、白い手が虚空を滑る。

「眠くてたまらないんだろう？　まるで眠ることを強いられているかのように」

「えっ、と……そうね、すごくだるいわ……」

「なるほど……理解した」

アマナはうなずき、立ち上がった。戸惑う撫子を前に、扇子を弄《いじ》りながら考え込む。

「……どうしたものかな……この分だと普通のやり方は……私の九星は万能だが、今回はより繊細なやり方が必要となる……ならば、組み立ては……」

「な、何をする気……？」

「素人の荒療治だ。楽にしていたまえ」

恐ろしいことを言われた。撫子は思わず腰を浮かせる。

アマナは深く息を吸い、吐いた。扇子を舞わせつつ、素早く開閉を繰り返す。独特なリズムを伴うそれを見つめるうちに、撫子は頭がぼんやりとしてきた。

「…………日輪日輪日天子《にちりんにちりんにってんし》。夢の東《ひんがし》、魔に告げよ」

おんおんと――唸《うな》るような耳鳴りが脳を揺さぶる。

撫子はたまらず、頭を抱えた。その瞬間、アマナが広げた扇子で素早く撫子を煽《あお》いだ。

「瞼《まぶた》の裏から曳《ひ》きたてよ――ッ！」

撫子は、そよりとも風を感じなかった。

しかし、別のモノにとってはそれは暴風だったようだ。突如として、背中にかかっていた重みが消え失《う》せた。同時に景色が一気に色鮮やかになり、感覚が鋭さを取り戻す。

撫子は素早く立ち上がり、アマナの傍《そば》に寄った。

「なに、あれ……！」

ずんぐりとした胴体、異様に伸びた鼻面。

背中にはまだら模様があり、頭部の周囲には鬣《たてがみ》がある。四肢は痩《や》せこけた人間の手に似ていた。胴体にも、人面に似た模様がいくつも浮かんでいる。

血走った眼球はほとんど眼窩《がんか》から飛び出ていて、不規則に痙攣《けいれん》を繰り返していた。

「逆獏《サカバク》だ。夢を喰《く》らうという、獏《ばく》の成れの果てだな」

アマナはぱちんと扇子を閉じる。唇は悠然と笑っているものの、まなざしは鋭い。

「獏は精神に寄生し、夢によって変異する霊気を吸収する化物《ばけもの》だ。本来ならどちらかというと益獣に類されるのだが……現代人の夢は、こいつらには刺激的すぎるらしい」

（なでしこ……）

女とも男ともつかない奇妙な声が、頭蓋《ずがい》の内で響く。

逆獏は草むらにうずくまり、ただ撫子へと顔を向けていた。異様に大きな眼球はババロアのように震えながらも、ぴたりと撫子を捉《とら》えている。

（ねむって、なでしこ）（ねむってよ）（ちょうだいよ）（ちょうだい）

脳を弄《もてあそ》ぶさざ波の如《ごと》く――囁《ささや》きが押し寄せてきた。撫子《なでしこ》はたまらず、耳を塞《ふさ》いだ。

「頭の中で喋《しゃべ》ってくる……！」

（ねぇ、なでしこ……）（ちょうだい、ちょうだいよ……）

人間に酷似した手が空を滑る。そうして、逆獏《サカバク》はただゆっくりと手招きした。

おん――と、撫子の頭が揺れた。そして、足が勝手に一歩前に出た。

「なっ……！」息をのむ撫子に、逆獏はさらにもう一度――。

「日輪日輪日天子《にちりんにちりんにってんし》！」

アマナはただ、黒檀《こくたん》の扇子を振るっただけのように見えた。

しかし、逆獏は悲鳴とともにのけぞった。化物《ばけもの》が背中から地面に倒れ込んだ途端、撫子の頭の内で響いていた囁きがざあっと遠ざかっていく。

ふらつく撫子を支えつつ、アマナは開いた扇子を逆獏へと向けた。

「【抑《オサエヨ》】――！」

扇子を沈める。すると、もがく逆獏が不可視の力によって抑え込まれる。

「……夢の中毒となった獏《ばく》。その成れの果てがこの逆獏だ。こいつらは人間の夢にあらゆる刺激を与えることで霊気を変化させ、それを吸い取るのさ」

「これにとり憑《つ》かれると、どうなるの？」

「まずは昏睡《こんすい》状態に陥るだろう。昼も夜も霊気を奪われ続け、ゆくゆくは……」

「そ、そんな……！　それじゃ、わたしも――！」

「安心しろ。たったいま、君と奴《やつ》との繋《つな》がりは切った。しかし、私が気づかなかったら危なかったぞ。危うく限界団地で眠り姫だ」

「そう、なの……あなたのおかげね。ありがとう、アマナ」

「ンフー、もっと褒めたまえ。私は称賛と羨望《せんぼう》と嫉妬《しっと》がなによりも大好物なんだ」

「ええ、ありがとう。この化物を倒せば、わたしも全部思い出せるのね」

「ンッ……ンン……恐らく」

撫子は、ちらっとアマナを見上げる。にやけた珊瑚珠《さんごしゅ》色の唇が、若干引き攣《つ》っていた。

「どうしたの、アマナ？」

「ン、ンム……まァ、君に憑いていたからには、原因はこいつだと思うのだが……」

「『思う』って……なんだか煮え切らない感じね。不安になるわ」

「ンン……いや、別に心配することはないんだ。私にかかれば超有問題《ウルトラモーマンタイ》だ」

アマナは心底言いづらそうな様子で、ちらちらと唇を舐《な》めた。

「ただ……この逆獏はごく最近になって出現し始めた化物でな。だから、対策というものがいまいち……そもそも元になった獏という存在も希少で……要するに……」

「……なんなの？」

「………なんとも、言い難いところだ」

撫子《なでしこ》は声もなく、ゆるゆると化物《ばけもの》へと視線を向ける。

逆獏《サカバク》は相変わらず、地面に封じ込まれている。瘦《や》せこけた手が、虚《むな》しく砂を掻《か》いていた。

眼窩《がんか》から零《こぼ》れ落ちそうなほどに巨大な目玉は、変わらず撫子を捉《とら》えていた。

そして——だらりと伸びた鼻面の下で、それは笑っていた。

「……それじゃ、わたしはずっとこのままなの？」

撫子は、肩を落とす。震える背中を、アマナがそっと片手で撫《な》でた。

「こらこら、しっかりしたまえよ。ここは、おねえさんに全部任せるといい」

「でも、対策がないんでしょう……？」

「有問題《モーマンタイ》。これでも、私はまじないに関してはスペシャリストだ。今も昔も、私以上に呪術《じゆじゆつ》だの妖術《ようじゆつ》だのに詳しい奴《やつ》がいるものか」

力なく見つめてくる撫子に対し、アマナはにいっと笑う。そうして扇子で逆獏を抑え込んだまま、彼女は肩にかけていた鞄《かばん》をごそごそと漁《あさ》り始めた。

「ひとまず、軽く解《バラ》してみるか。私も、こいつの仕組みには興味が——」

——不意に、視界に影が落ちた。

背後の団地から、何者かが飛び降りたのだ。さながら白紙に墨を落としたように、奇妙な形の影が白昼の公園へ——二人の目の前へと落ちてくる。

轟音《ごうおん》。足下に鈍い震動が走り、砂煙が白い壁の如《ごと》く巻き上がった。

「厭《いや》……！　なんなの……！」

悲鳴とともに頭を抱え込む撫子を、アマナが素早く背後に庇《かば》う。

【コロコロコロコロ……】

低音と高音が奇妙に入り混じった声が響いた。

砂煙に、奇妙な面が浮かび上がる。それは一見、あの商店街にいた黒天狗《てんぐ》に似ていた。

しかし――砂塵《さじん》の向こうから現れた姿に、撫子の顔から血の気が引く。

「なに、この天狗……！」

黒天狗のように襤褸《ぼろ》を纏《まと》い、結袈裟《ゆいげさ》を提げている。

しかし、この天狗は黒天狗よりもさらに巨大だった。小山のように盛り上がった背中から羽織を被《かぶ》っている姿は、さながらテントを背負っているかのようだ。

そんな胴体から、二対の手足が伸びている。いずれも鉄枷《てつかせ》と鎖を嵌《は》め、ひどく傷ついていた。

羽織の下の暗がりには、赤い天狗の仮面が二つ浮いている。

「ンン、二人羽織といったところか……奇怪な輩《やから》だな」

扇子の陰で、アマナは密《ひそ》やかに笑う。しかし、琥珀《こはく》の双眸《そうぼう》は鋭い。

その間も二面天狗の仮面は絶えず入れ替わり、くるくると回転した。闇《やみ》に浮いているとしか思えないほどに滑らかで、寒気のするような挙動だった。

「に、逃げましょう……あんなに大きいのに襲われたら、ひとたまりもないわ」

「まったくだ。逃げたいところではある、が――ンン……」

ぺきぺきと関節の音を立て、二面天狗《てんぐ》の二本の手が羽織の下へと引っ込む。次に現れたそれらの手は、二種の凶器を握りしめていた。

法螺貝《ほらがい》の形を模したと思わしき鉄塊、鋼鉄の刃《やいば》を束ねたかの如《ごと》き奇怪な扇――。

「ねえ、逃げないと――ッ！」

轟音《ごうおん》――気づけば、撫子《なでしこ》はアマナに強く引き寄せられていた。

背後で、錆《さ》びついたアスレチックががらがらと音を立てて崩れ落ちる。砂煙へと沈んでいくそれは、真っ二つに切断されていた。

二面天狗の放った暴風を、アマナが扇子で打ち払ったのだ。

「……冇問題《モーマンタイ》」

ふ、と短く息を吐く。そして、アマナは撫子を庇《かば》うように扇子を広げた。

「おねえさんに、任せておきなさい」

曖昧《あいまい》な微笑の先で、二面天狗が動き出す。

空だったもう一対の腕が、羽織から新たな凶器を引きずり出した。有刺鉄線にも似た四本の羂索《けんさく》が引き出され、勢いのままにアマナめがけて迫る。

ひうんひうんと高く唸《うな》りを上げるそれをアマナは避けもせず、ただ閉じた扇子を向ける。

「──【撥《ハジケヨ》】」

盛大な火花とともに、四本の棘羂索《とげ》が悉く《ことごと》二面天狗に跳ね返された。

絡みついた棘が肉に突き刺さり、黒ずんだ血液を零《こぼ》す。

しかし二面天狗はそれを振りほどきもせず、細長い手足を忙《せわ》しなく動かした。胴体のわりに貧弱な足が動くさまは、天狗というよりも甲虫の類《たぐ》いを思わせた。

棘を纏《まと》った巨体が凬とともに迫ってくる。視界を圧す異形の姿に、撫子は悲鳴を上げた。

「ちょっと──!」

「なるほど、痛覚が存在しないのか──【撥《ハジケヨ》】」

花火が炸裂《さくれつ》したかの如き火花──青と金の光の乱舞に、二面天狗が大きく後方によろめく。

その隙《すき》に、アマナは撫子に広げた扇子を向けた。

「なっ、何……?」

「じっとしていろ。──【隠《カクセ》】」

思わず身を硬くする撫子の体に、アマナは素早く扇子を滑らせる。

香りのよい煙が一瞬だけ揺らぎ、撫子を包むようにして消える。そうして流れるような所作で扇子を揺り動かすと、アマナは撫子の肩にそっと手をのせてきた。

「隠れているといい。少しだけ目立たなくしてやったから、しばらくは大丈夫のはずだ」

アマナは優美に唇を吊《つ》り上げる。いつものにやけた微笑だ──いつ、い、いつもの?

撫子《なでしこ》は赤い目を見開いて、アマナの顔を見た。

「アマナ――？」

「……できるだけ、早く済ませるから」

アマナは笑って、撫子に背を向けた。

赤い二つの天狗面《てんぐ》が、くるくると回転しながら女の動きを追う。奇怪な音を立てて四本の足が蠢《うごめ》き、小山のような巨体が大きく旋回した。

立ち尽くす撫子には目もくれず、二面天狗はアマナを追いかける。

「おやおやまァまァ……どうしたことだ！　面は天狗で動きはカメムシときたものだ！」

天狗から大きく距離を取りつつ、アマナは涼やかな笑い声を響かせた。

これが癇《かん》に障ったのか――四本の腕が、それぞれの凶器を解き放つ。

鋼刃扇がぎらつき、振り上げられた鉄塊が唸《うな》りを上げる。絡みついた羂索《けんさく》は自らの肉を引き裂き、血の飛沫《しぶき》を舞わせながらアマナを追った。

しかし――アマナは、しなやかだった。

首を狙《ねら》う凶刃をあっさりとすり抜け、続く鉄塊の一撃もすんなりと躱《かわ》す。そうして複雑な軌道を描いて迫る羂索を掻《か》い潜《くぐ》り――次の瞬間には、二面天狗の懐にいた。

「――狐火《きつねび》・篝《カガリ》！」

扇子が打ち下ろされた。二面天狗の巨軀《きょく》が、瞬《また》く間に黄金の炎に包み込まれる。

奇怪な悲鳴が響き渡る。四本の腕が凶器を取り落とし、己の身を掻き毟《むし》った。金色の炎が触れた箇所は焼け焦げ、あるいは泡立ち、捻《ね》じ曲がる――。

やがて炎の塊と化した異形は力尽きたように、倒れ伏した。

撫子は一瞬、安堵《あんど》に頰《ほお》を緩ませた。しかし、アマナのまなざしは鋭いままだ。

「……倒したんでしょう？」

細い声で問いかける撫子に、アマナは何も答えない。

ずるり――粘ついた嫌な音が響く。同時に、黄金の炎がふっと掻き消えた。

倒れ伏した天狗の右半身が、左半身を脱ぎ捨てるようにして起き上がる。それと同時に左半身もまた、右半身を突き飛ばすようにして立ち上がった。

【コ、コ、コ……】と右半身が囁《ささや》く。

【ロ、ロ、ロ……】と左半身が呟《つぶや》く。

それは、蝶《ちょう》を真っ二つに裂いた姿を思わせた。

赤い仮面をつけた彼らの手足は、それぞれ極端に左右に寄っている。

そうして、彼らの半身は惨《むご》たらしく引きちぎられていた。血に染まった断面からは変異した骨とともに錆《さ》びた鎖の断片が垂れ、そして巨大な蝶の翅《はね》が伸びていた。

血に濡《ぬ》れた翅がぎこちなく震えるさまを眺め、アマナは呆《あき》れたように嘆息する。

「………やはり、二体で一体か」

右天狗《てんぐ》は、刃の扇を。

左天狗は、鉄の塊を。

それぞれの凶器を握りしめる彼らに、撫子《なでしこ》は青ざめた顔で首を振る。

「アマナ、無理よ……ここは逃げた方が……」

「……そうもいかない」

扇子で口元を覆い隠し、アマナは琥珀《こはく》の瞳《ひとみ》をいずこかに向ける。

撫子はその視線の先を追い——枯れ果てた茂みに横たわる化物《ばけもの》の姿を、見た。

逆獏《サカバク》。それはいまだアマナの術の影響下にあるのか、苦しげに体を痙攣《けいれん》させている。人間に酷似した手は絶えず砂を掻《か》き、必死で起き上がろうとしていた。

「……わたしの、せい？　わたしの記憶の為《ため》に、あなたは——」

呆然《ぼうぜん》とする少女の目には、二体の天狗を相手取る女の姿が映っていた。

左の打ち下ろす鉄塊を掻い潜《くぐ》り、右の繰りだす鋼刃扇を黒檀《こくたん》の扇子でいなす。

天狗達はひたすらに、自らを狐《きつね》の如《ごと》く翻弄《ほんろう》するアマナの動きを追っている。立ち尽くす撫子を見もしない——撫子は無意識のうちに、自分の首筋に爪《つめ》を立てていた。

「所詮《しょせん》、半端者が二体……どうということはない——！」

アマナが鼻先で笑い、広げた扇子を素早く振るう。

黄金の波濤《はとう》が二体の天狗を襲う。防御の構えは崩され、耳障りな悲鳴が二重奏で響いた。

「空すら飛べない羽畜生……何を恐れることがある？」

安堵《あんど》するべき局面だった。もう天狗達はどう見ても戦えない。左天狗は異常に発達した左足が灰燼《かいじん》となり、右天狗に至っては両の手を喪失している。

けれども――撫子は落ち着きなく首筋に触れつつ、アマナの優雅な微笑を見つめた。

「これ以上、私の手を煩《わずら》わせるなよ――【断《タタレヨ》】、【断《タタレヨ》】、【断《タタレヨ》】……ッ！」

黒檀の扇子が舞うたびに、天狗達の首から飛沫《しぶき》が散る。

廃油のような血が青空に飛び、白い砂地を染めていく。それに従うように、撫子の胸に漂う不安も徐々に黒雲のように膨らんでいった。

「ねえ、アマナ……なんだか、厭《いや》な感じが――」

甘ったるい空気が、ざらついた。

見れば血に染まった両天狗が、萎《しお》れたクロユリの如き翅《はね》を大きく広げていた。

『ばちん』――蝶《ちょう》の翅が地面を打つ音は、奇妙に高く響いた。更なる攻撃を加えようとしていたアマナが目を見開き、素早く扇子を翻《ひるがえ》そうとした。

――風が、叫ぶ。

死に瀕《ひん》した蝶の羽ばたきは恐ろしい暴風をもたらした。

遊具が呆気《あっけ》なく砕け、吹き飛ばされる。叩《たた》き折られた小枝の如く、木々は倒れ伏していく。

「きゃあ――ッ！」

撫子《なでしこ》も大きく吹き飛ばされ、公園を囲う金網に背中を打ちつけた。

一瞬、呼吸ができなくなった。音が遠のき、景色が滲《にじ》んだ。崩れ落ちる体を風は容赦なく叩《たた》き、瓦礫《がれき》の破片が肌を浅く切り裂いていく。

「う……ア、アマナ、は……？」

朦朧《もうろう》とした視界の端に、たおやかな女の姿を見出す。

よろめき、肩を大きく上下させつつも、アマナはなんとか立っていた。

あの暴風を、どうにか凌《しの》いだらしい。彼女が反応しなければ、恐らくは今よりも激しい風によって二人は遥《はる》か彼方《かなた》まで吹き飛ばされていただろう。

そして——滲んだ視界に、影が揺らぐ。

二体の天狗《てんぐ》が、互いの翅《はね》を重ね合わせる。みちみちと嫌な音を立て、肉が結びあっていく。

「……なにを、恐れることがある？」

一つに戻ろうとする影を前に、アマナは笑ったようだった。

けれども、撫子は確かに見た。霞《かす》む視界の向こうで、彼女の肩はかすかに震えていた。

——今、思えば。先ほどこの肩に触れた指先も、そうだった。

「さ、最初、から……」

アマナは最初から怯《おび》えていた——。

怖くてたまらなかったのに、撫子に不安を与えまいと必死で虚勢を張っていた。

それを知った瞬間、撫子はがちりと歯を嚙《か》み締めていた。

「なんてザマなの……ッ！」

先ほどまでは不安だった。その少し前は、嘆いていた。

あの甘い夢に焦がれていた。まやかしの父母とともに、幸せに暮らしたいと願っていた。

――――彼女を、ここに置き去りにして。

「立てッ、戦えッ……！　愚か者……ッ！」

かすれた声で己を叱咤《しった》しつつ、立ち上がろうとする。五体の感覚は曖昧《あいまい》で、足ときたら生まれたての子鹿《こじか》のほうがまだ立派といった有様だ。

無様に地面に倒れ込み、撫子は呻《うめ》く。

頭が重い。体中が痛む。そして、巡る血が熱くてたまらない。

それでも――――アマナの震える手の感触を思い出し、撫子は自分の肩をきつく摑《つか》んだ。

衝動に突き動かされるまま、撫子は嗅覚《きゅうかく》に意識を集中させる。

見つけた――――赤く輝く双眸《そうぼう》が、大きく見開かれた。

傷だらけの手を伸ばし、撫子は這《は》うようにして地面を進む。目指すのは崩れかけのジャングルジム。歪《ゆが》み、折れ、転がる錆《さび》まみれの格子の陰――――。

息も絶え絶えといった様子の逆獏《サカバク》を前に、撫子はゆらりと立ち上がる。

――――背中に強烈な視線を感じた。

振り返らずともわかる。あの二面天狗《てんぐ》の奇妙な視線が、まさに自分を捉《とら》えたのだ。

「おい……何を見ている？　私はここだぞ、羽畜生――！」

アマナの声を聞きながら、撫子《なでしこ》はじっと目の前に横たわる化物《ばけもの》を見つめる。

異形の眼球がふるりと震え、先ほどまで宿主としていた少女の姿を捉える。それはゴムのような唇に笑みを浮かべると、瘦《や》せこけた腕を動かした。

（なでしこ……もう、眠る時間だよ……）

おん――と脳髄が揺れる。あの朝の情景が、優しく呼びかけてくる。陽光に揺らめくカーテンが見える。にんじんのスープのにおいまで感じた。

【コロコロコロ……】甘い景色の向こうから、奇妙な声が聞こえてくる――。

「――撫子！　そこから逃げろッ、早く――ッ！」

ほとんど悲鳴に近いアマナの声が、どこか彼方《かなた》から響いた。

それでも、撫子は振り返らなかった。甘い幻を通り越し、ひたすら逆獏《サカバク》を凝視していた。

「お前……」

――気温が、上がった。

逆獏の笑みが凍りつく。ババロアのように震える眼球には、少女の嬌笑《きょうしょう》が映っていた。

「…………なんだかとっても、美味《うま》そうね」

赤い瞳《ひとみ》を爛々《らんらん》と光らせ、撫子は逆獏に手を伸ばす。

細い手が陽炎《かげろう》を纏《まと》う。そうして死に物狂いで暴れる逆獏の肌に、白い掌《てのひら》が当てられた。

爆音。そして少女と化物は、劫火《ごうか》の内に包まれた。

燃え盛る火柱を前に、顔面を焼かれた二面天狗が凄絶《せいぜつ》な悲鳴とともに後ずさる。

「これは……」

アマナが感嘆の声を漏らした。

煌《きら》めく琥珀《こはく》の瞳には、化物を荼毘《だび》に付す少女の姿が映っていた。

撫子は、火中から手を引いた。掌には、逆獏からもぎ取った肉塊が握りしめられている。

豚肉に似ていた。香ばしく焼き上がり、脂がじゅうじゅうと音を立てている。

「──────いただきます」

祈るように目を伏せ、喰《く》らう。容赦なく歯を突き立て、とろりとした肉を咀嚼《そしゃく》する。

肉を噛《か》みしめるごとに、己が蘇《よみがえ》っていくような気がした。

力、記憶、本質──自らから奪われたものを確かめ直すように、少女は肉を味わう。

飲み込む。唇から脂を拭《ぬぐ》う。一息つく。

そして、吼《ほ》えた。

尖《とが》った歯を剝《む》き出し、化物でなければ満たせぬ腹の底から声を解き放つ。地獄を思わせる咆《ほう》哮《こう》に天狗の巨軀《きょく》は震え、女は口角を上げた。

炎が、また揺らぐようにして消失した。焼け焦げた地面の中央で、少女は深く息を吐く。

「……ご馳走様《ちそうさま》でした」

脂に濡《ぬ》れた唇をハンカチで拭《ぬぐ》い、少女はミルクティー色の髪をざっと整える。炎に包まれたはずの彼女の肌には火傷《やけど》一つなく、服装にさえ乱れはなかった。

——扇子がぱち、と鳴った。その音に、少女はわずかに首を揺らす。

「念の為《ため》に聞いておこう——君は何者だ、お嬢さん？」

琥珀《こはく》色の視線を感じながら、少女は白い指先で首筋をたどった。

包帯は吹き飛ばされ、その下の皮膚が剝《む》き出しになっている。一度首を切り離した後で乱暴に縫い直したような——一族でも特に異様な傷跡が、白日に晒《さら》されていた。

「……獄門撫子《ごくもんなでしこ》」

少女は——獄門撫子は、静かに名乗った。

そうして気だるげな所作で振り返り、赤い双眸《そうぼう》にアマナの姿を映した。

「それ以外の何者でもないわ——おねえさん」

「…………好《ホウ》（よろしい）」

アマナは笑い、扇子で顔を隠した。小刻みに肩を震わせる彼女に、撫子はむっと眉《まゆ》を寄せる。

「……その薄気味悪い表情はなんなの、アマナ」

「好、好、好……素晴らしい。実家の猫みたいだ。ちょっと撫《な》でてもいいか？」

「ダメよ。髪が崩れるわ」

素っ気なく答えつつ、撫子《なでしこ》はざっとアマナの具合を確認する。大怪我《おおけが》を負っている様子はなく、いつになく機嫌がよさそうににやけている。

しかし——そんな彼女の姿にいくつかの小さな傷を見出して、撫子はきつく拳《こぶし》を握りしめた。

「——ッ、おい！　撫子——！」

撫子の背中を圧《お》すように、視界に黒い影が落ちた。

大上段から鉄塊が振り下ろされる。しかし、撫子はそれをあっさりと右手で受け止めた。

「人間道……」

低い声とともに、撫子は赤く燃える瞳《ひとみ》を二面天狗《てんぐ》に向ける。

鉄塊を受け止めた右手は、鈍く輝く鎖に覆われている。それは瞬《また》く間に蠟《ろう》の如《ごと》く溶け、見るうちにその形を変えていく。より硬く、攻撃的な形へ——。

危機を察知したのだろう。二面天狗は、ぺきぺきと音を立てて後退の姿勢を取る。

その懐中に、鋼鉄の蓮華《れんげ》が血の花を咲かせた。

「——鉄蓮華《テツレンゲ》」

籠手《こて》によって強化された鉄拳《てっけん》は、砲撃にも等しい膂力《りょりょく》を秘めている。

黒ずんだ血の軌跡を描き、二面天狗が吹き飛んだ。

「人間道……戒棍《カイコン》……！」

さらに追撃を仕掛ける撫子の掌中で、鎖は新たな形を紡ぎだす。

身の丈ほどもある六角棍《ろっかくこん》——自らの右手と鎖で繋《つな》がったそれを振り上げ、撫子は地面に叩《たた》きつけられた二面天狗へと襲い掛かった。

しかし、金属の棘《とげ》を備えたそれは虚《むな》しく地面へと沈み込む。

ずるりと音を立てて、両隣で影が揺れる。撫子は、左右に立ち上がる天狗を睨《にら》みつけた。

「ちっ……左は私がやる。君は右を——撫子？」

近づいてこようとするアマナの動きを、撫子は制する。

「右も左もわたしがやる。……さっきは、あなたに任せきりだったから」

「それは……まァ、大変に有難い申し出だが……でも……」

アマナがなにやら言いよどんでいるが、構っている暇はなかった。

左右から襲い来るそれぞれの凶器を掻《か》い潜《くぐ》り、距離を取った撫子は左手から鎖を振り出した。

陽光に、互いを喰《く》らいあう犬の錘《おもり》が煌《きら》めく。

「畜生道——火車召奔《カシャシヨウホン》」

空中に生じた炎の輪から、悍《おぞ》ましい車輪が飛び出す。

車輪を駆る白猫はけたたましい笑い声をあげ、九叉《くまた》の鞭《むち》を振るった。チェーンソーのような駆動音を響かせて、車輪が左天狗へと突撃する。

火車が左天狗を翻弄《ほんろう》する一方、撫子は右天狗を戒棍で打ち据えていた。

骨肉が爆《は》ぜる。地面に沈んだ右天狗を足で踏みつけ、撫子はさらに戒棍を振り上げる。

視界の端で、なにかが震える——右天狗《てんぐ》の左側から突き出た蝶《ちょう》の翅《はね》だ。

「撫子《なでしこ》ッ！　また例のが来るぞ！」

撫子は応えの代わりに、劫火《ごうか》を腹の底から解き放つ。

炎の渦が右天狗を呑《の》みこむ。同時に火車もまた、左天狗の背中を車輪で押さえつける。

燃え盛る車輪は瞬《また》く間に左天狗の体を削《そ》ぎ、翅を焼き尽くしていった。

やがて——火車の姿が、揺らぐようにして消える。焼け焦げた地面には、もう左天狗の姿はない。ただ砕けた墨の塊が散らばっているだけだった。

「……手間のかかること」

黒焦げの右天狗を前にして、撫子は火花とともに深いため息を零《こぼ》した。

人間道の鎖を元の形に戻し、こめかみを押さえる。まだ少し、痛みと眩暈《めまい》が残っていた。

ふらつきつつも、撫子は右天狗に背を向けた。

「アマナ、ここから早く……」

「——莫迦《ばか》ッ！」

ぺきぺきと関節の鳴る音がした。

撫子は目を見開き、振り返る。視界いっぱいに、黒く焦げた掌《てのひら》が広がった。

「【撃《ゲキスル》】！」

耳と頬《ほお》とを熱い何かが掠《かす》めた——瞬間、迫っていた右天狗の上体が吹き飛んだ。ほとんど炭と化していた体は一撃で砕け散り、枯葉のような音を立てて宙を舞う。

「……血の気が引いたぞ」

閉じた扇子をこちらに向けたままの姿勢で、アマナが深く息を吐いた。

「こっちの心臓が止まるかと思ったじゃないか」

「……手間をかけたわ。ごめんなさい」

「頼むぞ。まァ、君らしいといえば君らしいんだが……」

撫子はこめかみに触れ、うつむく。そして憂鬱《ゆううつ》を振り払うように、あたりを見回した。

「……これ、何かしら?」

火車が焼き裂いた左天狗、炭化して砕け散った右天狗――。

それらの無残な残骸《ざんがい》を軽く手で示し、撫子は訝《いぶか》しげな顔で首を傾《かし》げた。

「天狗なの？　とてもそうは見えないけれど……」

「……私も、これは到底天狗ではないと思う」

アマナは天狗の残骸のそばに膝《ひざ》をつき、難しい顔でそれを観察した。

「私は、本物の天狗を何度も見たことがあるんだが……こいつらは、擬天狗《ギテング》と呼んだ方が正確だろう。あまりにも本物とかけ離れているし、なにより空も飛べないようだ」

「ええ。翅は、持っていたみたいだけれど……」

擬天狗はそれぞれ、左右片方の翅しか持っていなかった。そのうえ合体して二面天狗になれば、その翅《はね》は体内に封じられる作りになっている。

あまりにも歪《いびつ》な存在だ。撫子《なでしこ》は眉《まゆ》を寄せ、ひび割れた天狗面《てんぐ》を睨《にら》む。

「わたしはあまり知らないのだけれど……本物の天狗って、一体どんな化物《ばけもの》なの?」

「不愉快極まりない」

いつになく語気の強烈なアマナに、撫子は目を丸くする。

「まァ、愉快な化物の方が少ないのだが……天狗は格別だ。あれは人間の成れの果ての一種であり、倫理も常識もない」

「……鬼とは全く別、ということ?」

撫子には、地獄に棲《す》まう鬼である獄卒の血が流れている。獄卒は閻魔《えんま》と呼ばれるなにかしらの存在に縛られているが、現世に現れる鬼とあまり差はないという。

だから、撫子は気になった——鬼もまた、人間の成れの果てと言われる存在故に。

「まったく別だ」

鬼と天狗——両者を知る存在であるアマナはうなずく。

「『人は執着により鬼として沈み、逃避により天狗として浮く』——大昔、私はある神霊からそう教えられた。そして、奴《やつ》らは空に囚《とら》われているとも……」

「……なんだか謎《なぞ》かけみたいね」

「実際、当時の私もいまいち理解できなかった」

その頃のことを思い出したのか、アマナはややげっそりとした笑みを浮かべた。

「件《くだん》の神霊は私に世の道理を説いてくれたのだが、曖昧《あいまい》な話ばかりでな——しかし、確かに鬼と天狗は身に宿した業が些《いささ》か異なるように私には見えた。なんというか……」

アマナは柳眉《りゅうび》を寄せ、広げた扇子をひらひらと揺らした。

まるで地面に落ちる木の葉のように——あるいは、空に舞い上がる羽根のように。

「軽い——としか、言いようがない」

「軽い？　何が？」

「……言葉にするのは、やはり難しいな」

アマナは頭を振ると、見るも無残な形となった公園の出入り口を扇子で示した。

「ともかく、こんな輩《やから》には関わらないに越したことはない。ここから出るのが得策だろうな」

「そうね……あんな不味《まず》そうなのに、もう出くわしたくないもの」

見れば、二面天狗の亡骸《なきがら》は急速に塵《ちり》へと変じつつあった。最後まで残っていた仮面も崩れていくのを睨み、撫子はそっと自分の首筋に触れる。

どういうわけか、あの擬天狗《ギテング》達には食欲を感じない。人間としての性質が強いのだろうか。

「しかし……ククク、なんだろうな」

「……何よ、薄気味悪いわね」

「記憶をなくした君もわりと新鮮だったが、やはり君はそれくらいふてぶてしい方がいい」

「……馬鹿《ばか》にしてるの？」

予備の包帯を首筋に手早く巻き付けつつ、撫子《なでしこ》は眉《まゆ》を寄せる。

「結構、結構。元気そうでなによりだ。……ところで君、私に金を借りているぞ」

「ぶつわよ。偽りの記憶を植え付けようとするんじゃないの」

「ククク……いいぞ、その意気だ」

扇子を揺らして、アマナは玉を転がすような声で笑う。

心底愉快そうなアマナの横顔を見上げて、撫子はそっと自分の首筋に手を伸ばす。巻いたばかりの包帯の下に指を差し込むと、首筋の傷跡にがりりと爪《つめ》を立てた。

「…………なにかしら」

一体、自分はどうしてしまったのだろう。

顔を合わせた時からずっと——アマナへの罪悪感が、胸の内に燻《くすぶ》り続けている。


どこまでも無機質な建物が続いている。

公園の外は、さながらコンクリートで形作られた巨大な迷宮のようだった。時折建物と建物の隙間《すきま》から彼方《かなた》の山影が見えるが、あまりにも遠い。

「なんなのかしら、この団地……現世ではないわよね？」

「ああ、『はざま』だ。現世側の景色とは、あまりにもかけ離れているが……」

撫子とともに歩きながら、アマナは団地を見回した。

「私は君を追いかけて、鞍馬《くらま》の方からここに入った。しかし、どうもここは鞍馬とは空気が異なる……恐らくは、入り口が鞍馬にあるだけの『はざま』なんだろう」

「……厄介なタイプね」

『はざま』は人や化物《ばけもの》の棲《す》む現世と、未知の領域である幽世《かくりよ》との狭間《はざま》に存在する。多くの『はざま』は現世に強く影響を受け、風景も現世に酷似したものとなることが多い。

しかし、中にはまったく異なる景色の『はざま』というものも存在するらしい。

「……こういうタイプの『はざま』はたいてい、幽世と距離が近い」

アマナは相変わらずにやけている。しかし、その視線は油断なく辺りを窺《うかが》っていた。

「こんな場所は、とっとと抜け出すに限る。うっかり幽世に迷い込めば、それこそ何が起きるかもわからない。あらゆる伝承が示す通り、あそこは危険な領域だ」

「そうね。まったく、最悪だわ……」

ミルクティー色の髪をぐしゃりと掻《か》き、撫子は深くため息を吐《つ》く。

「わけのわからないことばかりよ……なんだって、こんな変な団地に……」

「ンー……やはり、シール探しのせいかな」

扇子をぱちぱちと鳴らし、アマナは心底疲れ切った様子で息を吐く。

「やはり、あんな妙な話に乗るべきではなかったなァ……」

撫子《なでしこ》は無言のまま、立ち止まった。数歩ほど先で、怪訝《けげん》そうな顔でアマナが振り返る。

「どうした、撫子?」

「ねぇ、アマナ――シール探しって、なんのこと?」

「……なんだって?」

「逆獏《サカバク》のせいかしら。あなたの言う『シール探し』が、一体なんのことか……」

撫子は肩を落とす。アマナは驚愕《きょうがく》に目を見開きつつ、スマートフォンを取り出した。

「二月十一日――昨日のことだ。我々は、これを探しに鞍馬《くらま》を訪れたんだ」

やや低い位置で撮った電柱の画像が、液晶画面に現れる。

コンクリートの表面を埋めるように、白いシールがべたべたと貼られていた。紙面に描かれているのは、子供の落書きのような絵――撫子は、大きく目を見開いた。

「これ……確か、わたしが起きたベンチの周囲にもあったわ」

「ああ。どうやら現世のみならず、この団地にも大量に貼り付けられているらしい」

アマナは、次々にシールの画像を見せてきた。

描かれているのは共通の像だ。吼《ほ》える獣のようにも、角のある人のようにも見える。像の上部にはいびつな三つの円が描かれ、円の内部には水平の線が走っている。

まるでこちらを見つめる目のようだ――落ち着かない心地になり、撫子は目を逸《そ》らした。

「このシール探しの果てにわたしはここに迷い込んだ……そういうこと?」

「そうだ。思い出せないか？」

「……全然ダメよ。逆獏のせいかしら」

「ンン……どれ、少し診てみよう。安心しろ。霊魂とか精神とかを弄《いじ》くるのは昔から得意だ」

「安心させる気あるの？」

しかし他に手もなかったので、撫子はアマナに任せることにした。

二人はいったん、道端に置かれた自販機へと寄った。シールまみれのベンチに、撫子はおずおずと腰を下ろす。すると、アマナはおもむろに頭に手をかざしてきた。

「――――【顕《アラワレヨ》】」

ざっと黒檀《こくたん》の扇子を広げる。すると扇子の上に、星図に似た模様が浮かぶのがかすかに見えた。細やかな模様が煌《きら》めく様を凝視し、アマナが息を詰める。

「これは……どういうことだ……」

「どうしたの？　やっぱり、逆獏の影響がまだ残っているのかしら？」

「いや……これは、逆獏とは関係ない……」

アマナは首を振り、扇子を閉じた。そして、撫子の両肩にそっと手を置いた。

「……撫子。私と会う前に、誰かに会っていないか？」

「えっと――ああ、そうだわ。商店街のところで、牛の頭をした変な子に会ったわ」

「牛の頭……？　そいつに、頭を触られたか？」

「い、いいえ。触られていないわ。ただ後ろに立っていただけで……」

「……そいつの仕業か？　いや、しかし……ともかく、これはどうにも厄介だぞ」

いつになく落ち着きのない様子のアマナに、撫子《なでしこ》は嫌な予感を覚えた。

「アマナ、教えて。わたしに、何が起きているの？」

「……逆獏《サカバク》がやったことは、いわば記憶の隠蔽《いんぺい》だ。君から獄門《ごくもん》家の人間としての記憶を隠すことで、獄卒の権能を一時的に封じ込めたんだろう」

「それで？　逆獏の方は、さっきどうにかしたわよね？」

「ああ。……問題は、だ。それとは別に、君の記憶に改竄《かいざん》の痕跡《こんせき》があることだ」

「……それって、誰かがわたしの記憶に手を加えたってこと？」

「そうだ。それも、かなり巧みだ。隠蔽でも消去でもなく窃盗——推測では、ざっと一日分ほどの記憶が何者かに奪われているはずだ」

扇子の縁をしきりに指先で撫《な》ぜつつ、アマナは気遣わしげに撫子を見つめた。

「……君は二重に記憶を操作されたんだ、撫子」

撫子は、ひとまず深呼吸した。首筋の傷跡をたどりつつ、必死で過去を思い出そうとする。

「わたし、あなたとラーメン屋さんに行ったわよね……？」

「ン……それは一昨日の話だな」

撫子は、がっくりとうなだれた。

閉じた扇子で軽く掌《てのひら》を叩《たた》きながら、アマナは撫子に目線を合わせる。

「冇問題《モーマンタイ》。別に不安に感じる必要はない。君の記憶を取り戻す手立てはいくらでもある」

「……ええ」

まっすぐに見つめてくる琥珀《こはく》の双眸《そうぼう》に、撫子はたまらず目を逸《そ》らす。

アマナの言葉に、確かに安堵《あんど》した。けれども、その真摯《しんし》な瞳《ひとみ》に奇妙な罪悪感を覚えた。

「撫子……？」

ヴゥウゥウン──首を傾《かし》げていたアマナが、はっとした顔を上げる。

耳をつんざくような怪音が、頭上に設置された防災スピーカーから流れていた。

「何なの、このサイレン……！」

「あまり良い予感はしないな……」

警戒する二人をよそに、サイレンの音はぶつりと途切れる。

それから間もなくして、轟音《ごうおん》が天地を震わせた。衝撃に電柱が揺らぎ、近くの建物から砕けた硝子《ガラス》がきらきらと煌《きら》めきながら降ってくる。

「今度は何──ッ！」

とっさにアマナを背後に庇《かば》った撫子は、見た。

地上から青空へ、一筋の光が駆けていく。隕石《いんせき》の落下を巻き戻したかのような光景だった。

それはぐんぐんと空の高みへと上り詰め──そして、弾《はじ》けた。

笛のような音を甲高く響かせて、赤い閃光《せんこう》が青空に丸く広がる。淡い水彩画に鮮烈な一雫《ひとしずく》を落としたように、青空が赤く染め上げられていった。

閃光は、消えない。巨大な丸い明かりが、天頂に輝く様はまさしく——。


「太陽……？」——鎖を構える事さえ忘れ、撫子《なでしこ》は呆然《ぼうぜん》と呟《つぶや》いた。


空に、二つの太陽が輝いている。

一つは、久遠の昔から輝き続ける恒星。

もう一つはたったいま出現した——落日を思わせる赤の巨星。

太陽よりも大きいが、光量そのものはたいしたことがない。それでも冬空はいまやうっすら赤く染め上げられ、禍々《まがまが》しい夕映えの如《ごと》き景色に変貌《へんぼう》している。

「……撫子、行くぞ」

そっと肩を引かれた。顔を上げると、険しい顔のアマナが先を示す。

「私が入った入り口までもうすぐだ。この野暮ったい団地からただちに脱出するぞ」

「あれは、一体何なの？」

アマナとともに駆けながら、撫子は空に輝く赤い光球を示した。

奇妙な赤い残光に照らされたせいか、団地はいまや小春日和のようにあたたかい。あの甘ったるい香りはいつの間にか消え、ずいぶん呼吸しやすくなっている。

「恐らく、呪術《じゅじゅつ》的に作り出した仮想の天体だ。ひとまず、急速な害はないようだ」

「急速でない害はあるかもしれないってわけね……」

二人はある集合住宅へと飛び込み、古びた階段を駆け上がった。

「あらー！　いらっしゃい！」――響き渡る人の声に、撫子は目を見開く。

開け放たれた扉からは、通り過ぎていく廊下の様子が見えた。補修跡だらけの手すり塀が延び、伴うようにして素っ気ない水色の扉とガスメーターとが延々と並んでいた。

「いってきます！」「ただいまぁ」「またね！」

「お土産だぞ～」「また光化学スモッグ？」「おばあちゃん、いらっしゃい！」

人影はない。しかし、気配だけがそこにある。

よくよく見ると、廊下に面した窓には人影が揺れていた。それだけでなく、煮炊きをするにおいもすぐ傍《そば》を人を通り抜けるような空気の動きも感じる――。

「なんなのよ、これは……」

「私も驚いたよ。ずいぶん賑《にぎ》やかだと思ったら、全て残留思念ときたものだ」

アマナの表情は見えない。しかし、声音はどこか悼むように静かだった。

「恐らくは、霊魂の残滓《ざんし》がそのまま空間に焼きついているんだろう。通常では起こりえない現象だ……一体、ここで何があったんだか」

アマナは息を切らせつつ、ある階の扉に手をかけた。

九階──団地の最上階にあたるらしい。階段の先には、屋上へと続くであろう扉が見える。

「さァ、行こう。まだ昼間だから、今から戻って準備すれば夜の──なっ……」

──嫌な予感がした。

たいてい、アマナがこういう反応をする時はよくないことが起きるのだ。なにより──彼女の開いた扉の先からは、ひどく厭《いや》なにおいがする。

撫子《なでしこ》はいくらか心づもりをしつつ、扉越しに九階の廊下を覗《のぞ》いた。

「アマナ。念のため、聞くけれど……」

静まり返った廊下には、悪臭が充満している。撫子にとっては、奇妙に覚えのあるにおいだった。これは肉と骨を焦がしたにおい──人を焼く時のにおいに、近い。

「……あなたは、どの扉から来たの?」

九階の玄関は全てが開かれ、奥からどす黒い液体が流れ出していた。

泥水──あるいは、廃油の類《たぐ》いかもしれない。奇妙に粘度の高い液体がいくつもの扉の向こうからだくだくと流れ出し、廊下の溝を溢《あふ》れさせている。

「やられた……ッ」

奇妙な縞模様の浮ぶ廊下を前に、アマナはぐしゃりと黒髪を掻《か》いた。

「誰かに──何かに、抜け道を潰《つぶ》された!」

「そんな……それじゃ、現世に帰れないってこと？」

帰れない――自らが発した言葉は、鉛を呑《の》んだように重く胸に響いた。

開かれたドアの向こうは、ひたすらに暗い。まるで宇宙の最も暗いところに繋《つな》がっているかの如《ごと》きそこには、なんの希望もないように思えた。

趣《おもむき》深い東山《ひがしやま》の町並み、霧深い忌火山《いみびやま》、煙草《たばこ》を燻《くゆ》らす教師、左側を隠した叔父の面影――。

親しんだ情景までもが黒闇《こくあん》に塗り潰されたような心地で、撫子は口元を覆う。

「どうするの……どうすればいいの……？」

「……そう慌てるな。まだ、やり口はあるさ」

アマナはぎこちない微笑を扇子で隠しつつ、縞模様の廊下を睨《にら》んだ。

「なにがなんでも、この団地から出る。ここから出てしまえば、君の記憶だって対処は――」

『――そいつ、悪い奴《やつ》だよ』

聞き覚えのある声が、頭に響く。撫子はわずかに肩を震わせて、ゆっくりと振り返った。

下の階の踊り場――壁の陰から、白い子牛の頭が覗いている。

「あなた、一体――？」

「待て、撫子」

階段を降りかけた撫子の肩を、アマナが摑《つか》んだ。にやけた目元には、困惑の色が滲《にじ》んでいる。

「……君は一体、何を見ているんだ？」

「何って……そこに――え？」

踊り場の方に指を向けたものの、そこにはもう牛の頭はない。

戸惑った瞬間、喧《やかま》しいベルの音が建物中に響きだした。

「これは……非常ベルか？」

「……変なことばかりだわ。ともかく、外に――」

アマナの服の袖《そで》を引いたその時、どこかの扉が悲鳴のような音とともに開いた。

冷たい風――そして、かすかなバニラのにおいを感じた。

「――こんなところにいたら危ないよ」

振り返れば、屋上へと続く階段の前に女が立っていた。

アマナとあまり変わらない年齢に見える。暗いオレンジ色の髪に黒のテンガロンハットを被《かぶ》った彼女は首を傾《かし》げ、二人に微笑《ほほえ》みかけた。

「……何だ、君は？」

「可哀想《かわいそう》に。非常ベル、聞こえていないのかい？」

アマナの問いを無視して、帽子の女は鳴り続ける非常ベルを指さす。右手は指先から袖口《そでぐち》に至るまで包帯でみっしりと覆われ、ろくに肌が見えない。

「ほら、こういう時は『お・か・し』って言うよねぇ？『押さない・駆けない・屍《しかばね》は踏み越えていけ』――非常時の鉄則だよね。早く逃げないと駄目じゃんよ」

「……何から逃げろと言うの？」

攻撃の意思は感じない。そして、化物《ばけもの》特有の夜を思わせるにおいも感じない。撫子《なでしこ》が女からかぎ取ったのは、どこかスモーキーなバニラの香りだけだった。

「うーん……もう、実際に見た方が早いね」

警戒する二人に、帽子の女はへらっと笑いかける。

なんの躊躇《ちゅうちょ》もなく階段に腰かけると、あろうことかチョコレートを取り出した。

「だって、もう手遅れだもん」

――どうしようもなく、嫌な予感がした。

縞模様の廊下、充満した悪臭、牛頭の少女の不在、鳴り続ける非常ベル、チョコレートを齧《かじ》る帽子の女――あらゆる奇妙なピースが、『不吉』というパズルを形作る。

「アマナ！　出るわよ！」

「な、撫子？　何を――ぎえっ……！」

なおもなにか問いかけようとしていたアマナを、撫子はとっさに引き寄せた。

強烈な霊気の動き――そして次の瞬間、建物全体が激しく揺れる。視界で色とりどりの光が乱舞する様は、まるで巨人の振るう万華鏡に閉じ込められたようだ。

撫子はよろめき、壁に手をついた。

途端、そこが沈んだ。床も壁も飴細工《あめざいく》のように溶け、上下左右が曖昧《あいまい》になっていく。

「そんなッ、なにこれ……ッ！」

サイケデリックに溶けていく世界で、撫子《なでしこ》は必死でアマナの存在を求めた。音と光が脳髄をがんがんと揺らして、いまや自分の五体の感覚さえ曖昧《あいまい》だった。

「アマナ――ッ！」

もはや、彼女の名前を叫べているかもわからない。

「神去団地《かむさりだんち》へようこそ――そして、ご愁傷様」

女の囁《ささや》きとともに、撫子の意識は彩光に眩《くら》んだ。

きぃ、きりり、きりり、きぃ、きぃ――何処《どこ》か彼方《かなた》で、カワセミが冷然と囀《さえず》っている。

断章　五里霧中

二月十二日の正午――京都駅。

京都タワーが見下ろす駅前広場には、今日も数えきれないほどの人々が行き交っている。

しかし、今はいつになく痛ましい空気が漂っていた。

「先月旅行に行ってから――！」「父と母が京都で――！」「情報提供を――！」

家族と思わしき数人が、必死でビラを配っている。ビラには『さがしています！』という文言とともに、穏やかに微笑《ほほえ》む老夫婦の写真があった。

「出かけた時にはグレーのジャケットに――！」「親父は明日が誕生日なんです！」

「母さんは持病が――！」「お願いします！」「どんな些細《ささい》な情報でも――！」

紙袋を手にした男が、通り過ぎざまにビラを受け取っていった。

「ありがとうございます！」という感謝の言葉を背に、下駄《げた》を鳴らして過ぎ去っていく。

――異様な男だった。

背が高く、群衆から頭が突き出て見えた。そんな長身に、和装にインバネスコートという装いがよく似合う。襟元《えりもと》からは、首元を隠す包帯が覗《のぞ》いた。

顔の右半分は、彫像の如《ごと》く整っている。そして左半分は、夥《おびただ》しい数の呪符《じゅふ》に覆われていた。

自らの異形を隠そうとするそぶりさえ、男にはない。

しかし誰一人として、男に意識を向ける者はいなかった。人界に降り立った死神の如きこの男は、完全に京都駅の雑踏に溶け込んでいる。

男は——獄門桐比等《ごくもんきりひと》は、それだけの力量を持つ無耶師《むやし》だった。

「かわいそう」「誕生日」「かえれない」「ひでぇ」

「……そうか」

自らの左側と適当に言葉を交わしつつ、桐比等は駅近くの屋内駐車場へと向かう。

がらんとした駐車場の片隅には、厳《いか》めしい黒の車両が停まっていた。スモークガラスのドアを開けると、女の声が外へと漏れ出した。

「……問います問います三戸《さんし》に問います、三精《さんせい》に問います……」

——煤《すす》けた気配の女だった。

色褪《いろあ》せた赤髪を雑にまとめている。小洒落た眼鏡を掛けているものの、夜闇《やあん》に研ぎ澄まされたまなざしと右目の傷跡は隠せるものではない。

和柄のシャツ、髑髏《どくろ》と蛍を刺繍《ししゅう》した派手なスカジャン、耳には大量のピアス。

教壇よりも場末のライブハウスの方が様になる女——帷子ヶ辻螢火《かたびらがつじけいか》。

撫子《なでしこ》の担任にあたる彼女が、助手席で奇妙な儀式を行っていた。

「問います問いますさいのおかたに奉る……」

隣に乗り込む桐比等《きりひと》には目もくれず、螢火《けいか》は慎重にキセルを揺らした
ぼうっと光る火皿から、膝《ひざ》の上に広げた文書へと熱い灰が零《こぼ》れ落ちていく。

不思議な材質の紙だった。透き通るほどに薄いのに、灰を落としても焦げる気配がない。

それどころか、草花を思わせる奇妙な文様が紙上に浮かび上がっていく。

「……どうだ、螢火」

桐比等が問う。キセルの火を消すと、螢火は険しい表情で文様を辿《たど》った。

「……鞍馬《くらま》の山やな。二人で行った。生きとるかはわからん」

獄門《ごくもん》分家筆頭——帷子ケ辻《かたびらがつじ》家は、巫蠱《ふこ》の術を得意とする。天地に生きる虫や幾千もの草花に精通した彼らは、これらを霊媒とすることで様々な神秘を示した。

歴史は古く、古代にまで遡《さかのぼ》るという。しかし世の変化に追われ、獄門家に傅《かしず》くこととなった。

そんな帷子ケ辻家きっての使い手が、この螢火だった。

「……帷子文書《カタビラモンジョ》でわかるのはこれくらいやな。厭《いや》やわ〜、明らかに天狗《てんぐ》事案やん。愛宕《あたご》とか鞍馬で変なこと起きてたら大抵天狗の仕業やもん。はー、どないしよ……」

「手に余るか?」

「ははっ……誰にモノ言うとるの、キリさん」

「……そうだな。無用な心配だった」

唇を吊《つ》り上げる螢火に肩をすくめ、桐比等はアクセルを踏み込んだ。

無機質なコンクリートの螺旋《らせん》を抜けて、寒々しい空の下へと滑り出る。重く垂れ込めた鉛色の雲を見上げつつ、螢火は気だるげな所作で頬杖《ほおづえ》をついた。

「それで？　今から鞍馬山に乗り込むん？」

「……一旦、貴船《きふね》に行く。鞍馬には背広どもの監視所があるからな。極力、接触は避けたい」

「祀庁《しちょう》か……最近、あちこちでまた動いとるもんなぁ。めんどくさ……」

「煩《わずら》わしいが仕方がない――ひとまず朝飯を用意してやったから、今のうちに食え」

「おっ、気ぃ利くやん。さすがはキリさんやな」

一気に表情を明るくして、螢火は後部座席に置かれた紙袋をごそごそと漁《あさ》る。

取り出したのは志津屋《しづや》のカルネ――ふんわりとしたパンにマーガリンを塗り、ハムとオニオンスライスを挟んだシンプルなサンドウィッチだ。

撫子もお気に入りのそれに齧《かぶ》りつきつつ、螢火は適当に新聞をめくる。

「……急に呼び出すんやもん。びっくりしたわ」

「悪いな」

「構へんよ。なんなら、もっと気楽に呼んでくれてもええんやで。キリさんがウチのこと呼ぶ時って、大抵『年頃の女意味わからん』って状態になった時やし……」

桐比等《きりひと》は無言だった。図星だったのだろう。

気の抜けた炭酸水に口をつけつつ、螢火《けいか》はちらりと桐比等に視線を向ける。

「最近どうなん、獄門家《ごくもんけ》。分家とか本家の諸々《もろもろ》は」

「静かだ。今のところは」

「手が必要になったら言ってな。……あー、『お前の手を煩《わずら》わせるまでもない』とか禁止な」

「…………検討はする」

言葉の形こそ変えているものの、その意図するところは変わっていない。

まったく、この男と姪《めい》はよく似ている。小さく笑った螢火は、ある記事にふと目を留めた。

「……飛行機に落書きやって。これ、なんか関係あったりせん？」

記事によると——昨年の年末頃から、近畿地方の空港を離着陸する飛行機やヘリコプターに奇妙な落書きが書き込まれるようになったらしい。

紙面には、落書きの写真も掲載されていた。新聞を何度か回転させ、螢火は眉《まゆ》を寄せた。

「梵字《ぼんじ》に似とるな……なんやっけか、見覚えあるんやけど……あー、出てこぉへん……」

「……『キャ』の字を崩した文字だな」

答える桐比等は、螢火の方を一瞥《いちべつ》もしていない。左側の呪符《じゆふ》が、かさかさと音を立てた。

「空風火水地《キヤカラバア》のキャ——即《すなわ》ち『空』を示す字。卒塔婆《そとば》や五輪塔によく記してある」

「ああ、アレか。道理で見覚えがあるわけやわ……しかし、『空』の梵字ねぇ。いかにも天狗

ども が好きそうな文字やけど……」

「天狗《てんぐ》に違いない」「きまり」「かく、てい」「うん」

断言する桐比等と同意する彼の左側に、螢火はちらっと視線を向ける。

「……根拠は？」

「僕は本物の天狗が認《したた》めた文書を何度か見たことがある。いずれの文書も、同じ印を必ず末尾につけていた。どうやら、奴《やつ》らは印章として用いているようだ」

「はん、ならこれも本物の天狗の所業ってワケやな……飛行機に書く意味はなんやろな？」

「……想像するだけ無駄だ」「むだ」「むいみ……」

信号待ち――桐比等は、熱い茶に口をつける。暗い灰色の瞳《ひとみ》が、ふと空を見た。

「ただ……奴らは空や山を自らの庭だと考えている。恐らくはなにか高所に関わることで奴らが気に入らない事象があり、人間に警告しているんだろう」

「……『落とすぞ』って？」

「ヒヒ……それで事が済めばいいな」

不吉を予期させる桐比等の笑いに、螢火もまたいっそう憂鬱《ゆううつ》な気分で曇天を見上げる。

「………撫子《なでしこ》。あんた一体、何に巻き込まれたん？」

二　日照権抗争

二月十二日――十五時。撫子《なでしこ》は、素早く体を起こした。

明るいが、狭い部屋だ。正面にはテーブルが据え付けられている。大画面のパソコンと小さなサボテンの鉢と、空になったテキーラの瓶が置いてある。

床は黒いマットレスになっていて、振り返ればオレンジ色のドアがあった。

敵の気配はない。やや警戒を解いた撫子は体の具合を確かめ、奇妙なことに気がついた。

「全部、治ってる……？」

肌はどこもかしこも滑らかで、擬天狗《ギテング》との戦いで負ったはずの傷がない。

舌先で自分の唇を探りつつ、撫子はこれまでの流れを思い出してみた。ほぼすべて覚えているが、それでもつい昨日の記憶はすっぽりと消えている。

「そんなにうまくはいかないわね……」

歯嚙《はが》みしたその時、がちゃりと開錠の音が響いた。

撫子はとっさに身構える。しかし、覚えのある香りを嗅《か》ぎ取って警戒を解いた。

「アマナ……無事だったのね」

「ン……起きたのか、撫子」

アマナは一瞬目を見開いたものの、すぐにいつものにやけた笑みを浮かべた。

「永遠に目覚めなかったらどうしようかと思ったぞ」

「あいにく元気いっぱいよ。それで？　ここは一体、どこなの？」

「コーポ榊法原《さかきのりはら》Ｇ３号棟──正しくは、そこに入っている総合カフェだ」

靴を脱ぎつつ、アマナは撫子の方に一枚のチラシをよこした。

『団地カフェ　ぴらみっど♪』──七色のポップな文字がまず目を引いた。

パソコン初心者が作成したようなチラシには、『つけもの食べ放題』『鞍馬《くらま》の火祭』『サボテン販売』『なぜなに年金教室』『花を大切にしましょう』の文字が躍っている。

「……情報の食い合わせが悪すぎない？」

「ンン……面妖《めんよう》だが、設備はなかなかのものだぞ。漫画にカラオケにビリヤード、さらにはバーまであった。残念ながらテキーラしか置いていなかったが」

「……ちょっと。まさか、こんな得体のしれない場所で飲食するつもり？」

酒瓶を何本か揺らして見せるアマナに、撫子はじとっとした視線をむける。

「黄泉竈食《ヨモツヘグイ》の原則を恐れているのなら、その危険性は低いと伝えておこう。これは、どうやら現世の品物らしい。どういう仕組みでここに流れ着いたのかは不明だがな」

言いながら、アマナが瓶コーラをよこしてきた。

慎重に受け取ったそれを、撫子《なでしこ》は警戒のまなざしで見つめる。冷たい露が浮かんだそのラベルは、現世で広く流通している品のそれだった。

「どのみち、この『はざま』はまだ現世の色が濃い。つまりは幽世《かくりよ》――黄泉《よみ》だの常世だのと呼ばれる領域ほどの影響力はない。これくらいなら、十分対処可能だ」

「……ここで飲み食いをしても、それだけで現世に帰れなくなることはないということ？」

「そういうことだ。まァ、酒の品揃《しなぞろ》えは悪いのが難点だがな……」

優雅に座りつつ、アマナはどこからともなく扇子を取り出した。

「今のところ、この場所については安全だそうだ。案内人がそう言っていた」

「……案内人？」

「ひすい――ほら、例の帽子の女だ。曰《いわ》く、団地の案内人らしい」

途端、あのテンガロンハットを被《かぶ》った女の顔が脳裏に蘇《よみがえ》る。あの異常な環境でチョコレートを貪《むさぼ》っていた女の名前は、ひすいというらしい。

「……あの得体のしれない人、信用できるの？」

「私は全く信用していない」

いっそ清々《すがすが》しいアマナの返答に、撫子はいっそう眉間《みけん》の皺《しわ》を深くした。

「しかし、我々には休息が必要なのは明白。……だから、結界を張っておいた。酒と塩と呪符《じゅふ》を使った簡易な代物だが、気休めにはなるだろう」

アマナは、扇子でドアを示す。彼女の言葉通り、その前には白い線が描かれていた。

この空間の防壁となるそれを見て、撫子は少しだけ緊張を和らげた。

アマナから借りた十徳ナイフでコーラの栓を開け、口をつける。よく冷えたコーラは、乾いた喉《のど》にスパイシーな刺激をもたらしてくれた。

「……また、私を忘れていたらどうしようかと思ったぞ」

アマナはテーブルに頬杖《ほおづえ》を突き、じっと撫子を見つめてくる。唇こそ笑っているものの、黄昏《たそがれ》の空にも似た瞳《ひとみ》にはどこか訴えかけるような光があった。

「……無用な心配よ。そう何回もあなたのことを忘れないから安心して」

「シン……そう願いたいものだな。次はタダというわけにはいかない。五十万くらい取るぞ」

「ずいぶん吹っ掛けてきたわね……」

「――――忘れて、くれるなよ」

アマナはふいっと目を逸《そ》らし、しきりに扇子を弄《もてあそ》ぶ。唇には笑みはなく、扇子を閉じ開きする手つきは常よりも荒っぽい。拗《す》ねた子供のようだと撫子は思った。

やがて、アマナは音も高く扇子を閉じた。

「君は、化物《ばけもの》の肉を求め……私は化物の魂を欲している」

閉じた扇子で撫子と自分とを交互に示しつつ、アマナはどこかぎこちなく囁《ささや》いた。

「私が情報を与え、君が狩る……わかっているな？　我々は共存共栄だ」

「何を今更……いちいち言わなくてもわかってるわよ」

気だるげに首を揺らす撫子《なでしこ》を、アマナは探るようなまなざしでじっと見つめた。

やがて、深いため息とともに扇子が開かれた。

「……ン。わかっているなら、いいんだ」

「いつにもまして心配性ね」

「心配にもなるさ。君の存在は、私の安全にも関わってくるんだから……」

「はいはい。……それで、改めて確認するけれど」

どこか居《い》た堪《たま》れない様子で視線を彷徨《さまよ》わせるアマナに、撫子は別の話題を提供してやった。

「あなたとわたしは、もともとシール探しをしていたという話だったわね」

「ン、ン……ああ、そうだ。もう一度、情報を共有しよう」

アマナは何度かうなずきつつ、ポケットからスマートフォンを取り出した。

「近隣住民の話によれば、去年の秋頃からだな。例のシールは、あちこちに貼られるようになった。はじめは悪戯《いたずら》だと思われていたんだが……」

「……同じシールが、団地にもたくさん貼られていたわね」

「ああ。私も君と会うまでにいくつか確認した。つまり、このシールは現世と『はざま』の両方に跨《またが》って存在している……これで、悪戯の線は完全に消滅したわけだ」

　次々に画像をスワイプで表示しつつ、アマナはため息を吐《つ》く。

「剝《は》がしても剝がしてもいつの間にか貼られるうえに、これを貼られると不幸が訪れるという噂《うわさ》まで流れ出しているらしくてな……それで、私のところに話が来たわけだ」

「…………毎回思うのだけれど、一体どこからこんなに胡乱《うろん》な話を集めてくるのよ？」

「ンフ……秘密の多い女は嫌いか？」

「限度ってものがあると思うわ……まぁ、いいけど」

　目玉の如《ごと》き模様がずらりと並ぶ画像から目を逸《そ》らし、撫子はコーラに口をつけた。

「それで……シール探しの果てに、わたしはここに迷い込んだのね」

「そうだ。昨日——二月十一日の正午過ぎだな。私達は鞍馬《くらま》駅の近辺で、いくつかのシールを発見した。君は餓鬼道の鎖を用い、それに導かれるままに我々は山中に入った」

　アマナの話によると、餓鬼道の鎖が導くままに二人は歩いた。

　鞍馬山からずいぶんと離れ、道なき道を進む。アマナがああだのこうだの文句を言い、撫子がそれに素っ気なく応対しているうちに、やがて二人は奇妙な場所に出たという。

「廃墟《はいきよ》を見つけたんだ。それも、一つや二つじゃない」

　アマナは囁《ささや》き、閉じた扇子を上下に動かす。建物の輪郭を示しているようだ。

「もはや小さな町といったところだった。驚いたさ、自然環境保全地域も近い場所にあんなものがあるなんて……そして、そのいたるところに例のシールが貼られていた」

「……さぞ、異様な光景だったんでしょうね」

何者かに奪い取られた記憶の光景を、撫子《なでしこ》は想像してみる。

いくらか雪の残った暗い山林。そこに埋もれるようにして佇《たたず》む廃墟《はいきょ》の群れ。ひび割れた壁を埋め尽くすシールが、こちらをじっと凝視している——。

「だから、私達はそこがシールづくりの拠点だと考えた」

落ち着きなく首筋をさする撫子をよそに、アマナは言葉を続ける。

化物《ばけもの》の気配は特になかった。撫子の嗅覚《きゅうかく》も、アマナが持ち込んだ羅盤にも反応はなかった。

しかし、餓鬼道の鎖は異様な反応を示し続けた。

「空を示していたんだ」

撫子の掌中で、髑髏《どくろ》の錘《おもり》はずっと上を指していた。

見える範囲の木々を探ったが、なにもない。二人は、錘が真上を向く箇所を探した。

そうして、廃神社に足を踏み入れた。朽ちた社は規模こそ大きかったものの、もはや何を祀《まつ》っているのかもわからなくなっていた。

アマナは、社を細々と観察していた。一方、撫子はどういうわけか一人で外に出たという。

「君はなにかに誘われ、導かれて——私の前から、姿を消した」

アマナは必死で、廃神社の周囲を探った。

しかし、撫子の姿はもうどこにもない。ほんの五分にも満たない時間のことだった。

攫《さら》われた——即座に理解したアマナは、いったんその場を後にした。

そして準備を整えると、改めて一帯を調べなおした。結果、廃墟群《はいきょぐん》の周囲では現世と『はざま』との境界が奇妙に揺らいでいることに気がついた。

「いわば幽霊街——かつては現世と『はざま』に跨《また》って存在したものの、なんらかの原因で『はざま』に切り離されてしまった場所なんだろうと考えた。それで、特に境界が綻《ほころ》んでいる箇所を探しだし……こうして、まんまと潜り込んだわけだ」

緩やかに両手を広げてみせるアマナに対し、撫子はうつむく。

「……なにも、覚えていないわ」

「ンンー、そう落ち込むな。記憶はなくとも、命はあるだろう」

撫子は力なく首を振り、ぐしゃぐしゃとミルクティー色の髪を掻《か》いた。

記憶はない。そして、団地からの帰り道さえわからない。

アマナがいるのは心強いことだ。しかし——。

「……アマナ。耀《ヨウ》、いくつ残っている?」

「ン、団地に来るのに一つ使ったから……残り二つだな」

言いながら、アマナは左手に二つの耀を生じさせた。宇宙を閉じ込めたような珠《たま》を白い指先が弄《もてあそ》ぶさまを、撫子はじっと見つめる。

アマナは体質の影響により、大規模な術をあまり使えない。

それを解消するために、この耀《ヨウ》という霊気の結晶を用いているのだが——。

「これだけで現世に二人で戻るのは、今の私の技量では難しいな。だから、ひとまずは団地を探ろう。そうして、境界の綻《ほころ》んでいる箇所を見つけて——」

「そう……なら、こうしちゃいられないわね」

撫子《なでしこ》は意を決し、動き出した。しかし、セーラー服の襟《えり》をちょんと摘《つ》ままれた。

「おい、どこに行くんだ?」

「どこって……外に出るのよ。まずは辺りを調べないと」

「いや、君はまずはしっかり休むべきだな」

「きゃっ——ちょっと!」

襟を引かれ、撫子はそのままころんとマットの上に転がされた。

撫子は抗議の声を上げげつつも、そのまま起き上がろうとする。それよりも早く、涼しい顔をしたアマナが胴体の上に両足をのせてきた。

「おお、これはちょうどいいスツールだな」

「…………あなたね」

「ンー……自分の状態をしっかり判断したまえよ、お嬢さん」

唸《うな》り声を上げる撫子を両足で封じたまま、アマナは扇子を優雅に揺らす。

「君は逆獏《サカバク》だけでなく、何者かに精神を引っ掻《か》き回された。そのうえ、二面天狗《てんぐ》との戦いでも消耗している。いまはしっかり休むべきだ」

「そんな、悠長な……休んでいる暇なんて――」

「……今回は恐らく、長丁場になる」

堂々と足を組みつつ、アマナはスマートフォンを取り出した。

恐らく、例のシールを眺めているのだろう。あの気味の悪い三つの円を思い出すだけで、背筋がぞわぞわしてくる。撫子の手足から、わずかに力が抜けた。

「この胡散臭《うさんくさ》い団地に、もう一つの太陽ときた。なにが起きるか予想もつかない。休める時に休んでおいた方がいい――無耶師《むやし》は精神が要《かなめ》だろう。忘れたのか?」

「……喧《やかま》しいわね」

閉じた扇子でぺんぺんと頭を叩《たた》かれ、撫子は奥歯を噛《か》み締める。

平時ならば、これくらいの拘束はたやすく払いのけることができた。しかし今の撫子にとって、すらりとしたアマナの足はさながら鉄格子のようだ。

まったく力が入らない――撫子は打ちひしがれ、黒いマットレスにずんと沈み込む。

「……腹が立つ……足が長い……」

「ンフー、すまないな。モデル体型なもので」

アマナはにんまりと笑いながら、テーブルに載せたテキーラへと手を伸ばした。

「ここの主から、なにかしら聞きだしたいところだが……生憎《あいにく》、彼女は今は留守だ。数時間ほどで戻るらしいから、君はそれまで休むといい」

「……焦《じ》れるわね」

「落ち着け。大事なことは三つ。実にシンプルだ」

アマナは足をどかすと、指を三本立てた。

撫子《なでしこ》は寝返りを打ち、マニキュアで綺麗《きれい》に縁取られた指先をじっと睨《にら》みつける。

「まずは休むこと。そして、団地を調べること。そのうえで、脱出方法を探すこと。境界が綻《ほころ》んでいる箇所でも見つかれば御の字だが……そんなにスムーズに事は進まないだろう」

「……わかったわよ。団地での活動に備えて、しっかり休むわ」

「それがいい。まずはひすいから話を聞こう。彼女が戻ったら、起こしてやるから――」

「……アマナ」

マットに頬杖《ほおづえ》を突き、撫子は隣に座るアマナを見上げる。さっそく酒盛りを始めようとしていた彼女は、きょとんとした顔で首を傾《かし》げた。

「なんだ？」

「ごめんなさいね。心配をかけたわ」

「……まったくだ」

唇の端を下げると、アマナは不貞腐《ふてくさ》れた様子で酒瓶の腹を指先で撫《な》でた。

「勝手にいなくなるんじゃない。なにか異変を感じたなら私に声をかけたまえよ。おかげで私は一般人にもかかわらず、こんな……」

「……ひひっ……一般人、ねぇ」

「なんだ？　その不気味な笑顔は……」

じろりと見つめてくるアマナに、撫子はにやりと悪戯《いたずら》っぽく笑ってみせた。

「まじないに関してはスペシャリストなんでしょう、おねえさん？」

「――なっ」玉のような肌にさっと朱が差す。

珍しい表情を面白そうに眺める撫子の前で、それでもアマナは即座にいつもの曖昧《あいまい》な微笑を装った。しかし、整った眉《まゆ》が少しだけ引き攣《つ》っている。

「ま、まァ……時には、そうだな。しかし、私はとびきり美しいだけの――」

「『私以上に呪術《じゅじゅつ》だの妖術《ようじゅつ》だのに詳しい奴《やつ》がいるものか』――だったわよね？　とっても心強かったわ。もういい加減に無耶師《むやし》と名乗ったら？」

「うるさいな！　私にもいろいろあるんだ！　ほら、君はさっさと寝たまえ！」

「ややこしい人ね……」

「君にだけは言われたくないな！　ほら！　早急におねんねしろ！」

怒声とともに、アマナのロングコートを引っ掛けられた。

いつも手玉にとられている分、翻弄《ほんろう》されるアマナの姿は少しだけ新鮮だった。撫子は自分のコートを枕《まくら》にしつつ、とりあえずアマナのコートを被《かぶ》った。

それだけで、まぶたが重くなる。どうやら、思った以上に疲労していたらしい。

意識が遠のくのを感じつつ、撫子《なでしこ》はアマナの横顔をじっと見つめる。

「ねぇ、アマナ……。わたし、あなたに、何か悪いことをしていないかしら？」

「ン……強いて言うなら、私を置き去りにしたことだな」

アマナは、いじけたような様子を見せた。黒髪をいじり、唇を尖《とが》らせる。

正体不明の罪悪感は、今も胸のうちに淡い影を落としている。けれども美しくも愛嬌《あいきょう》のある彼女の表情に、撫子は少しだけ微笑《ほほえ》ましい心地になった。

「アマナ……ごめんなさい、ね……」

ぼんやりとした謝罪の言葉を残して、撫子の意識は夢へと溶けていった。

◇　◆　◇

かすかな声に、アマナはちらと瞳《ひとみ》を動かす。

その時には、撫子はもう眠りについていた。赤い瞳はまぶたの内に隠され、乱れたミルクティー色の髪が人形のような顔を柔らかく縁取っている。

それを見守りつつ、アマナは珊瑚珠《さんごしゅ》色の唇に錫《すず》の杯をつけた。

アルコールの熱を一気に流し込む。そして目を伏せ、何度か深呼吸を繰り返した。

照明が翳《かげ》る――アマナは、きつく眉《まゆ》を寄せた。

蠱惑《こわく》的なにおいが鼻腔《びくう》を刺した。甘く刺激的な香気は、アマナが普段から気配を隠すために用いているものではない。これは人を堕《お》とし、絡めとる術に用いる香――。

「……またか。いい加減、うるさいぞ」

囁《ささや》き、瞼《まぶた》を開く。すると、部屋の中はどこか遠くの景色のように朦朧《もうろう》と霞《かす》んでいた。

――視界に、色彩が翻《ひるがえ》る。

霧にも煙にも似た帳《とばり》が、空間を乱している。幾重にも折り重なるそれらは、どこか現実味のない部屋の内でも奇妙に鮮やかな輪郭を持っていた。

帳は絶えず、激しく揺れ動いている。そのたびに、女の囁きが無数に響いた。

不意に――正面の帳に、金色の影が現れる。

白い指が覗《のぞ》いた。鋭く砕けた瑠璃《るり》を思わせる爪《つめ》を持つそれが、薄絹をそっとどける。

闇《やみ》、闇、闇――奈落《ならく》の裂け目の如《ごと》きそこに、金の虹彩《こうさい》が光った。

〝……厭《いや》な場所です〟

数多《あまた》の囁きに混じって、玲瓏《れいろう》とした声が響く。

〝我々はただちにここを去るべきではないかな、子狐《こぎつね》〟

低く艶《つや》やかなその声が紡ぐのは、もう話す者のいない言語だった。遥《はる》か時の彼方《かなた》に失われたそれを、アマナには望まずとも理解できた。

「言われずともその予定だ。さっさと消えろ」

〝──お前は、一人でなら帰ることができるでしょう〟

周囲の囁きが高まる。アマナは眉《まゆ》をきつく寄せ、金色の影をじっと睨《にら》んだ。

〝獄卒の娘を誑《たら》しこんだのは上出来です……彼女は確かに有益だ。しかし、命には代えられません。お前はただちに、ここから去るべきだ〟

「……亡霊は黙っていたまえよ」

琥珀《こはく》の目をまっすぐ帳に向けたまま、アマナは珊瑚珠《さんごしゅ》色の唇を吊《つ》り上げる。

〝──どうやら立場がわかっていないようですね、子狐〟

周囲を取り巻く帳が、嵐《あらし》に晒《さら》されたかのように動いた。数多の女達の囁きが、雨音の如くざあざあと響く。アマナは小さく呻《うめ》き、頭を押さえた。

正面の帳の向こうで、金色の影が揺らめく──九つの尾が、挑発するように蠢《うごめ》いた。

〝我々はいつもお前を案じておりますよ。ここに饕餮《トウテツ》でもいたら大変だもの〟

ゆらり──視界の端で、淡い色彩が揺れる。

気がつけば、アマナのすぐ背後にもいつの間にか帳があった。自らを帳の内に封じようとする薄絹を、アマナは鬱陶《うっとう》しげに振り払う。

〝帳を越えておいで。お前の安息は、我々の閨房《けいぼう》にこそあるのです。さぁ、さぁ……〟

「……都は焼けた、王は死んだ」

鈍く痛むこめかみを押さえつつ、アマナはそれでも冷ややかな笑みを保った。

周囲を取り囲む囁《ささや》きは、もはや音の洪水のようだ。気を抜けば意識さえも流し去りそうなそれに抗《あらが》うかのように、アマナは扇子を振り払った。

「殷《いん》は滅んだ、お前も消えた。さっさと消えろ、妲己《だつき》——！」

風の音が響く。帳《とばり》の色彩が揺らぎ、空間に溶けるようにして消えていく。

しかし正面の帳だけは最後まで残っていた。薄絹の陰から、黄金の双眸《そうぼう》が——九つの円を刻んだ金の虹彩《こうさい》が、アマナの引き攣《つ》った微笑を心底愉快そうに映している。

〝我々はいつでもお前の傍《そば》におりますよ——お前は、我々なのだからね〟

「……お前に私は譲らない」

かすかな笑い声とともに、帳にかかっていた指が消えた。九つの影が、ゆらりと翻《ひるがえ》った。

最後の帳が透き通り、蠱惑《こわく》的な香のにおいが遠ざかっていく。

帳は消えた。照明が光度を取り戻す。

隣では、撫子《なでしこ》が静かな寝息を立てていた。

何事もなかったかのように、撫子は眠り続けている——実際、彼女にとっては何事もなかったのだろう。帳の景色は、全て幻覚だ。

しかし——髪に触れようとしたアマナは、あの香気が体に染みついているのに気づいた。

「妖《イウ》（くそ）ッ……！」

大きく息を吐くと、アマナは隣で眠る撫子の顔に目をやった。

穏やかな寝顔がコートに埋もれている。まるで猫のように、華奢《きやしや》な体を丸めていた。ミルクティー色の髪に、アマナは手を伸ばす。顔にかかった髪を払ってやろうと思ったものの、少し動くだけで鼻先にあの蠱惑的な香りが漂った。

――――まるで、自分の手があの女のものになってしまったかのようだ。

アマナは、うつむいた。伸ばしかけた手を引き、震える自分の肩を抱きしめる。

「…………加油《ガアヤウ》（頑張れ）」

珊瑚珠《さんごしゅ》色の唇が、ぽつりと呟《つぶや》く。自分の体を拘束するように抱きしめ、琥珀《こはく》の目を見開いたまま、アマナはひたすら『加油《ガアヤウ》』と繰り返した。

「加油、加油、加油……大丈夫……私はやれる……撫子のために、ちゃんとやれるから……」

◇　◆　◇

四時間後――撫子は枕《まくら》にしていたコートを引っこ抜かれた。

「んぅ……ちょっと、もぉ……」

「そら、起きたまえ。ひすいが帰ってきたぞ」

軽い声のアマナに唸《うな》りつつ、撫子はゆるゆると顔を起こした。自分のスマートフォンで時計を確認すると、今はちょうど夜の七時になったところらしい。

「おやまァ、ひどい顔だな。パウダールームがあるから、顔を洗ってきたらどうだ」

頭を押さえていた撫子《なでしこ》は、よろよろと立ち上がる。

これからろくに知らない人間に会うのだから、顔くらいは洗いたいと思った。パウダールームとやらの位置を聞こうとしてアマナを見た撫子は、一瞬動きを止めた。

「………アマナ?」

「ン?　どうした?」

「……あなた、ちゃんと寝た?」

「妙なことを言うなァ。もちろん、休んださ」

扇子をひらつかせるアマナの顔は、いつもと変わらずにやけ面だ。しかし、何故《なぜ》だか撫子はアマナが先ほどよりもずっと疲れているように見えた。

「……そう。なら、良いのだけれど」

恐らく、あまり眠れていないのだろう。なのに、自分だけがぐっすり休んでしまった。

後ろめたさを感じつつ、撫子はコートを羽織った。

外に出ると、カラフルなライトと安っぽいラテンミュージックが二人を迎えた。『ぴらぴらぴらみっど～♪』――機械音声のような女の歌声が延々と繰り返している。

「なんて場所なの……」

「……まァ、確かに薬物中毒者の幻覚のような店ではある」

カラフルな廊下を歩くと、視線を感じた。撫子は涼しい顔を保ったまま、視線だけで様子を窺《うかが》う。両側の壁に並ぶドアのいくつかが、うっすらと開いていた。

「……アマナ」

「放っておけ。恐らく、ひすいの客だろう」

やがて二人は、両開きの扉の前に辿《たど》り着く。

踊り狂うサボテンの絵を描いた扉をアマナが開くと、ミラーボールの輝きが溢《あふ》れ出した。

カラオケ用のブースだ。L字型のソファで、女がうまそうにコーラを飲んでいた。

「……やー。起きたんだねぇ」

女は──ひすいは、被《かぶ》っていたテンガロンハットをちょっと持ち上げた。

ダークオレンジの髪を中途半端に伸ばしている。整った顔立ちだが童顔気味で、いまいち年齢がはっきりしない。まなざしはどこか眠そうだ。

派手な女だった。鮮やかな青緑のストールに、黒のタートルネックとジーンズ。身じろぎするたびに、どこかエスニックな指輪や首飾りがミラーボールに煌《きら》めいた。

「大変だったねぇ。来て早々にあんなことに巻き込まれちゃってさぁ。改めまして、私は樒《しきみ》堂《どう》ひすい……東京の学生さ。気安くひすいと呼んでおくれよ。よろしくねぇ」

「……獄門《ごくもん》撫子よ」

「撫子ちゃんね……オーケー、オーケー。大丈夫、ちゃんと覚えたさ。まぁ……私は人の顔と名前を覚えるのが本ッ当に苦手だから、忘れていても許してねぇ」

「それは、構わないけれど……」

適当に拍手するひすいを、撫子《なでしこ》はじっと見つめる。

獄門《ごくもん》の名に反応しなかった——出会った時のアマナと同じタイプだ。

「さーてーとぉ、撫子ちゃんはおなかがすいているよねぇ」

テンガロンハットをしきりにいじりつつ、ひすいはバーの方に歩いて行った。

アマナはすでに端の方に腰かけ、分厚い歌本を退屈そうに読んでいる。撫子は、とりあえず彼女の隣にちんまりと収まることにした。

「悪いねぇ、あんまり物がなくってさぁ」

ひすいはすぐに、プラスチックのトレイを手にして戻ってきた。

どこか申し訳なさそうな様子で彼女がテーブルに置いたトレイには、二本の瓶コーラと——。

「ナチョスとチリコンカンしか用意できないんだよねぇ」

「……ちょっとしたパーティーじゃない？」

撫子はまごつきつつも、妙にメキシカンなトレイを受け取った。

「ここにいるということは、君もただの女子大生じゃないだろう？　無耶師《むやし》か？」

アマナがたずねると、ひすいは笑いながら首を振った。

「とんでもない。私は女子大生兼タタリコンサルタント……相談とか仲介専門さ。呪詛《じゅそ》だの祟《たた》りだのに対処する裏方だよ。ま、他にもバイトで手広くやってるけど」

「ふぅん……この業界にも、そんな仕事があるのね」

獄門家には――少なくとも、撫子には関わりのない職種だ。叔父は関わったことがあるのだろうかと考えつつ、撫子は冷えたコーラを口にする。

「――それで、ここは一体何なんだ？」

黒檀《こくたん》の扇子で、アマナはぐるりと周囲を示した。

そして先端を天井に向けて、皮肉っぽく唇を吊《つ》り上げる。目は笑っていなかった。

「あの赤い太陽も、超巨大LEDなどではないんだろう？」

「ここは神去団地《かむさりだんち》。かつての名は、旧榊法原《さかきのりはら》ニュータウン」

テンガロンハットを適当にいじりつつ、ひすいは夢を見るように瞼《まぶた》を伏せる。

「無耶師である蠟梅羽《ろうばいば》一族の居城であり……現在は第二の太陽『松明丸《たいまつまる》』をめぐり、無耶師達が日夜殺し合いを繰り広げているワンダーランドさ」

「神去団地、ね……」

撫子は、そっとその名前を繰り返す。どこか物悲しい響きのある名前だった。

タブレットを取り出しつつ、ひすいは二人に外に出るよう促した。

「おいでよ。……神去団地を見せてあげる」


扉を開けると、まず圧力を感じた。

十メートル足らずの位置に、煤《すす》けた壁がある。

たまらず上を見れば、見たことがないほどに狭い空があった。西日を思わせる赤々とした輝きが、頭上から細く差し込んでくる。

甘い香りはもう感じない。しかし、目の前にある壁のせいで息が詰まってくる。

メキシカンなトレイをもりもりと食しつつ、撫子《なでしこ》はため息をついた。

「……窮屈ね」

「ちょっと辛抱しておくれ。このあたりはひどく密集しているんだ」

暗い階段を上りつつ、ひすいがざっと周囲を示す。どの階からも壁しか見えないのが異様だ。どうやら、隣の建物がほぼくっつく形で建造されているらしい。

「ンー……景観保護条例どころか建築基準法を完全に無視しているな」

「仕方のないことさ。なんせ、ここは成立の過程もメチャクチャで――はい、到着」

『立入禁止』の扉をひすいが開く。目の前に、がらんとした屋上が広がった。

そして、神去団地《かむさりだんち》がそこにはあった。

建物、建物、建物……みっしりと隙間《すきま》を縫うように、住宅が詰め込まれている。コンクリート製の住宅だけでなく、古びた寺社のような木屋根や瓦屋根《かわらやね》もあった。

法則も、規則性すらもそこにはない。新旧の建材が混在し、地表にぶちまけられている。

群青の夜空は松明丸《たいまつまる》が支配し、地上を赤々と照らしている。

「……まるで九龍城砦《クーロンじようさい》だな」

アマナもまた呆然《ぼうぜん》と、眼下に広がる神去団地の混沌《こんとん》を見つめていた。扇子で口元を覆うことさえ忘れ、赤光に琥珀《こはく》の瞳《ひとみ》を煌《きら》めかせていた。

「確か、昔の香港《ホンコン》にあった場所のことよね？」

「ああ——九龍寨城《ガウロンツアーイセン》。東洋の魔窟《まくつ》ともいわれていてな。こんな風に、高い建物を山ほど建てていたんだ。私の母と祖父母が一時期隠れていた場所だよ」

「…………なんで隠れていたの？」

「ン……まァ、母方は風水やら方術やらをやっていたからな。きっと知りすぎたんだろう」

『何を？』と聞くのはやめておいた。

「この『はざま』は蠟梅羽《ろうばいば》一族の手で拡張されたものでさ」

タブレットの画面に素早く指先を滑らせつつ、ひすいが語った。

「団地そのものは、ダイダラボッチの掌《てのひら》を土台とする形で築かれたんだって。んーと……予測だと、今日はあのあたりかな。ちょっと見ててごらん」

ひすいは手元のタブレットを確認すると、夜景の端のほうを示した。

間もなく、風の音を『ドーン』という轟音《ごうおん》が搔《か》き消す。ひすいが指さした区画から奇妙な色の稲妻が走り、建物の輪郭が溶けていくのが見えた。

「あれは、さっきわたし達が巻き込まれたのと同じ……」

「新陳代謝の名残さ。ある程度建物が老朽化したり、刺激を受けたりすると、あんな風にド派手に建て変わるんだよ。ただ、大まかな地図はあってね――」

タブレットに表示されたのは、いびつな手の形をした地図だった。まさしく、この団地には親指から小指までの五指に擬《なぞら》えた五つの街区が存在するらしい。

「団地はいまもじわじわ広がってる。もう正確な面積も地理もよくわからないけど――ともかく、私達がいるのは人差し指の街区のこのあたり」

ひすいは、画面を指さす。ちょうど、手で言えば人差し指第二関節にほど近い場所だ。

そして指先を滑らせると、眼下の景色の彼方《かなた》を示した。

「で、あのあたりが団地心臓部――文字通り、神去団地《かむさりだんち》の中枢さ」

地図で言えば、ちょうど掌中にあたる部分だった。

屋上のフェンスに顔を近づけ、撫子《なでしこ》は目を凝らす。神去団地心臓部にあたる場所は廃墟群《はいきょぐん》が積層しているらしく、ここからは真っ黒な山が聳《そび》えているように見えた。

「蠟梅羽《ろうばいば》一族の居城はあそこだって話だねぇ……でも、結界で誰も入ることができないんだ」

「……興味深いな。その蠟梅羽一族とは、一体何者だ？」

扇子をぱちぱちと鳴らし、アマナがたずねる。

「『はざま』にこれほどの居城を築く――並の無耶師《むやし》ではないだろう」

「なんか、天狗《てんぐ》の末裔《まつえい》って話だねぇ。私もあんまり知らないけど、昔はそれなりに有名だったらしいよ。今はずっとここに籠《こも》っているみたいだけど」

「……まさか、あの不格好極まりない天狗モドキが蠟梅羽一族だとか言わないだろうな？」

「びっくりだよねぇ。でも、あれでも大天狗の係累を名乗っているらしくてさぁ」

片眉《かたまゆ》を吊《つ》り上げるアマナをよそに、ひすいは肩をすくめる。

一方の撫子は煌《きら》めく夜景を険しい顔で見つめたまま、静かに料理を口に運んだ。

「……美味《おい》しい」

豆とトマトとを煮込んだチリコンカンは、様々なスパイスで巧妙に味をつけてある。ナチョスはこれに冷凍のオニオンフライとトウモロコシの粉で作ったトルティーヤチップスを合わせ、熱々のチーズソースをかけた一品だった。

いずれも自分の腹は満たせないものの、撫子は遠い異国の味をしっかりと嚙《か》み締める。

「私のお手製トルティーヤ、気にいってくれて嬉《うれ》しいよ」

ひすいは笑い、小さく拍手してみせた。

「前にメキシコを周遊してから、すっかりラテンアメリカにハマっちゃってねぇ。本当はもっと見聞を広めたかったんだけど、ちょっとマズっちゃって……ずっとここで開店休業中さ。このままじゃ、パトロンに怒られちゃうよ」

「ほう……パトロンがいるのか、タタリコンサルタント様には」

「そりゃいるとも。この業界は物騒だからさ……これ以上はナイショね」

わざとらしく人差し指を唇に当てると、ひすいはフェンスに背中をもたせかけた。帽子を軽く持ち上げて、疲れたようなまなざしで松明丸《たいまつまる》を見上げる。

「……蠟梅羽《ろうばいば》一族は、ずっと松明丸の研究をしているんだ。空に還《かえ》るために、もう何十年も同じことを繰り返しているみたいだよぉ」

「……空に、還るため?」撫子《なでしこ》は眉《まゆ》を寄せる。

「そう——蠟梅羽一族はね、始祖が飛んだ空を忘れられないんだってさ。だから、先祖代々頑張ってる。団地も太陽もその一環。迷惑に健気《けなげ》だよねぇ、ホント」

「……それで空を飛べるとは、とても思えないけれど」

「どうだかね。彼らが求めているのは現世の空ではなく、幽世《かくりよ》の空らしいからさ」

「ン……ろくでなしどもの巣窟《そうくつ》だな」

幽世。それは『はざま』のその先——まったく未知の領域だ。

現世とは『はざま』を隔てて隔絶されており、時に『他界』とも呼ばれる。神の住まう聖域とも、魔の潜む深淵《しんえん》とも、あるいはその両方であるとも語られている。

幽世にまつわる話はすべてが朧《おぼろ》で、どれが嘘《うそ》か真《まこと》かも定かではない。

「天狗《てんぐ》は何処《どこ》までも飛べる化物《ばけもの》だと言われてる——妄想が尽きない限り、ね」

気だるげに言いつつ、ひすいは銀紙に包まれたチョコレートを割った。

いびつに割れたチョコレートをしげしげと眺めると、小さく割れた方を撫子に差し出してきた。撫子は丁重にお断りした。

「だから、彼らは幽世の際まで飛ぶことができる……蠟梅羽一族はね、そんな天狗に戻りたいんだ。この団地の全ては、彼らの悪あがきの産物さ」

「……幽世の空って、太陽とか団地とかを作ったらいけるものなの？」

比較的詳しそうなアマナに、撫子はそっと尋ねる。

「ン、まァ……空だの海だのはもともと幽世に繋《つな》がりやすい場所だ。そこを求めて、高層建築物を建てることはおかしくはない。しかし、あの太陽については……ンンン……」

アマナは深く考え込み始めた。とりあえずそっとしておくことにした。

「ともかく……そんな蠟梅羽の傑作が、あの松明丸ってワケ」

チョコレートを口に運びつつ、ひすいが困ったように肩をすくめる。

「あれを巡って、みんなが日夜殺し合いをしていてね……もうしっちゃかめっちゃかだよ」

撫子は、心臓を手にした黒天狗の姿を思い出した。あの天狗の犠牲者も、松明丸を求めてここにきた無耶師《むやし》の誰かだったのだろうか。

「……事情はわかった」

どうやら深い思索の旅から戻ったらしいアマナは、にやけた顔で扇子を揺らめかせた。

「我々は松明丸とやらにはさっぱり興味がない。……ここからの脱出方法は？」

「ないよ、そんなの」

びょう——と、夜風の音が屋上に響く。

階下から微《かす》かに漏れる『ぴらぴらぴらみっど〜♪』の歌が、虚《むな》しく聞こえた。

「………帰れないの？」

「うん。一度ここに入るとさぁ、帰れない仕組みになっているんだよね」

ひすいはフェンスの狭間《はざま》から手を伸ばすと、夜景の中央に横たわる光の道を示した。

「たとえば……この人差し指の大通りをどんどん山の方に進んでも無駄さ。いつの間にか、どこかの関節に戻ってくる」

「空間を弄《いじ》っているのか……蠟梅羽《ろうばいば》一族の仕込みか？」

「そうだねぇ。連中が、ここに入った者を逃がさないようにしているんだよ」

「……それって、変じゃない？　蠟梅羽一族からしたら、侵入者なんて邪魔で仕方がないはずよ。なのに、どうしてわざわざ閉じ込めるような真似《まね》をするわけ？」

「考えるだけ無駄さ。連中、どうかしているんだよねぇ」

ひすいは軽く肩をすくめると、チョコレートを包んでいた銀紙を適当に放り捨てた。

そして輝かんばかりの笑顔を浮かべると、ぱんっと手を打ってみせる。

「でもさぁ、君達は幸運だよ。なんたって、私に会えたんだからねぇ」

「……というと？」扇子越しに、アマナが目を細めた。

「こんなイカれた限界団地で、少しでもゴキゲンに過ごすために……」

　ひすいが見せたタブレットには、『神去団地町内会《かむさりだんちちょうないかい》』という画像が表示されていた。笑顔の老人や若者のイラストともに、藁《わら》人形や五芒星《ごぼうせい》がちりばめられている。

「お二方に、我ら神去団地町内会をご紹介しようじゃないか！　私達に加われば一安心！　安全な寝床もあるし、食べ物や飲み物も提供できる！　おいでませ〜」

　うきうきした様子のひすいをよそに、アマナは渋い顔でタブレットを見つめた。

「『私達』ということは……他の無耶師《むやし》もいるんだな？」

「もっちろ〜ん。ここの団地はいま、蠟梅羽一族の他にも二つの大きな無耶師勢力が争っててね。そのどちらでもない人達が集まっているんだよ」

「……無耶師は本来、協調性のない連中だ。血縁も徒弟関係もない状態でまとまるとは到底思えない。ロクな予感がしないな。私は御免こうむる」

「なんだよ〜。ノリが悪いなぁ、蓬莱柿《ほうらいがき》さんは」

「今のでさらに加入意思が減退した」「ええー！　そんなー！」

　やいのやいのと言い争う女子大生達をよそに、撫子《なでしこ》はじっと考え込む。

　神去団地では、無耶師が日夜殺し合いを繰り広げている。そのうえ、逆獏《サカバク》のような化物《ばけもの》も棲《す》みついているようだ。頭上に輝く松明丸《たいまつまる》も得体が知れない。

　撫子は臆《おく》さない。獄卒の血を引く体は強靭《きょうじん》で、この過酷な団地でも戦える自信はある。

　けれども──首筋に触れつつ、撫子はアマナの様子を窺《うかが》う。今は元気そうに見えるが、目覚めた後の彼女の顔は明らかに疲労していた。

——安全な寝床もあるし、食べ物や飲み物も提供できる！

「……加入を検討するわ」

「ええ……？」「おお！　さすがは撫子《なでしこ》ちゃん！」

アマナは一気にげんなりした顔になり、ひすいはぱっと顔を輝かせた。

撫子はぎゅっと手を握りしめると、しっかりとうなずいた。

「安全な寝床は必要よ。なにより、少しでも情報が欲しいの。お互いに協力し合えば、この変な場所からの脱出方法も見つかるかもしれないでしょう？」

「それは、そうだが……しかし……」

「オーケー、オーケー！　素晴《エクセレンテ》らしい！」

ひすいは満面の笑顔で、撫子の肩をばんばんと叩《たた》いた。撫子はちょっとだけ気分を害した。

「じゃ、さっそくみんなを集めよう！　大丈夫、きっと歓迎してくれるよ！」

「あっ、おい——！」

颯爽《さっそう》とストールをなびかせ、ひすいは屋上を出ていった。

伸ばしかけた手を下ろし、アマナは疲れ切った顔で扇子を揺らす。

「……本気か、撫子？　本気で、あの胡散臭《うさんくさ》い女の町内会に加わるつもりか？」

「ええ。前向きに考えているわ」

撫子は決然とした面持ちで、お手製トルティーヤチップスを口元に運ぶ。

「確かに、あまり信用できないけれど……でも、今は行動しないと」

日頃から作っているせいで、染みついたのだろうか。目の前を通り過ぎたひすいからは、微《かす》かに焼けたトウモロコシのような香りがした。

「大丈夫よ。わたし、みんなに馴染《なじ》めるように頑張るから……」

◇◆◇

「――新入りを紹介するね！　こちらは獄門《ごくもん》撫子ちゃん！」

「出てけッ！　この人でなしがッ！」

コーポ榊法原《さかきのりはら》Ｇ３号棟一階集会室――パイプ椅子《いす》とテーブルとが並ぶその場所は、数秒前までは疲れ切った様子の人々が思い思いの姿で過ごしていた。

しかし、いまや彼らは凄《すさ》まじい形相でひたすらに怒声を浴びせてくる――主に、撫子に。

「出ていけ！」「ふざけんな！」「なんてもの連れて来たんだ！」

「おやまァ……素晴らしい歓迎だな」

アマナが皮肉っぽく唇を吊《つ》り上げる。しかし、琥珀《こはく》の目は笑っていない。

撫子は静かな表情で、集会室を見回した。

「冗談じゃないよ、獄門だなんて……！」

白い衣に身を包み、頭に五徳を被《かぶ》った老婆が藁《わら》人形を振り回す。

「蠟梅羽《ろうばいば》よりタチが悪いじゃないか！　冗談じゃない！　塩持ってきな、塩……！」

「トメの言う通りだーッ！」

口から泡を飛ばしながら、太刀を携えた狩衣《かりぎぬ》姿の老人が立ち上がる。

「獄門《ごくもん》などいらん！　ワシの刃《やいば》で蠟梅羽のクソどもをブチ殺してくれるわーッ！」

「このボケナスが！　あたしゃウメだって言ってんだろッ！」

「お、落ち着こうよぉ……戦力が増えるのはいいことじゃない……」

「「小娘は黙っておれ！」」

「ひぃぃ……」

おずおずと口をはさんだ若い尼僧は、震えながら着席した。

その近くでは、金髪の巫女《みこ》がひたすらストロングな酒を飲んでいた。血走った眼《め》をした彼女を、蛇のタトゥーをした白人男性がなんとか酒から引き剝《は》がそうとしている。

「やめましょう、何本目ですか……もうそれくらいに……せめて祈りましょうよ……」

「好きにさせなよ……どうせ、全員死ぬんだから」

段ボール箱を被った少年が呻《うめ》く。周囲には、ねじれたスプーンが散らばっている。

「ねえ、獄門さんってなんなの……？　これ以上、よくないことが起こるの……？」

「まーまー、みんな、落ち着きなよ～」

ひすいがあくびをしつつ、なだめるように両手を動かした。

「同じ人間だろ？　仲良くしようよ。あ、なんなら今からツイスターでもやるかい？」

「──ちょっと！　ひすい！」

女が一人、足音も荒くひすいへと近づいた。

若いが、やつれている。キャラメルブラウンに染めた髪は根元が黒い。黒縁眼鏡をかけた目元にはクマが浮かび、スーツはすっかり形が崩れてしまっている。

「おっ、ストちゃん。いたんだねぇ」

「『いたんだねぇ』じゃないわ！　どういうつもりなの、あんた！」

「どういうつもりって……あー、こちらはストロング中毒ちゃん。深夜の鴨川《かもがわ》デルタで呑《の》むのが趣味。前は広告会社で頑張ってた働き者さんで、ここにはうっかり──」

「枕辺《まくらべ》鮎美《あゆみ》だッ！　ふざけんなッ！　あとうっかりでもないわッ！」

ストロング中毒ちゃんは怒鳴りながら、首に掛けていた社員証を持ち上げる。確かに今よりも元気そうな頃の彼女の写真とともに、『枕辺鮎美』の名があった。

それを背後へと放ると、鮎美はひすいの肩を引っ摑《つか》んだ。

「一体何事なのよ、これは！　ゴクモンって何！　あんた、またあたしに黙って余計なことをしたんでしょ！　尻拭《しりぬぐ》いするの誰だと思ってんのよ！」

「ええ～？　私は別になにも悪いことはしていないと思うんだけど……」

ひすいのため息をよそに、集会室の怒声は膨れ上がっていく。

首筋に触れながら、撫子《なでしこ》は怒りと恐怖に歪《ゆが》む顔の数々を見つめた。包帯の下には、獄門《ごくもん》家の証《あかし》である傷跡が恨めしいほどにしっかりと刻み込まれている。

不意に、扇子が視界を遮った。撫子はぱちぱちとまばたきをして、傍らの女を見上げる。

「我々は歓迎されていないようだ。さっさとここを出るとしよう」

涼しげなアマナを、撫子はまじまじと見つめる。そして、薄紅の唇を少しだけほころばせた。

「……ありがとう」

「ハーイ、ちょっと静粛にしてねぇ」

ひすいが両手を高く上げると、怒号は徐々に鎮まっていった。それでもぶつぶつと文句を言う人々を、ひすいは不満げな顔で見回した。

「みんな落ち着きなよぉ。『獄門は禍事《まがごと》の先触れ』なんて話もあるみたいだけどさぁ。そんなこと気にしたってどうしようもない。ここはみんな、仲良く――」

「――獄門は、駄目だ」

しわがれた声が響いた途端、集会室は水を打ったように静まり返った。

撫子は、集会室の隅に視線を向ける。そこには、左眼《ひだりめ》に眼帯をした老婆が座っていた。骨を連ねた数珠を手繰りつつ、ひたすらに煙草《たばこ》をふかしている。

「あたしの伯母も、ひどい目に合わされた……母からずっと聞かされた」

　――見覚えがある顔だった。

　既視感に戸惑う撫子に、眼帯の老婆は射殺すようなまなざしを向けてきた。

「首に傷跡があって、顔がぞっとするほどきれいで、声が恐ろしいほどによくって……そんなのは、獄門だから注意しろ。赤目の獄門は特に駄目だ……地獄と繋《つな》がってる……獄門のそばにいるだけで地獄が近づいてくる……獄門が、地獄に引き込む……！」

　獄門、獄門、獄門、獄門――！

　静寂に包まれていた集会室に、さざなみのように囁《ささや》きが広がっていく。

「で、出てってよ……」「これ以上の最悪なんて、耐えられない……」

「そ、そうだ、出ていきな……！」「冗談じゃない！」「出ていってくれ！」

　出ていけ！　出ていけ！　出ていけ――！

　再び、集会室は怒号と罵声《ばせい》に包まれた。疲れた無耶師《むやし》達は、少女一人に怯《おび》えていた。

『人即是鬼《じんそくぜき》、鬼即是人《きそくぜじん》』――叔父の陰鬱《いんうつ》な声が耳元に蘇《よみがえ》る。

　それでも撫子は涼しげな風を装いつつ、ひたすらに知恵を絞る。どうすれば彼らをなだめることが――彼らと協力する術《すべ》は――せめてアマナだけでも――。

「――皆さん」

　喧騒《けんそう》に朗々と響くアマナの声に、撫子は目を見開いた。

　空を押さえるように両手を動かしながら、アマナは柔和な笑みを浮かべて歩きだした。

それは人心の動かし方を理解している者の声であり、動きだった。

「どうか落ち着いて――」

広間中の注目を惹《ひ》きつけたまま、アマナはひすいの肩にするりと左手を回した。

「――ください」

右手に持った扇子を、ひすいの首筋にひたりと添えた。

無耶師《むやし》達は口を開いたまま、あるいは武器を振り上げたまま凍りついた。撫子《なでしこ》もまた、躊《ちゅう》躇《ちょ》なくひすいを人質に取ったアマナを戸惑いの目で見つめた。

「ア、アマナ……？」

そんなことしていいの――？　声に出したかったが、とても言える空気ではない。

「良い子ですね、皆さん。そのままお聞きください」

猫撫《ねこな》で声《ごえ》で囁《ささや》くアマナの顔は、いつものようににやけている。

けれども琥珀《こはく》の瞳《ひとみ》は――背筋に寒気が走るのを感じて、撫子は目をそらした。

一方、あっさりと生殺与奪の権を握られたひすいはぱちぱちとまばたきをした。いまいち理解が及んでいない様子で、自分の首と添えられた扇子を見る。

そして数秒ほどたったところで、ようやく「わっ」と声を上げた。

「え、あれ……うそ、マジで？　三秒じゃん」

「ひすい！　てめぇ――ッ！」

怒号とともに、鮎美《あゆみ》が腰から短刀を抜きはらった。

凄《すさ》まじい殺気を漲《みなぎ》らせて迫る彼女にも、アマナは微笑《ほほえ》んだままだった。

「────猿め。一度で理解したまえよ」

アマナは琥珀《こはく》の眼《め》を細め、わずかに右手に力を込めた。

途端、ひすいの首筋に血が滲《にじ》む。「わわわっ」と、ひすいが気の抜けた悲鳴を上げた。

「武器を下ろせ。……聞こえたな？　武器を、下ろせ」

「クソッ……！」

鮎美はきつく唇を嚙《か》み締めつつ、短刀を納めた。

「よろしい」とアマナはうなずいた。しかし、扇子はひすいの首筋に添えたままだ。

「皆さんはどうやら、獄門《ごくもん》家の人間と席を共にしたくないらしい。悲しいことですが、我々は皆さんの意志を尊重いたしましょう。ですので、名残惜しいですが……」

アマナは微笑みつつ、集会室の出入り口を軽く顎《あご》で示した。

「どうぞ、お引き取りくださいませ」

「アマナ……？」「な、なにを言い出すんだい！」

撫子《なでしこ》は目を見開く。一方、無耶師《むやし》集団の中からウメが甲高い声を張り上げた。

「ここはあたしら町内会の場所だ！　あんた達が……ッ！」

アマナはまた、扇子を強くひすいの首筋に押し当てる。

赤い血の雫《しずく》がたらりと零《こぼ》れた。それを見た途端、ウメは目を白黒させて口を噤《つぐ》む。

「有問題《モーマンタイ》。皆さんが理性的に振る舞うなら、こちらもひすいさんの生命は尊重いたします」

押し黙る無耶師達を、アマナは仮面のような笑みを浮かべて見回した。

「こちらのホールは本日を以《もっ》て皆さんは使えなくなりますが……何、この団地は建物ばかりは山ほどありますからね。きっとすぐ、いい場所がみつかりますよ」

「……アマナ。それはダメよ」

途端、全員の視線を感じた。

急に自分が世界の中心になったような心地で、撫子はゆるゆると首を振る。

「何故《なぜ》？」アマナは微笑したまま、首を傾《かし》げた。

「わたしはここまでのことは望んでいない。ここから出ていきましょうよ」

「厭《いや》だ。どうせ出ていっても、事あるごとに攻撃される」

「わたしは平気よ。なんてことないわ。それに獄門家なんだもの、これくらいは慣れて――」

「――理不尽に慣れるべきではない」

アマナが扇子をぱちりと鳴らすと、「うわっ」とひすいが飛び上がった。首筋にさらに赤い血が滴り、彼女の首に添えられた扇子を濡《ぬ》らす。

「君はなにも悪いことをしていないだろう」

左手の爪《つめ》をそっとひすいの喉《のど》に食い込ませつつ、アマナは琥珀の眼を細めた。

「恐怖には恐怖を。安寧は戦慄《せんりつ》によって成される……。こんなに狂った場所なんだ。正道のやり方では身を守ることも難しい――ならば……」

アマナは、うつむいた。小さく吐息して、顔を上げる。

黄金の虹彩《こうさい》、黒い眼球、九重の円の紋様――九尾の眼《め》が、撫子《なでしこ》を映した。

「――全員、いなくなった方がいいでしょう?」

「アマナ……どうしたの?」

様子がおかしい――撫子は唇を嚙《か》み締め、アマナを真っ向から見つめた。

アマナは、人間の体に化物《ばけもの》の魂を宿した存在だ。人間としての精神と化物としての精神の混在に、彼女自身が苦しんでいることを撫子は知っている。

そして恐らく、今のアマナは精神の安定を欠いている。

先ほどの喧騒《けんそう》のせいか、団地の異常な環境のせいか――原因は定かではない。しかし、彼女をこのままの状態にしていてはいけないことだけは確かだ。

「落ち着いて。めったなことをするものじゃないわ」

アマナからひすいを引き剝《は》がすことは、撫子にはたやすい芸当だ。

しかし、アマナに乱暴な真似《まね》はしたくない。

だから撫子は訥々《とつとつ》と、切々と――丁寧に、言葉を連ねていく。

「なにも気にしなくていいのよ。わたしは、ここにいるつもりは――」

……い……わ……なお……ない……。どこからともなく、奇妙な声が聞こえてきた。

「おい、これは……」

ウメが金槌《かなづち》を握りしめ、窓の方を見た。

カーテンで覆い隠された窓の向こう――赤い明かりが、揺らめいている。天頂で輝く松明《たいまつ》丸《まる》の光ではない。救急車やパトカーの赤色回転灯を思わせる電光だった。

それが一つ、二つと増えていく。やがて、あの声がはっきりと聞こえた。


「…………われわれは、なおらない」


「大変、月酔《げっすい》だよ……ッ！」

拡声器を通したようなざらついた声に、窓辺に近寄った若い尼僧が悲鳴を上げた。

「外に何十人もいる！　玄関をこじ開けられ――ッ！」

ガラスが割れる音が響く。

直後、尼僧が背中から倒れた。赤黒い液体を満たした注射器が眉間《みけん》に刺さっている。その体は不規則な痙攣《けいれん》を繰り返し、傷口からは血液が噴き出し始めた。

そして――血に濡《ぬ》れた尼僧の額を、内側から黒い蛇が喰《く》い破った。

「顕蛇《ケンジャ》の毒だァ！」「苗床にされるぞ！」「逃げろ、逃げろ――ッ！」

毒牙《どくが》を剝《む》き出して襲い来る蛇に、集会室は一気に騒然となった。そんな無耶師《むやし》達の喧噪《けんそう》を押し潰《つぶ》すように、抑揚のない声が繰り返し外から流れてくる。

「われわれはなおらない」「つきのこひとのこおいかけろ」「われわれはなおらない」「おにのこだけはよそにおけ」「われわれはなおらない」「つきのこひとのこおいかけろ」

「月酔《げっすい》施療院かぁ……厄介な連中が来たものだねぇ」

アマナの扇子をひょいとどけて、ひすいが窓の方に目をやる。

一方——アマナは崩れ落ちた。撫子《なでしこ》は慌てて駆け寄り、彼女の震える肩をさすった。

「アマナ、しっかりして。早く逃げないと……」

「撫子……私は……」

どうにか立ち上がらせようとした時、アマナが肩に縋《すが》りついてきた。

覗《のぞ》き込んだ顔は青ざめ、黒髪が冷や汗に貼りついている。見開かれた虹彩《こうさい》が琥珀《こはく》色に戻っているのを見て、撫子は状況も忘れて安堵《あんど》した。

「ひすいを人質に取ったあたりから、意識が曖昧《あいまい》なんだ……教えて……私は、何を言った？」

「大したことは言っていないから大丈夫よ。ほら、しっかり——！」

耳をつんざくような音とともに、建物全体が震えた。ガラスの砕け散る音が断続的に響き、それに混じってエンジンの恐ろしい唸《うな》りも聞こえる。

撫子はふらつき、立ち上がりかけていたアマナも床に手をつく。

「……トラックかなにかで突っ込んだな」

アマナは喘《あえ》ぎつつも、きっと床を睨《にら》みつけた。まなざしは、いくらかしっかりしていた。

「ひすい！　ずらかるわよ！」

「ええ～。でも……」「いいからッ！　あたし達まで巻き込まれるわ！」

なにやら揉《も》めだしたひすいと鮎美《あゆみ》をよそに、撫子はアマナの手を引いて集会室を出る。蛍光灯の点滅する廊下には人の姿はないが、あたりには異様な気配が満ちていた。

「一体何なの……！」

走りながら、撫子は空気のにおいを探る。

大量の人間が建物中を動き回っていることがすぐにわかった。

空気から感じ取るにおいは、町内会の人数よりも多い。そこに恐らくは顕蛇《ケンジャ》の毒によって生じた蛇のにおいと、どういうわけか獣に似たにおいまでもが入り混じっている。

――そして、新鮮な血のにおい。

撫子は舌打ちすると、目の前の通路を避けた。どこに繋《つな》がっているかもわからないまま廊下の角を曲がり、迷宮の如《ごと》きコーポ榊法原《さかきのりはら》G3号棟の一階を進む。

「どこから外に出られるの……！」

鼻先に夜風を感じた――撫子は目を見開くと、アマナの手を引いて駆けだす。

正面にあったシャッターを蹴破《けやぶ》ると、そこは薄暗い商店街だった。迷路のような造りは変わらないが、あたりには外の空気が満ち満ちている。

「……誰もいないか？」

「多分ね。こちら側にはまだ誰も来ていないみたい」

人の流れが絶えて久しいのか、辺りには埃《ほこり》っぽいにおいしかしなかった。

背後では、怒号や悲鳴がかすかに聞こえる。あのノイズ混じりの音声が遠いことにやや安堵《あんど》しつつ、撫子《なでしこ》はアマナを引き連れて歩き出した。

「……本当に、この団地では殺し合いが行われているのね」

「ああ……連中の口にした『月酔《げっすい》施療院』という名前には覚えがある」

アマナはやつれた顔をしているものの、先ほどに比べれば声はしっかりとしていた。

「かなり大規模なカルト教団だ。元は、罹憑人《りひょうど》の治癒と地位向上を目指した崇高な集団だったと聞くが……今となっては、その名は破壊と殺戮《さつりく》の代名詞だ」

「リヒョウド？」

「動物霊や悪霊の類《たぐ》いに憑依《ひょうい》され、心身ともに変異してしまった人間のことだ」

撫子は、先ほど嗅《か》ぎ取った異臭を思い出す。人のにおいとともに漂っていた獣臭——恐らくは、あれが罹憑人のにおいだったのだろう。

シャッター商店街を抜け、奇妙に入り組んだ路地へと入り込む。

屋外に出たはずだが、息苦しい景色だ。四方八方がベランダや室外機に囲まれている。夕食を煮炊きする音やにおいは感じるものの、相変わらず人影はどこにもない。

顔を上げれば、見たことがないほどに狭苦しい空が見えた。

夜を迎えたはずの空は群青色で、天の高みからは巨大な赤い巨星が陽光をまき散らしている。

「……あの星、ずっとあのままなのかしら」

「どうだろうな。太陽に擬《なぞら》えているのなら、日没の概念がありそうなものだが……」

「困ったものね。こう明るいと、身を隠すのも難儀だわ。……町内会の人達、大丈夫かしら」

「……別に気にすることもないだろう、あんな連中」

「でも、ひすいさんにはよくしてもらったもの。心配せずには——」

——牛頭が立っていた。

撫子は思わず立ち止まり、振り返る。アマナが怪訝《けげん》そうな顔で、足を止めた。

「……どうした、撫子？」

「今、そこに……」

名も知れぬマンションの玄関——洞穴の如《ごと》きそこを、撫子は慎重に覗《のぞ》き込む。

牛頭は、ない。忘れ去られた郵便受けが無数に並んでいるだけだ。

「見間違い？　でも……」

「おい……何もなかったのなら行くぞ。長居していたら、私達まで巻き込まれかねない」

無意識のうちに首筋に触れる撫子の肩を、アマナが摑《つか》んだ。

撫子《なでしこ》は、慎重に踵《きびす》を返した。あの奇妙な牛の目が脳裏から離れない。どこからかずっと、自分の背中を捉《とら》えているような気がした。

「ええ……行きましょう。もっと遠くへ——」

——蛇のにおいに、空気がぬめった。

走りだしかけていたアマナをとっさに抱え、撫子は飛《と》び退《すさ》る。

「うわっ——！」

アマナの悲鳴が響いた直後、路面に亀裂《きれつ》が走った。

近くの建物から、何者かが飛び降りてきたのだ。大柄な相手は空振りした凶器を引き戻しつつ、間髪《かんはつ》容れずに撫子達めがけ片手を振るった。

風切り音——撫子は人間道の鎖を振るった。甲高い音を立て、赤黒い注射器が砕かれる。

「……冗談だろう」

悪態をつくアマナを背後に庇《かば》いつつ、撫子は敵を睨《にら》む。

奇妙な人物だった。長柄武器に、寄り掛かるようにして立っている。

大量の呪符《じゅふ》を貼りつけた笠《かさ》を被《かぶ》っていた。ぼろぼろの白衣に黒い防水マントを羽織り、体型がわかりづらい。そして、肌は呪符や包帯に隙間《すきま》なく覆われている。

相手も、撫子の姿を捉えたのだろう。大ぶりな笠の陰で、瞳《ひとみ》が青白く光った。

「……あら、子供ですの？」

女の声だった。シューシューと奇妙な呼吸音が混ざっている。

「かわいそう……まだお若いのに、こんな場所に迷い込んでしまって。きっとたくさん怖い目にあったでしょう……かわいそうに……」

「……赤い花と蛇革付きの喪章。恐らくは分院長とお見受けする」

扇子を構えた状態で、アマナが声を発する。唇はにやけていたが、血の気がなかった。

「いかにも……京都分院長、皎月院《こうげついん》ジャノメと申します」

がらりと音を立て、ジャノメは優雅に一礼する。その時になって、撫子は彼女の寄り掛かる長柄武器が凶悪な形をした点滴スタンドであることを知った。

「専門は麻酔科ですの。神経ブロック注射には少々自信がありますわ。お二方、痛いところなどありませんかしら？　すぐに楽にしてさしあげますわ」

「……町内会を襲撃した目的は、何？」

撫子は人間道の鎖を握りしめる。ジャノメはゆらりと手を揺らし、周囲を示した。

「神去団地《かむさりだんち》のこちら側……ずっと気になっておりましたの。松明丸《たいまつまる》の光がとてもよくあたっているように見えましたわ。ですので、場所を譲っていただこうと」

「それだけの理由で……？」

「あら、お嬢さん……どうやら団地に来たばかりのご様子ですわね」

かすれた笑い声とともに、点滴スタンドがガシャンと音を立てる。撫子は、思わず身構えた。

「――――ここでは、日照権が全てですのよ」

熱を孕《はら》んだ囁《ささや》きとともに、点滴スタンドが松明丸《たいまつまる》を示す。もはや槍《やり》としか言いようのない鋭利な形をした先端が赤光を反射させ、篝火《かがりび》のような輝きを辺りに放った。

「ご覧なさい、この命の輝きを……」

笠《かさ》の下で目を細め、ジャノメはどこか陶然とした様子で囁いた。

「人間一人分の命よりも、畳一枚分の光にこそ価値があるのです。何人死んでも、何人殺しても手に入れなければ……月酔《げっすい》の……つきの歴史に、贖《あがな》う為《ため》にも」

「……あの太陽を、なぜ求める?」

問いかけるアマナを、撫子《なでしこ》はちらと窺《うかが》う。声はしっかりしている。しかし、扇子を構える手が震えているのが視界の端に見えた。

撫子はジャノメを警戒しつつ、それとなくアマナにも意識を向けた。

「魂の癒《い》やしですわ……」

汚れた包帯に覆われた指先で点滴槍《てんてきそう》を撫《な》でつつ、ジャノメは密《ひそ》やかに笑う。

「永久《とこしえ》の平穏ですわ……大いなる安寧ですわ……我ら罹憑人《りひょうど》の求める全てが、あの輝ける血の色の星に秘められているのです……ですから、哀《かな》しいけれど……」

細い指が、鈍色《にびいろ》の支柱に絡みつく――瞬間、撫子は動いた。

赤光を刃《やいば》に躍らせつつ、撫子は護法剣《ゴホウケン》で迫りくる凶器を受けた。禍々《まがまが》しい槍のような形をしたスタンドと護法剣とが嚙《か》みあい、薄闇《うすやみ》に青い火花が咲く。

「お二人とも、我らが月酔に献体していただきたく……」

「願い下げよ！」

撫子は吼《ほ》え、点滴槍を打ち上げた。しかしジャノメは点滴槍を巧みに操る。喉笛《のどぶえ》を狙《ねら》う大蛇の如《ごと》き連撃に、撫子はきつく歯を嚙み締めた。

「星の巡りが悪いにもほどがあるぞ……！」

打ちあう二人からやや距離を取りつつ、扇子を構えたアマナが舌打ちする。

「さっきからまともに会話が通じる奴《やつ》が一人もいないじゃないか！」

「あなたは先に逃げてなさい！　――っ、やりづらい武器ね……！」

撫子は唸《うな》り声を上げげつつ、ジャノメの点滴槍を睨《にら》む。

先端部は槍だが、ところどころに鋭利な凶器が組み合わさっている。そうかと思えば台座部分には金属の車輪があり、赤い液体を満たしたバッグも下がっている。

「特別製ですのよ……」

ぎゃりぎゃりぎゃり！　密やかな笑い声をかき消し、点滴スタンドの車輪が地面を滑る。

車輪に体重を乗せた突進――そこから、流れるような刺突が繰りだされる。

撫子はなんとか動きを見切り、護法剣で受け流した。しかしジャノメは間髪容《かんはつい》れずに点滴槍を回転させ、台座部分を頭めがけて振り落としてくる。

瞬時に撫子《なでしこ》は後退。そのまま、ジャノメめがけて炎を吐いた。

とっさの一撃で、火力は低い。しかし、至近距離で弾《はじ》けた劫火《ごうか》をジャノメはもろに喰《く》らった。

「あつい、あついわァ……！」

笠《かさ》が燃え、煙を上げる。視界が封じられた隙《すき》を突き、撫子はその懐へと潜り込む。

点滴槍《てんてきそう》の間合いをかいくぐり、護法剣《ゴホウケン》をひらめかせ――。

「――見えてますわよぉ、お嬢さん……っ！」

蛇の眼《め》が撫子を映す。歪《ゆが》んだ唇を、裂けた舌が舐《な》める。

視界の端でなにかがありえない角度と速度で動き、撫子の首を絡めとった。

「う、ッ、ぐ……！」

腕だ。ジャノメの腕が、撫子の首に巻き付いている。

骨がないかのようだ。ゴムのように伸び、撓《たわ》む腕がぎりぎりと気道を締め上げてくる。

撫子は、死に物狂いでもがいた。手に炎を灯《とも》し、必死で爪《つめ》を立てる。

「――【撥《ハジケヨ》】！」

滲《にじ》んだ視界の端で、青と金の火花が弾けた。瞬間、首が解放された。

撫子は激しくせき込みながらも、なんとかジャノメから距離を取る。大きく肩を上下させる
撫子の傍《そば》に、アマナが素早く駆け寄った。

「おい、大丈夫か……」

「先に逃げてなさいって言ったでしょう……！」

「置いていけるか！　ここで君を置いていったら、私は――！」

「……お嬢さん、おやりになるわね」

かすれた声に、やや諍《いさか》いに陥りかけていた撫子とアマナは息をのむ。

点滴槍に寄り掛かり、ジャノメが笑っていた。笠の前面は焼け落ち、顔が露《あら》わになっている。

「危うく、手が壊れてしまうところでしたわ……また、日光浴をしないと……」

切れ込み状の瞳《ひとみ》、顔を縁取る真珠色の鱗《うろこ》、二股に裂けた舌――。

美しい白蛇を思わせる顔を綻《ほころ》ばせ、ジャノメは自分の手をゆらりと持ち上げる。言葉の通り包帯は焼き切られ、隠されていた皮膚もまた黒く焦げていた。

「そして、そちらの美しい人……不思議な術をお使いになりますのね」

焦げた鱗をぶつりと引き抜きつつ、ジャノメはアマナへと蛇の眼を向けた。

アマナは扇子をばっと広げ、視線を遮るように顔を隠した。

「わたくしは明治の末から生きておりますが、そんな術は見たことがない……あの血の色の星とは違う星の気配を感じますわ……それと隠しきれない、狐《きつね》のにおい……」

扇子を持つ手が、震える。ジャノメは鱗をなぞりつつ、首を傾《かし》げた。

「もしかして……狐憑《つ》きの方？　同胞でしたら当院に歓迎いたしますわよ」

「……冗談じゃない。私は違う。違うんだ。私は……私は……ッ！」

——エンジンの音が聞こえた。

直後、恐ろしい轟音《ごうおん》が辺りを揺るがした。すぐ近くから聞こえた音に撫子《なでしこ》は目を見開き、アマナは頭を抱え込んだまま反応をしない。

「五月蠅《うるさ》い毒虫どもが来た……」

ジャノメがちらちらと舌を震わせた瞬間、あたりに怒号が響き渡った。

「どこやァ！　分院長ジャノメ、はよ出てこいィ！」「おうおう、こちとら哭壺《なきつぼ》やぞ！　道を開けんか！」「大兄貴の仇《かたき》じゃ！　ジャノメの首と日照権よこさんかいィ！」

「な、哭壺家……!?」

昨年末——晩秋の八裂島《やつざきじま》邸での邂逅《かいこう》が、撫子の脳裏に蘇《よみがえ》る。ガスマスクを被《かぶ》ったガラの悪い無耶師《むやし》集団は、確かに『哭壺』の名を名乗っていた。

空気の感触が変わった。かすかな刺激臭とともに、徐々に視界にピンクの煙が漂い始めた。

「これは……っ」

「哭壺の目眩《めくら》ましですわねぇ……」

撫子はとっさに袖口《そでぐち》で鼻と口とを押さえ、ジャノメは防水マントの襟《えり》を立てた。

「これ自体は命に関わるようなものではございません……奴《やつ》ら、先日の抗争でその手の毒は使い切ったと思われますわ。とはいえ、目障りであることには変わりない……つきの子は喧《けん》騒《そう》が嫌いです。静寂をもたらさねば……」

焦げた手に点滴槍《てんてきそう》を携えると、ジャノメは青白く光る瞳《ひとみ》で撫子たちを見た。

「あなた達の解剖は後回しにいたしますわ。——では、また」

シャシャシャ……奇怪な笑い声を立てつつ、ジャノメは背を向ける。

車輪の転がる音が遠ざかっていった。撫子は緊張を解き、アマナの肩をゆすった。

「行くわよ、アマナ！　ここから離れないと！」

「………ああ」

憔悴《しょうすい》しきったアマナの横顔に、撫子は胸を刺されたような心地がした。それでも彼女を強引に抱え上げると、怒号と煙幕とを振り切るようにして駆けだす。

「な、撫子……」——戸惑いの滲《にじ》むアマナの声を無視して、きっと前を睨《にら》みつける。

においがろくにわからない。この煙幕のせいか、霊気を探るのも一苦労だ。こういう時はアマナを頼りたいところだが、今の彼女に負担をかけたくない。

——アマナは、助けに来てくれたのに。

けれども、傷つけてしまった。昨日の撫子が、何かを失敗したからだ。

「なんで……なんで、こんなことに……！」

目元に熱いものがこみ上げるのを感じつつ、撫子は悔しさと哀《かな》しさとを嚙《か》み潰《つぶ》した。

その時、足下の感覚が不意に消えた。

「きゃっ……！」「うわっ……！」

どうやら、知らず知らずのうちに地下道に入ったらしい。

段差を思いきり踏み外した撫子《なでしこ》は、アマナともども階下へと真っ逆さまに転げ落ちる。頭をぶつけた。体中を思いきり打った。足首もひねってしまった。

視界がちかちかと瞬《またた》く。喧騒《けんそう》が、耳鳴りの向こうに遠のく。

撫子は呆然《ぼうぜん》と、天井を見上げる。点滅する蛍光灯が、ピンクの煙を照らしていた。

首をひねれば、アマナが見えた。なんとか、起き上がろうとしている。

撫子は、四肢に力を入れようとした。

けれども、駄目だった。どこもかしこも痛くて、動かし方すらわからない。

団地。天狗《てんぐ》。蠟梅羽《ろうばいば》一族。月酔《げっすい》施療院。哭壺《なきつぼ》家。町内会。心臓。太陽——さまざまなことが逆獏《サカバク》から解放されたばかりの脳をよぎり、そして霧散した。

撫子は、ぐったりと目を伏せた。瞼《まぶた》の裏では、荼毘《だび》の炎が変わらず燃えている。

この火中に身を投じたいと、思った。

「……なんにも、うまくいかない……」

目元に熱いものを感じた。こんな無様を晒《さら》している自分が、悔しくてならなかった。

「たすけて……」

——全ての音が、急激に遠のいた。

代わりに、彼方《かなた》から硬質な音が聞こえてくる。規則正しい蹄《ひづめ》の音だ。

すぐ傍《そば》に白い光を感じて、撫子は涙に濡《ぬ》れた目を開く。どこかアンバランスな少女のシルエットが滲《にじ》んだ視界に映った。大きな頭に、金の角が光っている。

牛頭の少女——感情の読めない草食動物の眼《め》が、じいっと撫子を見下ろしていた。

『たすけてあげる』

無機質な少女の声が頭蓋《ずがい》に響いた。そして、牛頭の少女は撫子の頭をそっと抱きしめた。

——深い森のにおいがした。

「は、白澤《はくたく》、か……？」

かろうじて立ち上がったアマナが琥珀《こはく》の目を見開き、撫子を抱く少女を見つめていた。階段から落ちた際に痛めてしまったのか、右肩を押さえている。

「何故《なぜ》、こんなところに……？」

牛の頭が目を細めた。少女の手が、強く撫子を抱きしめた。

『——おまえはだめ』

白い光が炸裂《さくれつ》する。刺激臭が——そして、アマナのにおいが遠ざかるのを最後に感じた。

◇　◆　◇

白い電光は、一瞬で消えた。

撫子もまた、一瞬で消えた。

「…………冗談だろう」

アマナは呆然《ぼうぜん》と立ち尽くす。

何度あたりを見回しても、華奢《きやしや》な少女の影はどこにもない。毒々しい薄紅色の霧には彼方《かなた》でもみ合う人影と、倒れ伏したままぴくりとも動かない影しか見えない。

アマナは、たった一人で残された。

「いや、待て……待て、待て……」

撫子《なでしこ》は、もうどこにもいない。あの白い子供が連れ去ってしまった。

その現実を受け止め切れず、アマナは震える左手で口元を押さえる。右手は肩の関節が外れてしまったのか、痛むばかりでろくに動きはしなかった。

「待て待て待て待て待て待て待て待て待て待て……」

「なァア――――おォ――――！」

甲高い奇声が耳をつんざく。そして、一人の無耶師《むやし》が階段から転がり落ちてきた。呪符《じゆふ》まみれの笠《かさ》、防水マント、黒い看護師服――月酔《げつすい》施療院の無耶師だ。

それは獣の如《ごと》き姿勢で着地すると、アマナに顔を向ける。

顔面を覆っていた包帯は裂け、山猫のように変異した顔が曝《さら》け出《だ》されていた。

「おまえ、キレイだなぁあ……」

無耶師はため息をつき、笑った。口元は、真っ赤に染まっている。

あまりにも覚えのある表情だった。何度も向けられたことのある――貪欲《どんよく》の笑いだった。

「………やめてよ」

ゆるゆると首を振りながら、アマナは下がった。

唇こそ笑ってはいるが、琥珀《こはく》の瞳《ひとみ》にはただただ捕食者に対する恐怖と不安があった。

「やめようよ。そういうのはさ……」

「キレイだなぁ！　ずるいよなぁ！　あたしは、なおんないのにさぁああァッ！」

無耶師は喚《わめ》き散らし、四肢に力を漲《みなぎ》らせた。小さな舌で赤く濡《ぬ》れた唇をべろりと拭《ぬぐ》い、顔がそこから真っ二つに裂けそうなほどの笑みを浮かべる。

「だからあたしに肝臓よこせぇええええッ！」

襲いかかる無耶師に、アマナは血の気の引いた顔で扇子を向けた。

「【撥《ハジケヨ》】！」――何も起きなかった。

何一つ手ごたえがない左手を、アマナは呆然と見つめる。薄紅の霧に火花は弾《はじ》けることはなく、黒檀《こくたん》の扇子は虚《むな》しく沈黙していた。

「そんな――ッ！」「いただきまぁああああすッ！」

アマナの眼前には、もう真っ赤に濡れた口元があった。

――風を、感じた。

髪一筋もそよがないほどに、ごく微《かす》かな空気の動きだった。それが背後からまっしぐらに突き進んでくるのを感じた瞬間、アマナはほぼ本能で動いた。

首を捻《ひね》る。直後、銀の光が超速で頰《ほお》をすり抜けた。

白羽《しらは》の矢――それは、アマナの眼前に迫っていた無耶師《むやし》の頭に命中した。金属音を立てて笠《かさ》が吹き飛び、勢いのままに無耶師は後方へと倒れ込む。

どうやら、脳を揺らされたらしい。無耶師は白目をむいて気絶していた。

アマナは、大きく息を吐《は》く。痛む方の肩をきつく抱きしめ、アマナは荒い呼吸を繰り返した。

「――おっとっと、死んじゃいましたかにゃー?」

能天気とともに、ショッキングピンクのコートに身を包んだ女が現れた。

クリーム色の髪。ガスマスクの向こうには、くりっとした緑の瞳《ひとみ》が輝く。小柄な体にはスーツを纏《まと》い、チェストガードとグローブとを身につけている。

握りしめているのはリカーブボウ――祀庁《しちょう》制式仕様の装備だった。

「死んじゃったならまぁ、未必の故意ってことで！　悪気はなかったんで許してください！」

「……よりによって君か、エイプリルフール」

能天気な声で最低な言葉を紡ぐ女に、アマナは唇をひきつらせた。

似合わぬガスマスクの向こうで笑い声をあげ、女は新たな矢を矢筒から引き抜いた。

「二等儀式官《ぎしきかん》――四月一日《わたぬき》白羽、臨場！　神妙にしねぇと射《う》っちゃうぞー！」

断章　暗中模索

二月十二日の夕方——貴船《きふね》。

青い夕闇《ゆうやみ》が天地を浸し、山の木々はしんしんと白い。澄み切った薄闇《うすやみ》に、古都の水を守り続けてきた貴船神社の社殿や灯籠《とうろう》の紅色は鮮やかに映えている。

ライトアップに際立つ色彩に、訪れた人々はみな息を呑《の》む。

そんな貴船神社からやや離れた場所——清らかな貴船川のほとりに、ある宿があった。

桐比等《きりひとな》馴染《じ》みだというその旅館は、地図にさえ載っていない。山に抱かれた建物は静けさに包まれ、川のせせらぎと気まぐれな山鳥の囀《さえず》りくらいしか音がなかった。

一応、部屋は別々にとっている。

しかし事態が事態であるために、今晩は桐比等の部屋で過ごすことになるだろうと螢火《けいか》は考えた。今更、それで浮つくような仲でもない。

「増えとるなぁ、眩灯機《ゲントウキ》やらなんやら……」

広縁で煙草《たばこ》をふかしつつ、両目を瞑《つむ》った螢火が貴船神社の方角をちらっと〝見〟る。

明かりを落とした部屋には、冷えた山の夕闇《ゆうやみ》がそのまま満ちていた。明かりといえば煙草《たばこ》の火、時折ちらつくスマートフォン——そして、赤い蛍の火。

広縁のテーブルには、三、四匹ほどのごく小さな蛍がじっと蹲《うずくま》っていた。クワガタムシのような巨大な顎《あご》を持ったそれの火は、鬼灯《ほおずき》のように赤い。

鬼灯蛍《ほおずきぼたる》——忌火山《いみびやま》に生息する凶暴な蛍だ。

強靱《きようじん》なこの虫に呪術《じゆじゆつ》を組み込むことで、螢火《けいか》は一種の式神として用いている。今も閉じた両目の裏には、貴船《きふね》を飛び回る虫達の視界がそのままに映し出されていた。

「夏に川床料理食べに来た時よりも物々しい状態やわ。何があったんやろうな」

「知るか。どうせ、ロクでもないことに決まっている」

「せやなぁ——今のところは他にめぼしいものはあらへん。日没でなんや変わらへんかと思ったんやけど……あかんな。やっぱり、山はどうにも〝視界〟がブレる」

「仕方のないことだ」

目の周囲を揉《も》む螢火に、桐比等《きりひと》は淡々と応えた。

暗いまなざしは、ひたすらに手元のスマートフォンに注がれている。呪符《じゆふ》で覆われた左側も押し黙り、青白く光る液晶画面をじっと見据えていた。

「山中他界、海上他界……山や海というものは幽世《かくりよ》に近く、かつては生きた人間の領域ではなかった。こういう場所で何かを探すのなら、この世ならぬモノに力を借りるのが定石だ」

「この世ならぬモノ、なぁ……」

螢火は目を開くと、暗闇《くらやみ》の中だとますます陰気に見える男へと視線を向けた。

「……ほんまに連絡、来るんかいな。あいつ、スマホの使い方――」

来た。桐比等はうんざりした顔で、無機質な音を鳴らすスマートフォンを操作した。

『よぉ、桐比等……どういう風の吹き回しだ？』

くつくつと笑う男の声に、桐比等は思い切り唇を歪《ゆが》める。

『あんたがこの狗郎《くろう》様に連絡してくるとはな。……次の皆既日食の方が早いと思ってたぜ』

「御託はいい。要点だけ聞く――鞍馬《くらま》の天狗《てんぐ》どもに、何が起きている？」

『つれねぇなぁ。まぁ、いい。おれはいま実に機嫌がいいから、お返事してやろうじゃあないか――鞍馬の同輩連中はな、いま大忙しなんだってよ』

「大忙しなぁ……飛行機に落書きする暇はあるくせして」

螢火がぼやくと、電話の向こうの『狗郎様』はからからと笑った。

『あれはな、人間どもにわざわざ教えてやってんだよ。『空が危ない』ってな……最近の人間は赤ん坊のように軟らかい。そりゃ天狗も優しくなるさね……くくく……』

「……空で、何が起きている？」

なにがおかしいのか笑い続けている『狗郎様』に、桐比等は低い声音で問う。

『流離《さすらい》の身だ、この狗郎様も詳細はしらん。ただ……どうやら、かつて愛宕《あたご》山にいた問題児が関わっているようでな。あちらさんも大騒ぎさ。――おれからも聞かせてくれよ、桐比等《きりひと》。なんだって天狗《てんぐ》の事情を聞きたがる？』

探るような声でたずねてくる『狗郎様《くろう》』の声に、桐比等はわずかに目を伏せた。

「……………野良猫が消えた。どうも天狗が関わっているようだ」

『野良猫……ああ、あんたの姪《めい》っ子か。可哀想《かわいそう》にな、トコナッちゃん――』

「撫子《なでしこ》だ」「撫子や」「なでちゃん……」

スマートフォンが静かになった。螢火《けいか》が紫煙とともにため息を吐《つ》く。

「……毎回、商売しにくるたびに顔を合わせとんのに、いまだに覚えられへんの？」

『悪ィなぁ、こういう性《サガ》なんだよ。おれだって苦労しているんだ。ひらかたパーク大好きなのによ、出町柳《でまちやなぎ》からの乗り換えがいまだに曖昧《あいまい》で……』

「座っとったらええんやで……？」

『――ともかくだ。ヤマトちゃんはきっと大丈夫だよ』

「撫子だ……」「おぼえろ」「なでちゃん」「おなまえ」

健気《けなげ》に抗議する左側を抑えつつ、桐比等は物憂げにスマートフォンを見つめる。

『星だの蝶《ちょう》だのを追っているうちに崖《がけ》からまっさかさま――それが天狗だ。姪ちゃんが天狗の厄介ごとに巻き込まれたんなら、必ず糸口はある。心配する必要はねぇさ』

「別に……心配などはしていない。あの疫病神が、僕に厄を呼び込む事態を避けたいだけだ」

螢火はため息をついた。左側はぶうぶうと文句を言っている。

電話の向こうで風の音が鳴りだした。それに混ざって、『狗郎様』の笑い声が響く。

『いま思い出したが……鞍馬《くらま》の近くに、幽霊街があった。おれならそこで悪だくみをするぜ』

電話は切れた。桐比等は灰色の眼《め》を細め、螢火に視線を送る。

螢火は煙草《たばこ》を揺らした。火の動きに応えるように、手元の鬼灯蛍《ほおずきぼたる》達が顎《あご》を鳴らす。

――そして、冬の闇《やみ》に蛍が放たれた。

三　魔縁の掌上でまみえる

煙幕が、激しく揺れた。

はっとしてアマナが振り返れば、煙のむこうに数多《あまた》の人影が見える。獣のような動き方をする者、点滴槍《てんてきそう》を引きずる者、ボウガンを携えた者――。

「やっだー、なんか大人気ですよ！　さすがですね、アマナさん！」

「……いや、君が堂々と名乗りを上げたからだろう」

「あら、あたしのネームバリューですか！　困っちゃいますねぇ！」

「頭まで四月一日《エイプリルフール》なのか？　包囲されているんだぞ！」

地下道に現れた人数は恐らく十人程度――月酔《げっすい》施療院の無耶師《むやし》のほか、哭壺《なきつぼ》家と思わしきガスマスクも見える。二人は間もなく、対立する二勢力の只中《ただなか》に立たされた。

「なんや、月酔の新手か？」「どアホウ、町内会の臆病者《おくびようもの》どもやろ」

「われわれはなおらない……」「つきのこはひとのこをころしてもよい……」

この膠着《こうちやく》状態は刹那《せつな》にも等しいものだろう。

すぐに、二勢力の無耶師達はアマナと白羽《しらは》を巻き込んで殺し合いを始めるはずだ。素早く白羽の傍《そば》に移動しつつ、アマナはきつく歯を嚙《か》み締める。

いつもならば、簡単な術でこの場から退散するところだ。しかし右肩は外れていて、左手には術が不発に終わった瞬間の虚《むな》しい感触がまだ残っている。

〝いつでも、お入り〞——視界の端で帳《とばり》が揺らめく。

幻覚を完全に無視して、アマナは扇子を握り直した。鉑《ハク》に由来しない妖術《ようじゅつ》や呪術《じゅじゅつ》ならば使えるのではないか。しかし、それが失敗した場合は——。

「——皆さん、戦いはやめましょう！」

アマナの思考は止まった。恐らく、無耶師達も。

白羽は弓を握りしめたまま、訴えかけるように大きく両手を上げていた。

「命は大切なもの！　こんなところで無駄死にしたくないのなら、ここは双方退《ひ》くべきでしょう！　さぁ、皆さん！　とっととおうちに帰りましょう！」

こいつは一体、何を言っているんだ——？

突如として双方の精神を逆撫《さかな》でし始めた白羽に、アマナは琥珀《こはく》の目を見開く。

「なんやワレぇ！」「ポリ公モドキがなにをぬかしおる！」

「ひとのこはころせ……」「われわれはなおらなくする……」

ガスマスク越しの怒号が轟《とどろ》き、囁《ささや》きとともに点滴槍が音を立てる。

火蓋《ひぶた》は切って落とされた。二勢力が、よそ者達を殺すべく動き出す。迫りくる無耶師《むやし》達を前に、アマナは大きく舌打ちをしながら扇子を握りしめた。

「――警告はしましたよん?」

小さな笑い声とともに、ピンクの袖《そで》が翻《ひるがえ》る。そうして、白羽《しらは》の手から一筋の閃光《せんこう》が放たれた。

天井に突き刺さったそれを、アマナは見た。

小さなダーツだ。羽根の部分には、『く』の字を思わせる紋様が入っている。

違う。あれは『く』ではなく――それを認識した瞬間、アマナはとっさに扇子で顔を隠した。

「Kaunan!」

眩《まばゆ》い光が炸裂《さくれつ》した。月酔《げっすい》施療院の無耶師達が悲鳴とともに地面に倒れ込んだ。ガスマスクを着用した哭壺《なきつぼ》家もまた、閃光に怯《ひる》んで後退した。

アマナと白羽は、そんな混乱の狭間《はざま》をすり抜けた。

地下道をひたすらに進む。進むにつれて煙幕は徐々に薄らぎ、冷ややかな蛍光灯に照らされた面白みのない通路の姿がぼんやりと見えてきた。

「あたしのルーン、理屈的にはアマナさんの妖術《ようじゅつ》に近いんですよねぇ」

「特定の文字から、連想される事象を起こす――だったか?」

「そです。ただまぁ、あたしはおばあちゃんほどうまくないんですよねー。やっぱり、あたしはそういうリリカルなヤツよりも――おっと」

暢気《のんき》な調子から一転して、白羽は物陰から階段を窺《うかが》った。

地下道の出口では、二人組のガスマスクが辺りを警戒していた。それぞれコンパクトなボウガンを左手に持ち、腰には奇妙な武器を携えている。

刀身を蔦《つた》で巻き、樒《しきみ》と思わしき木枝を束ねた木刀——アマナは、目を細めた。

「……羯諦刀《ぎゃていとう》か。妖毒《ようどく》の類《たぐ》いを用いる無耶師の得物だな」

「ほっほう。見た感じ、明らかに斬《き》ることが目的じゃないタイプの武器ですね」

「ああ。あの刀身には、呪詛《じゅそ》を織り交ぜた毒が染み込んでいる。呪術《じゅじゅつ》の媒介としても用いられることもあるが、もっぱら見ての通りの近接武器だ」

「なーるなる……シラハペディアにまた記念すべき一ページが。まぁ、タネはわかりました」

白羽はうなずきつつ、おもむろに弓を取った。

彼女が握りしめた弓は、祀庁《しちょう》の支給品を改造した特別製だ。和弓よりも小回りな風貌《ふうぼう》のそれには、ところどころにルーン文字や呪術的な装飾が施されている。

「では少々お待ちを、レディ——さらりと片づけますので」

その美しい弓に、白羽は矢を番《つが》える。鏃《やじり》の向く先は、特に大柄なガスマスクだ。

小さく、白羽は息を吐いた。瞬間、びょうっと弦が音を立てる。

「ぎゃあッ……！」

寸分たがわず右膝《みぎひざ》を撃ち抜かれ、悲鳴とともに男が崩れ落ちる。

「な、なんや、お前らァ――――！」

もう一人のガスマスクがくぐもった声でがなり立て、ボウガンを向けてきた。

「祀庁《しちょう》で一番かわいい白羽《しらは》さんですよ！」

「じゃかあしい！　死ねッ！」

赤い光点に額を狙《ねら》われ、白羽は即座に頭を引っ込めた。

直後、それまで彼女の頭があった場所を太く短い矢がすり抜ける。そのまま背後に突き刺さった矢は、見る見るうちに毒々しい色の亀裂《きれつ》を壁面に広げた。

「があぁっ、鬱陶《うっとう》しい……ッ！」

相手が装填《そうてん》に手間取っている間に、白羽はすでに二射を終えていた。

「あッ、ぐうッ……！」

右肩を貫かれ、ガスマスクがボウガンを取り落とす。それでも彼は血に染まった手をもう一つの得物の柄へと伸ばした。毒液を滴らせ、羯諦刀《ぎゃていとう》が引き抜かれる――。

「あっちょー！」

軽い掛け声とともに、男の右肩に白羽の飛び蹴《げ》りが入った。

刺さったままの矢がさらに深々と肉を抉《えぐ》る。恐ろしい絶叫を喉《のど》から迸《ほとばし》らせ、無耶師《むやし》は地面に倒れ込んだ。その手から羯諦刀を蹴り飛ばし、白羽は腰に両手を当てた。

「ヘッタクソでやんの。何の為《ため》にお高い照準器買ったんです？」

「おのれッ……この腐れ女……！」

羯諦刀を突いて立ち上がったのは、最初に足を潰《つぶ》した無耶師だ。彼の手が腰に帯びた発煙筒へと伸びるのを見て、白羽は慌てて矢も番《つが》えていない弓を彼に向けた。

「やっべ、忘れてた——ッ！」

「殺したる……ッ！　はらわたブチまけて死——ッ」

「——【昏《クラガリ》】」

囁《ささや》きとともに、怒り狂う男の後頭部が扇子で撫《な》でられた。

途端、男の頭がくらりと揺れた。うめき声をあげながら、男はずるずると地面へと沈んでいく。弛緩《しかん》した手から、火のついていない発煙筒が零《こぼ》れた。

見るからに禍々《まがまが》しいそれを男の手から遠ざけると、アマナは自分の左手を見つめる。

「こんなところか……まだ、不安は残るな」

「さっすがはアマナさんです！　背中を任せた甲斐《かい》がありました……！」

「……残心くらいはしたまえよ、元弓道部」

「あっはっは！　いやー、うっかりうっかり！　……とりあえず、この件はユキ先輩にはご内密に願えませんかね？　わりとガチめにお願いします」

「心配せずとも奴《やつ》と会話する気はない。——しかし、ここはまったく胡乱《うろん》だな」

地下道に比べれば空は広く、道幅も広い。それでも、息の詰まるような団地だ。空を圧《お》し潰すかの如《ごと》き建物の群れは、まさしくかつての九龍《クーロン》城《じよう》砦《さい》を思わせる。

そして各所に設けられた暗い祠《ほこら》が、奇妙な暗がりをじわりと街に広げている。

通り過ぎざまに、アマナは祠に目をやった。

街灯の明かりが祠に差し込み、翼をもつなにかの木像を照らしている。木像の前には人間を模したような形の奇妙な像もあったが、どこにも供物はなかった。

もっとよく調べたいところではあったが、到底そんな余裕はない。

「それで？　これからどこに行くつもりだ？」

「えーっとね……いま、あたし達はちょうど人差し指と中指の境目あたりにいるんですよ」

白羽《しらは》は「ぱーっ！」と、グローブを嵌《は》めた指を広げてみせた。

「で、あたしはこの辺りの地形にはそこそこ通じているので——よっしゃ、大当たり！」

いくつめかの祠が見守る曲がり角を抜けると、がらんとした駐車場に出た。

そこには、明らかに哭壺《なきつぼ》家のものと思わしき車両が二、三台ほど停めてあった。いずれも派手なマイクロバスで、数多《あまた》の毒虫を詰めた壺《つぼ》の絵が描いてある。

少なくとも、見える範囲に見張り役はいない。

「おい……何をするつもりだ？」

白羽が躊躇《ちゆうちよ》なく駆けていくのを見て、アマナは目を見開いた。

ヤドクガエルの描かれた車両の扉を開け、白羽はきょとんとした様子で振り返る。

「やだなぁ、アマナさぁん！　パクるに決まってるじゃないですかぁ！」

「……君、免許持ってないだろう」

「失礼だなー。ちゃんと持ってますよ、原動機付自転車免許」

暢気《のんき》な声で答えつつ、白羽は運転席に乗り込んだ。

「アマナさんはいま右手やられているでしょ？　あたしにお任せください！　いつもユキ先輩や冠《かんむり》さんの手元を見てるんで、ちゃあんと覚えていますよ！」

キーも挿さったままだったらしい。すぐに、エンジンが快活な音を立て始める。

点灯するヘッドライトを見つめ、アマナは複雑な表情で肩をさすった。

「……どうなんだろうな、これは……」

「アマナさん、どうしましたぁ？」

運転席から、ガスマスクを軽くずらした白羽が顔を覗《のぞ》かせる。

「こんな緊急事態ですよ？　倫理とか道徳とか考えている場合じゃないですって」

「別に、そんな柄じゃない。ただ……」

あの集会室で、自分がなにをしたのか――記憶が曖昧《あいまい》だった。

恐らく、鉑《ハク》からの干渉を強く受けていたのだろう。先ほど妖術《ようじゅつ》が不発だったのも、あの金色の影が意図的に霊気を制限したせいだ――アマナが、自らに縋《すが》りつくように。

ひすいを人質にすると決めたのは、アマナの意志だ。

それが団地で生き残るために最適だと思ったから、そうした。なによりも、あの少女に理不尽な憎悪を向けてきた無耶師《むやし》連中を黙らせたかった。

けれども――戸惑いに満ちたあの赤いまなざしが、おぼろげな記憶に焼き付いている。

「……撫子《なでしこ》に軽蔑《けいべつ》されたくないんだ」

がつんと頭に鈍い衝撃が走り、アマナはのけぞる。

呻《うめ》きつつも足下を見れば、白羽《しらは》がつけていたガスマスクが転がっていた。

「何をする！」

「――アマナさぁん。あなたに何があったのか知りませんし、知る気もサッパリありません」

白羽は肩をすくめ、両手をひらひらと揺らした。

可愛《かわい》らしい顔をしているものの、緑の瞳《ひとみ》は底知れぬ輝きに爛々《らんらん》と光っている。

「でも難しいことは全部放っておいて、シンプルに考えてみましょうよ。例えばここでアマナさんが死んだら……撫子ちゃんは、果たしてどう思うでしょう？」

「撫子なら……」

考える――あの、獄卒の血を引く少女を。

鬼は執着するものだ。それは現世の鬼も、地獄の鬼も変わりない。その血の性質を示すかのように、撫子は鵺《ヌエ》の手から自らを救ってみせた。

撫子が自分に執着しているかどうか。己の自我さえも曖昧《あいまい》なアマナには、まだ自信がない。

しかし、今までの撫子の言動を考えると――。

「……物凄《ものすご》く怒ると思う」

「でしょー？　軽蔑されるのと、怒られるの、どっちも厭《いや》だと思いますけどねぇ」

げんなりした顔をするアマナに、白羽はけらけらと笑った。

「でもね、死んじゃった場合は一生挽回《ばんかい》の機会はありませんよ。とりあえず、生きてりゃ明日はくるものです。明日があれば、土下座でもなんでもできますからね」

「……それは」

白羽の言葉が、ぱちぱちと頭に嵌《はま》っていった。

否――白羽の言葉が導きとなって、一時的な衝撃によってばらばらになっていた『無花果《いちじく》アマナ』というジグソーパズルが再び形成されていく。

「そうだなァ……」

左手に携えた扇子で顔を隠し、アマナは深くため息をついた。

外れた右肩が痛む。撫子の失踪《しっそう》によって、精神も揺らいでいる。この隙《すき》を突いて、きっとまた鉑《ハク》としての己が干渉をしかけてくるだろう。

「――たしかに」

しかし、笑うだけの余裕はまだあった。

アマナの唇が弧を描くのを見て、白羽はにたりと笑った。

「まずはお互い生き延びましょうよ、アマナさぁん。……なにをしてでも、ね」

「――お前らァ！　何しとる！」

怒号が聞こえた。哭壺《なきつぼ》家の無耶師《むやし》が、煙幕の向こうで自分たちを指さしている。どうやら月酔《げっすい》施療院の無耶師達から逃げてきたらしく、ほとんどが負傷していた。

「行くぞ！　白羽《しらは》、出せ！」

「おまかせを！　買ったばっかりのPS5で磨いたドラテクをお見せしましょう！」

「聞かなかったことにしてやる！」

アマナが助手席に滑り込んだ瞬間、マイクロバスは発進した。

群がろうとしていた無耶師達を蹴散《けち》らして、派手な車両が駐車場を出る。

白羽は確かに、ある程度運転を習得しているようだ。少なくとも、初めて大型車両を動かす人間には思えないほどに、ハンドル捌《さば》きもギアの切り替えも滑らかだった。

問題は、神去団地《かむさりだんち》の地形だ。

曲がりくねった道路と混沌《こんとん》とした街並みが、絶えず二人へと襲いかかってくる。

そのうえ、辺りには様々な標識がめったやたらに道に乱立していた。

特に目を引くのは、『**花を大切に**』という素っ気ない標識だ。他の標識よりも一際多く佇《たたず》むそれが、火花とともにサイドミラーを吹っ飛ばした。

「哭壺家は、よくこんなものを乗り回していたものだな……」

「脅かす為《ため》ですよ。連中、カチ込みの時だけこれを使うんです。——おっと！」

「待てぇえええぇッ！」

近くのベランダから、雄叫《おたけ》びとともにガスマスクの集団が飛び降りてきた。彼らは手に手にボウガンや羯諦刀《ぎゃていとう》を握りつつ、マイクロバスに向かって怒号を上げる。

「どうします？　アマナさん？」

「轢《ひ》け」「らじゃっす」

白羽はエンジンを全開にした。

突如として殺意を漲《みなぎ》らせるマイクロバスを前に、無耶師達は悲鳴をあげる。

「あかんって！」「無理やこれ！」「なにしとる！　はよ撃たんかい！」

「お前がやれやアホンダラ！」「どかんか！」

悲鳴と怒号の狭間《はざま》を、マイクロバスは全速力で突き抜けていった。無耶師達ははじめ呆気《あっけ》に取られていたものの、すぐに怒りの声とともに追いかけてきた。

「ちっ……一人か二人くらい撥《は》ねておけば……」

「いいですねぇ、アマナさん！　調子が戻ってきましたねぇ！」

「それで？　これからどうするつもりだ？」

「とりあえず、適当なところでこの車をあの人達にお返ししましょう。アマナさんの妖術《ようじゅつ》かあたしのルーンで……ハリウッドみたいな感じでド派手にね」

「…………なるほどな」

アマナは小さく笑いつつ、痛む右肩にそっと手を伸ばした。

そして息を詰めると、一息に関節を嵌《は》め直した。嫌な感触とともに、激痛が右肩から脳髄にまで突き抜けた。笑みを保ったまま、呻《うめ》き声もなんとか噛《か》み殺した。

深く息を吐き、アマナはゆらりと空を見上げる。赤い巨星が、我が物顔で輝いていた。

「…………撫子《なでしこ》」

◇　◆　◇

——水の音が、かすかに聞こえた。

撫子は呻き声を上げつつ、硬い地面から体を起こす。

暗い——瞼《まぶた》を開けても閉じても、さして変わらないほどの暗闇《くらやみ》だった。聞こえる音と言えば自分の呼吸と鼓動、どこかで水が流れる音くらい。

奈落《ならく》の如《ごと》き暗闇も、赤い瞳《ひとみ》はたやすく見通す。辺りを見回し、撫子は顔をしかめた。

「物騒ね……」

そこは、牢獄《ろうごく》の残骸《ざんがい》としか言いようのない場所だった。

牢《ろう》と外界とを隔てる鉄格子は飴細工《あめざいく》のように曲げられている。足下には家具の残骸と思わしき木片が散乱し、石壁には一面掻《か》き毟《むし》ったような跡がある。

感じるのはカビのにおいと、水のにおい、石のにおい——そして、深い森のにおい。

撫子は、ひしゃげた鉄格子の向こうを睨《にら》む。

暗い階段を背にして、牛頭の少女が佇《たたず》んでいた。無機質な瞳が、じっと撫子を見つめている。

「……あなた、何が目的なの？」

立ち上がった撫子は、ふと自分の足下に視線を向けた。

確かめるように、地面を何度か踏む。左の足首をひねったはずだが、特に問題なく動いた。

全ての傷が癒《い》えている——『ぴらみっど』で目覚めた時と同じだ。

不可解な事象を訝《いぶか》しみながらも、撫子は牛頭の少女に目をやった。

真っ白な牛の頭は、ぼうっと暗闇に浮き上がってみえた。この不気味な頭のせいで、相手が何を考えているのかさえもわからない。

「敵ではないの？」

少女が、動いた。思わず体を硬くする撫子をよそに、自らの頭へと両手を伸ばす。

ヴェールを脱ぐように細い手が滑ると、辺りに白い靄《もや》が漂った。

『——これで、いいか？』

無機質な少女の声が、頭蓋《ずがい》の内に響く。

その時には牛頭は消え、真っ白な髪の少女の顔がそこにあった。

小学校低学年くらいに見えた。可愛《かわい》らしい顔立ちをしているが、まったく表情がない。頭には小さな金色の角が輝き、どこかティアラを思わせた。

『これならわかるか、なでしこ』

再び、冷然とした少女の声が頭に響いた。口で話していた時よりも滑らかな口調だった。精神感応《テレパス》――どうやら、本来は肉声で話す存在ではないらしい。

「ええ……おかげで、表情がわかりやすくなったわ」

『そうか。やっとららの声、聞こえるようになったんだね。背中の獏《ばく》、もういなくなったからだね……よかったね、なでしこ』

機械音声の方がまだ感情表現のありそうな声で、少女は撫子《なでしこ》を労《いたわ》った。

『せなかのばく』――その言葉に、撫子は最初に彼女に会った時のことを思い出す。思えば、あの時も彼女は『せなか』と口にしていなかったか。あれは逆獏《サカバク》のことを指摘していたのだ――撫子は、少しだけ警戒を緩めた。

「……それで、あなたは何者なの？」

『ららは、白澤《はくたく》』

『羅々《らら》』――その二文字が脳裏に強烈に浮かぶ。これが彼女の名前のようだ。

白澤という名前に覚えはあった。霊獣とも称される、人間に好意的な化物《ばけもの》だ。しかし人間と遭遇することは稀《まれ》で、彼らのことはろくにわかっていない。

『……人間、都合のいいものを霊獣と呼ぶ』

羅々《らら》は無表情のまま、目を細めた。少し不服そうだ。

どうやら、白澤《はくたく》についての知識を思い出そうとしている撫子《なでしこ》の思考を読んだらしい。

「ごめんなさい。わたし、白澤については詳しくはなくて……」

ゆっくりと羅々に近づきつつ、それとなく思考を読まれぬように意識する。悪意はないのだろうが、彼女の真意がはっきりしない今は気をつけた方がいいだろう。

「それで、ここはどこ？」

『蠟梅羽《ろうばいば》の牢屋《ろうや》。もう誰もいないから、少しだけ安全』

確かに人の気配はない——破壊された牢を見回して、撫子はふと嫌な予感を覚えた。

「ねえ、羅々。アマナは……わたしと一緒にいた女の人は、どこにいるの？」

『あいつは悪い奴《やつ》だから置いてきた』

「そんな……なんてことをするの！」

撫子は絶句し、憮然《ぶぜん》とした様子の羅々の肩を摑《つか》んだ。

「羅々、すぐに元の場所に戻って！　アマナを助けないといけないわ。あの人、団地に来てからずっと様子がおかしいの。ともかく——！」

『——あれは、鉑《ハク》だぞ？』

ひたりと視線を合わせ、羅々は目を大きく見開いた。

右、左——そして、額の中央に開かれた大きな眼《め》が、撫子を凝視する。無表情な三つの視線に射すくめられ、撫子は思わず後ずさった。

『妲己《だっき》だぞ？　華陽夫人《かようふじん》だぞ？　玉藻前《たまものまえ》だぞ？』

畳みかけるように、羅々は頭の中で問いかけてくる。

『あれは、禍《まが》つ星の狐《きつね》。女媧《じょか》に育ててもらったのに、ひどいことたくさんした』

「つ、う……一気に、話さないで……」

少女の声とともに流し込まれた情報量は、あまりにも多かった。逆獏《サカバク》によって惑わされ、何者かによって丸一日分の記憶を抜き取られた脳が悲鳴を上げている。

「あなたが言っていること、全部はわからない……ただ、アマナは……」

『……鉑はねえさまの口、縫った』

低い声とともに、特に鮮烈な像が撫子の頭に流し込まれた。

――冥《くら》い。冥い。冥い。

今よりもずっと、闇《やみ》の深い頃だった。揺らぐ灯火《ともしび》の明かりを背後にして、女が自分を見下ろしている。自分は壁を背中にして、女の手に首を掴まれている。

女の黒髪が簾《すだれ》のように流れ落ち、自分を世界から隔てているように思えた。

顔は――ほとんど見えなかった。しかし、珊瑚珠《さんごしゅ》の唇がひっそりと笑っているのがわかった。

九重の円が刻まれた黄金の瞳《ひとみ》が、深い暗闇《くらやみ》の果てから自分を見つめている。

『シィー……』と、小さく息を零《こぼ》す音。

そして黒髪によって閉ざされた視界の端で、何かが冷たく光った。

それが針だと理解した瞬間に、唇に鋭い痛みが走り――。

平安の暗闇《くらやみ》が遠ざかり、令和の色彩が戻ってくる。撫子《なでしこ》は反射的に口元を押さえ、舌先で自分の唇を確かめた。傷はなく、血の味もしなかった。

『……ねえさまが、お伝えしようとしたから』

気づけば、羅々《らら》は階段の方に移動していた。無表情のまま、わずかにうつむいている。

『ねえさまが、あれはわるいきつねだと帝にお伝えしようとしたから……だから、鉑《ハク》は怒ってねえさまの口を縫った……ねえさまは何度も、ららに教えたぞ』

羅々が顔を上げた。三つの瞳《ひとみ》が、清らかな泉の如《ごと》く撫子の姿を冷ややかに映した。

『鉑は邪悪――なのに、おまえはあれを助けるの？』

「アマナは、昔の鉑とは違うわ。誰かの口を縫うなんてことは――」

――やりかねないな、と思ってしまった。

つい先刻、援助を申し出てくれた恩人をさらりと人質に取ったアマナの姿を思い出す。祀《し》庁《ちょう》という国家権力に悪態をつくアマナの姿を思い出す。

「きっと……そんなことは……」

『言っておくが、私はまったく戦う気がないぞ』『君を盾にするから大丈夫』『さんざん女子大生のおっぱいを堪能《たんのう》しただろう。もっと頑張りたまえよ』――。

——やるな、と思ってしまった。

「えっと……ともかく、ね……」

撫子は目を泳がせつつ、どうにか嘘《うそ》にならない言葉を探す。心なしか、羅々の視線が痛い。

『鉑は悪い奴《やつ》。だから、死んでもいい』

ゆるゆると顔を上げると、三つの眼が暗がりで白く光っている。どこか不気味にも見えるそのまなざしを見つめて、撫子はゆっくりと首を横に振った。

「……それは違うわ、羅々。それは駄目よ」

『何故《なぜ》？』

「アマナは、確かにまっとうな人ではない」

そもそも自分達の関係は、互いに利用しあうところから始まった。

けれども——撫子は決然とした面持ちで、霊獣の無機質な瞳をまっすぐに見つめた。

「でも……わたしはアマナのこと、きらいじゃないのよ」

『わるいやつなのに？』

「完全な良い人でも、完全な悪い人でもないわ」

——鵺《ヌエ》に攫《さら》われた彼女を助けた時のことを思い出す。

痛々しく偽られた九尾の微笑。あの慟哭《どうこく》が、今も耳の奥に残されている。

「さんざんアマナには迷惑をかけられたわ。本当に厄介で、面倒臭くて、鬱陶《うっとう》しい女よ。でもね、それだけじゃないの」

――白昼の条坊《じょうぼう》喫茶の夢を思い出す。

己を呪《のろ》う撫子《なでしこ》の涙を、アマナは拭《ぬぐ》ってくれた。彼女の奇妙な優しさに、確かに慰められた。

「……それだけじゃあ、ないのよ」

そっと自らの頰《ほお》に手を滑らせて、撫子は少しだけ唇をほころばせる。

「アマナはわたしと同じ。人と化物《ばけもの》のはざまにいて悩んでる。だから羅々《らら》、お願いよ。わたしに、アマナを助けさせて。アマナのところに行かせてちょうだい」

『……あれは、鉑《ハク》。鉑はみんなにひどいことした。鉑は悪い奴《やつ》。だから……』

「わたしの頭を全部見ればいい」

撫子は羅々の細い肩に手を置くと、三つの眼《め》をまっすぐに見つめた。

「そうすればわかるはずよ。己の為《ため》ならば非道を躊躇《ちゅうちょ》しない鉑と、苦悩に苛《さいな》まれる無花果《いちじく》アマナ。両者が同じものかどうか――その三つの眼で、確かめるといいわ」

可能な限り、穏やかな声音で撫子は訴える。

それでも感情は完全には抑えきれず、口元からぱちぱちと火花が散った。

『――わからない』

無表情のまま、羅々は首を傾《かし》げる。しかし、頭に響く声には明らかな困惑が滲《にじ》んだ。

『ららはみんなを助けてほしかった。だから、撫子をここに呼んだのに……』

「え――？」瞬間、脳裏に鮮明な映像が閃《ひらめ》いた。

雪に埋もれた山林――半壊した神社――『天狗之泉《てんぐのいずみ》』と刻まれた石碑――林を探れども泉はなく――白い子牛の頭――『あれは大伽藍《だいがらん》にいるの』――。

――気がつけば撫子は壁に手をつき、荒く呼吸していた。

「あなたが……わたしを、ここに……」

見開いた赤い眼には、まだあの映像が焼き付いている。羅々が見せたのか、それとも失われた記憶の名残が刺激を受けて現れたのかはわからない。

確かなことはただ一つ――羅々が、撫子を神去団地《かむさりだんち》に招き入れたのだ。

『……ここは、悪いものばかり』

いつの間にか、羅々は階段の上の方に移動していた。

中央の目は閉じられている。愛らしい顔には、相変わらず表情といえるものはない。

『天狗《てんぐ》がいる……鉑まで来た……ららは、誰を頼ればいいかわからない。ららはまだ、お山から出たばかりなのに……お外のお勉強、始めたばっかりなのに……』

羅々は、顔を仰向かせた。感情のない目は、どこか彼方《かなた》を見つめている。

『ららは、守るだけで精いっぱい……ここは戸隠《とがくし》から遠いから、ららの声はねえさま達にも届かない……でも、このままじゃ……あと二回、あの星が輝けば……』

初めて、羅々の顔に表情らしきものがよぎった。

あまりにも微《かす》かな変化だった。しかし、撫子《なでしこ》には彼女が今にも泣きだしそうに見えた。

『かみさまが振り返る……京も、戸隠《とがくし》も、全部なくなる……』

「なくなる……？　待って、何が起きるの？」

途方もない災厄を予期させる言葉に、撫子は思わず息をのむ。

金色の角が、きらりと暗闇《くらやみ》に光った。目元を拭《ぬぐ》うと、小さな白澤《はくたく》は踵《きびす》を返した。

「待って！　羅々《らら》、話を聞いて！　あなたは、一体何を——！」

『……ららは、見定める』

駆け寄ろうとする撫子に、羅々はわずかに振り返った。心の奥底を見透かすような三つのまなざしに、撫子は思わず伸ばしかけた手を止める。

『何を信じるか……このまなこで、見定める……』

白光——目の前で炸裂《さくれつ》した閃光《せんこう》に、撫子はとっさに顔を背ける。

光は一瞬で消え去った。元の暗闇を取り戻した階段には、もう小さな白澤の姿はない。

「なんっ——てこと……っ！」

自分を神去団地《かむさりだんち》に招いたのが羅々だということはわかった。しかし、あの白澤は新たな謎《なぞ》を撫子にほのめかして姿を消してしまった。

ここがどこなのかもわからない。アマナが無事かどうかも定かではない。

状況が混迷していることには変わりない——髪をぐしゃりと掻《か》きつつ、撫子は目を瞑《つむ》る。

「落ち着いて。ひとまず、外に出るのよ、撫子……」

何度か深呼吸を繰り返し、撫子は目を開く。そこで、足下に細かな紙片が散らばっていることに気がついた。先ほどまでは目に入らなかったものだ。

紙片は細かく裂かれ、いずれも汚れている。しかし、元は文字が書かれていたようだ。

「…………なにこれ？」

ひときわ大きな紙片を撫子は拾い上げ、広げてみた。

これも紙面のほとんどが赤黒いシミに汚れ、ろくに判読できない。しかし、恐らく末尾と思われる文章はかろうじて読み取ることができた。


――雉《きじ》も鳴かずば撃たれまい。ご愁傷様です。


簡素な文章だ。それでも、何者かの嘲笑《ちょうしょう》が聞こえてくるような文章だった。

撫子は眉《まゆ》を顰《ひそ》め、辺りを見回す。しかし、これ以上めぼしいものも見つからない。用心しながら階段を上ると、水の流れる音がよりはっきりと聞こえてきた。

扉の先は、古びた水路だった。石積みの壁には、地蔵や墓石まで紛れ込んでいる。

振り返れば、向こう側に南国の如《ごと》き空の色が見える――出口だ。

撫子は人間道の鎖を用意しつつ、水路を出た。

群青の空で、真の月と偽の太陽が睨《にら》み合っている。赤く輝く雲が裂傷のように見えた。スマートフォンを見ると、ちょうど夜の十一時になった頃だった。

「ずいぶん経ったのね……」

時の流れに愕然《がくぜん》としつつ、撫子《なでしこ》は輝く街に一人で踏み出した。

行く当てなどはない。ぎっしりと詰め込まれた建物の狭間《はざま》を、ひたすらに進む。

「あら、やだ歌方《うたかた》さん……！」「山の公園で集合な！」「ねー、お母さんったら！」

「あははは……」「もういいかい？」「きゃははは……」

気づけば、全力で駆けていた。

空虚な談笑を振り切るように、撫子は団地をがむしゃらに駆け抜ける。

遁走《とんそう》の果てに、静寂が訪れた。呼吸を整えようとしたところで、近くの祠《ほこら》が目に入った。

――ひとつをささげよ。ひとつをあたえむ。

――花を大切に。

そんな文言を記した木札が、左右にそれぞれ掲げてある。祠の内部には奇妙な天狗《てんぐ》像と、仰向けになった人間を模した不気味な祭壇が置かれている。

「……悪趣味な祠」

毒づきつつも、なんとか息を整えた撫子はあたりに目を向けた。

猫の額ほどの公園だった。集合住宅の狭間に、滑り台やブランコなどが押し込められている。

「アマナを、早く見つけないと……」

呟《つぶや》きを掻《か》き消して、サイレンの音が響きだした。

そして、覚えのあるにおいを感じた。昼間、辺りに漂っていた——甘ったるい香のにおいだ。

「……この香りにも、意味があるのかしら」

そっと鼻に触れながら、撫子は険しいまなざしで辺りを見回す。

その時、空から注いでいた赤光がふっと消えた。

「えっ？」撫子は目を見開き、空を仰ぐ。

あれほど輝いていた松明丸《たいまつまる》が、今は影に沈んでいる。漆黒《しっこく》の円と化したそれは見る見るうちに、西の方へと群青の空を滑り落ちていった。

「これは……まさか、日没なの？」

戸惑う撫子をよそに、影はぐんぐんと空を滑る。そうして、ついに地の果てに消えた。

正しく、夜になった。墨色の空に、月と星とが穏やかに輝いている。

その端に、白い影がちらついた。近くの集合住宅の屋上から、何者かが飛び降りる——。

撫子は人間道の鎖を選びつつ、目の前に降り立ったそれを睨む。

「……また、食べられないものが来た」

【ロセセセセ……】

奇声とともに、青い天狗面が撫子を見る。背中では、醜い翼が痙攣《けいれん》していた。羽根もまばらなそれは、ぬめった質感も相まって茹《ゆ》でた手羽先のようだ。

不格好な翼が空気を掻《か》く。そうして、熊手《くまで》のように巨大な手が伸びてきた。

速い——しかし、呆気《あっけ》にとられるほどに馬鹿正直《ばかしょうじき》な突進だった。

撫子《なでしこ》は素早く人間道の鎖を独鈷杵《とっこしょ》へと変じつつ、顔面を狙《ねら》ってくる手をかいくぐる。

そして、青天狗《てんぐ》の胸倉めがけて切っ先を突き出し——すり抜けた。

「なっ——!」振り返る撫子の頭蓋《ずがい》に、大槌《おおづち》のような拳《こぶし》が唸《うな》りを上げて迫った。


「か、り、た、て、よォ————ッ!」


咆哮《ほうこう》とともに、視界の端を青白い炎が駆け抜けた。

青天狗が吹き飛ばされる。その四肢には、透明な獣の影が無数に食らいついていた。獣達は木霊のような叫びをあげながら、透き通った爪牙《そうが》を振り回す。

とっさに異形から距離を取る撫子の耳に、かつかつと規則的なヒールの音が響いた。

「お前……どうしてここにいる?」

乱れた服を手早く整えながら、撫子は現れた女の顔を見る。無造作に整えた灰色の髪、冷たく鋭いアイスブルーの瞳《ひとみ》——そして、口元を覆う面頰《めんぽお》。

青白い火の玉を無数に纏《まと》った彼女を見つめて、撫子はそっと微笑《ほほえ》んだ。

「……こっちのセリフよ、雪路《ゆきじ》さん」

「フン……お前がいるということは……あの女狐《めぎつね》もいるんだな……」

祀庁《しちょう》準一等儀式官《ぎしきかん》──真神《まがみ》雪路は顎《あご》をさすりつつ、小さく鼻を鳴らした。

【ロセロセロセロセ……!】

青天狗が無茶苦茶に手を振るい、動物霊達を四散させる。襤褸《ぼろ》のようだった白い衣はさらに引き裂かれ、墨のような血が噴き出していた。

「まだ、動くか……新手も来たというのに……」

背後から、法螺貝《ほらがい》の音が響き渡った。はっと振り返る撫子の視線の先で、白い影が翻《ひるがえ》った。

そうして、新たな擬天狗《ギテング》が着地する。

こちらの擬天狗の背中には、翼さえない。ただ枯木のようなものが蠢《うごめ》いているだけだ。片手には錫杖《しゃくじょう》、もう片方の手には黒い有刺鉄線にも似た棘羂索《とげけんさく》を握りしめていた。

【シシテテテテ……】──黄色の天狗面が揺れる。

撫子は、自然と人間道の鎖を構えた。しかし、雪路の手が撫子を制する。

「……黄色は、私がやる。青は、お前がやれ」

「……わたし、戦えるけれど」

「まともに戦う必要はない……適当に潰《つぶ》せ……相手にしてもキリがない……」

雪路がかざした両手には、鉄枷《てつかせ》を思わせる形をした籠手《こて》が嵌《は》められている。そこには、青い念珠と獣の牙《きば》とを連ねた長い数珠を絡めてあった。

じゃり、と牙の数珠が鳴る。すると、雪路《ゆきじ》の周囲に漂う火の玉がその火勢を強めた。

途端──二体の擬天狗《ギテング》が、同時に二人へと襲い掛かった。

「ゆけえ……！」

牙念珠《きばねんじゅ》が振るわれた瞬間、火の玉が燃え盛る。

それは瞬《また》く間に青白く輝く獣へと形を変え、黄天狗《てんぐ》へと襲い掛かった。

一方の撫子《なでしこ》は、手負いの青天狗めがけて右手を振り抜く。

「さっきはよくもやってくれたわね！　──転輪《テンリン》ッ！」

銀の円環が闇《やみ》に閃《ひらめ》く。甲高い唸《うな》りを響かせるそれは、しかし異形の体を虚《むな》しくすり抜けた。

青天狗は何一つ気にするそぶりもなく、滑るように迫ってくる。

「……これも駄目なの。ならば──」

撫子は眉《まゆ》を顰《ひそ》めつつ、飛んだ。

直後、それまで立っていた場所に巻貝形の鉄塊が振り下ろされる。地面に亀裂《きれつ》を刻み込んだそれを構え直しつつ、青天狗は片手を伸ばす。

じゃらり──虚空から漆黒《しっこく》の鉄球を連ねた数珠が引き出された。

鉄数珠を投げ縄のように振り回す青天狗を睨《にら》みつつ、撫子は右手の鎖を一つ選び取る。

「天道──」

撫子の囁《ささや》きをかき消し、醜い翼が地を叩《たた》きつけた。

足掻《あが》くようにして青天狗が飛び上がる。それは飛行ではなく、無様な跳躍だった。

空中から数珠を無数に繰り出しながら、青い異形は撫子めがけて落ちてくる。絞首台の縄にも似た数珠が――棘《とげ》だらけの鉄塊が、唸りを上げて迫ってくる。

「――戒鎖拳《カイサケン》」

轟音《ごうおん》とともに、青天狗が地面に叩きつけられた。

虚空から、金の甲冑《かっちゅう》を纏《まと》った巨大な右手が伸びている。軍神の手を思わせるそれはさながら羽虫の類《たぐ》いを潰《つぶ》すかの如《ごと》く、擬天狗の体に五指を据えていた。

「……そう、天道は通るのね」

撫子は、右手を振り下ろした姿勢のまま呟《つぶや》く。天道の鎖はいまは形を変え、金色に輝く腕輪となって細い右手に煌《きら》めいている。

天道は、幻惑と霊験の鎖――桐比等《きりひと》の陰鬱《いんうつ》な声が、鼓膜に蘇《よみがえ》った。

――もともと、この鎖は扱いが難しい。記録上、これを巧みに扱ったのは初代を除けば二人だけだ。そのうちの一人によれば、天道の鎖の権能は……。

「五感や精神に影響を及ぼし、霊魂に干渉することができる」

青天狗は、まだ動いている。生白い翼がばたばたと羽ばたき、潰れた四肢が血の帯を引きずりながら地面を這《は》う。もはや、その顔を覆っていた天狗面は砕けていた。

【ロ、セ……セ……】――髑髏《どくろ》が、かたかたと顎《あご》を鳴らす。

青い仮面の下には、朽ちた髑髏があった。

眼窩《がんか》には濁った眼球が嵌《はま》り、露出した顎の骨からは腐った舌がだらりと下がっていた。

「……アマナの言う通りだわ。これは確かに、天狗《てんぐ》とは言えないわね」

撫子《なでしこ》は唇を歪《ゆが》めつつ、右手を振り上げた。

黄金の甲冑《かっちゅう》を纏《まと》った右手は幻影の如《ごと》く、風すらも起こさない。しかし、それが振り下ろされるたびに青天狗の体は果物が潰《つぶ》れるような音を立てた。

「――獄門《ごくもん》！　退《ひ》くぞ！」

雪路《ゆきじ》の叫びに振り返る。見れば、黄天狗はばらばらの状態で金網に叩《たた》き込まれている。

「じきに新手がくる！　蠟梅羽の連中は、松明丸が沈むと動き出すんだ……！」

言いながら雪路は素早く牙念珠《きばねんじゅ》を擦《す》り鳴らし、鞭《むち》のように振るった。

「とおぼえ、おおぐち、ここにこい……！」

唸《うな》るような囁《ささや》きが闇《やみ》に零《こぼ》れると、周囲に青白い影が揺らめき始めた。

動物霊達だ。小さな獣も大きな獣も――肉食草食の区別なく、かつて何処《どこ》かで死した獣の群れが雪路と撫子の周囲に集いつつあった。

「のかけ、やまかけ……」

その時、野太い笛の音色が夜闇《やあん》をびりびりと震わせる。

雪路の傍《そば》に立ち、撫子は頭上を睨《にら》む。すぐ近くの建物に影が見えた。飛び降り防止用フェンスの上で、一体の擬天狗《ギテング》が法螺貝《ほらがい》を吹き鳴らしている。

そこにもう一つ、新たな貝の音色が重なり合う——それを、雪路の叫びが搔《か》き消した。

「しののめ、くらませ——夜行騒乱《やこうそうらん》……ッ！」

数多《あまた》の遠吠《とおぼ》えとともに、動物霊の群れが駆け出した。

それは瞬《また》く間に溶け合い、青白い旋風と化して渦を巻いた。撫子達も、擬天狗達も——監獄のような公園さえも飲み込んで、輝く風が夜の闇を脅かす。

そして唐突に、旋風は四散した。青白い火の玉の群れがいくつにも分かれ、団地を駆ける。

擬天狗達は防御姿勢を解くと、火の玉を追って翼をばたつかせた。

——撫子達の姿がどこにもないことにも気づかず。

◇　◆　◇

コーポ榊法原《さかきのりはら》ワ五号棟——。

叩きつけるようにして三〇五号室のドアを閉めると、雪路は覗《のぞ》き穴から外の様子を窺《うかが》った。

「………ひとまずは、これでいい」

「大丈夫なの？」

「ここは私が今晩の宿に選んだところだ……簡易だが、結界を張っている……」

ダイニングへと進みつつ、撫子《なでしこ》は雪路《ゆきじ》が示す箇所を目で追った。

たしかに玄関のチェーンには鈴が下げられ、境界となる箇所には呪符《じゅふ》が貼られていた。ダイニングへの入り口には、用心深く塩の線まで引かれている。

「ひとまず、ここは安全だ……少しの間だが、休むといい……」

「……なんだか、落ち着かない感じね」

ソファの隅に腰かけつつ、撫子は賑《にぎ》やかなダイニングを見回した。

「よっしゃ！　逆転だ！」「ただいまー！」「ほら、ちゃんと手を洗ってきなさい！」

――――しかし、誰もいない。

「害はない……そのうち慣れる」

雪路は冷蔵庫から缶コーヒーを取り出し、撫子に投げ渡してきた。ミルクと砂糖をたっぷり使ったキャラメルラテブレンドだった。

「飯が欲しければ、台所にまとめてある……好きに食え……」

「……やっぱり、落ち着かないわね。見知らぬ誰かの家で飲食だなんて」

「気持ちはわかるが、飢えて死ぬわけにもいかないからな……」

「そうね」とうなずきつつ、撫子は手にした缶を見る。見覚えのあるキャラメルラテだった。

「これ……最近発売されたばかりのものよ。一体、どうやってここに――？」

「さぁ……この団地は妙なことばかりだ」

手近にあった椅子《いす》に腰かけつつ、雪路は自分の缶に口をつけた。

面頬《めんぼお》をずらした状態なのだが、それでも撫子からは口元がろくに見えない。恐らくは、人に口元を見せずに活動することに慣れているのだろう。

「確認した限りでは……この団地にある食料は、全て現世の品だ。いずれも気がつくと補充されていて、傷むことがない……おかげで飢えることはないが、不気味だ」

籠手《こて》を嵌《は》めた指先で缶の縁をなぞりつつ、雪路は眉間《みけん》のしわをさらに深くした。

「これでは、まるで生かされているようではないか……」

「生かされている、ね……」

思えば、町内会でひすいの話を聞いた時から違和感があった。蠟梅羽《ろうばいば》一族はあの太陽の秘術を独占したいはずなのに、どういうわけか無耶師《むやし》達を閉じ込めている。

ひすいは『連中はどうかしている』と言っていたが――撫子は、窓の方に目を向けた。

「……あの太陽と関係があるのかしら？」

「現時点ではなんとも言えないな……。現状、この神去団地《かむさりだんち》と蠟梅羽一族について、我々が知っていることはあまりにも少ない上に漠然としている……」

「雪路さんは、いつからこの団地にいるの？」

「我々が潜入した日は二月四日だった……体感では、およそ一週間が過ぎている……」

「わたしが団地に入ったのは……多分、二月十一日だと思う……」

「なんだ……妙に歯切れが悪いな……？」

これまでの顛末《てんまつ》を、撫子《なでしこ》は簡単に説明した。

雪路《ゆきじ》は、じっと話を聞いていた。話を遮ることもなく、相槌《あいづち》を打つこともない。時折うなずきつつ、自分の内で話を咀嚼《そしゃく》しているように見えた。

撫子が話し終えると、雪路は沈黙の後に黒革の手帳を取り出した。

「……お前達がいた路地というのは、恐らく人差し指の街区のこのあたりだろう」

雪路が示した手帳には、団地の地図が書き込まれていた。恐らく雪路が実際に確認しながら記していったものなのだろう。ひすいが見せたものよりもやや簡素だ。

「我々がいるこの場所はいわば中指の街区……このあたりは、カタカナの棟名が多い……」

「……ずいぶん、飛ばされたみたいね」

雪路が示したのは、指でいえば末節──ほぼ指先の部分に等しい。

隣同士ではあるが、途方もない距離がある。自分の掌《てのひら》を見下ろし、撫子は唇を嚙《か》み締めた。

「早く戻らないと……アマナが心配だわ。なんだか、様子がおかしかったの」

「あいつはいつも様子がおかしい……」

雪路は吐き捨てるように言って、手帳をパチンと閉じた。

「そこまで不安がる必要はない……。あいつはもともと往生際の悪い女だ。かつての鉑《ハク》の歴史からもわかるだろう……」

「でも、アマナは人間なのよ。鉑の魂を宿していても、体は――」

「そうだ……夏天娜《ハーティンナ》は人間だ。それも卑怯《ひきょう》で、狡猾で、どこまでも悪運の強い類《たぐい》の人間だ……」

雪路は苛立《いらだ》たしげに首を振り、席を立った。そして新たな缶コーヒーを手に戻ると、甘い液体を仏頂面のままぐびぐびと呷《あお》りだした。

「どうせ、夏天娜は生きている……むしろ生きていないと困る。奴《やつ》が生きているからこそ、私はこの世のたいていの事象に寛容でいることができるのだ……」

「……複雑な関係ね」

「大人というものはそういうものだ……」

雪路は、撫子よりもアマナとの付き合いが長い。そんな彼女が数多《あまた》の罵詈雑言《ばりぞうごん》とともに、『生きている』とここまで太鼓判を押すのだ。

少しだけ気は楽になった。ソファに身を沈め、撫子はふっと息を吐いた。

「雪路さんは、どうしてここに？」

「……任務だ」

雪路は一瞬、やや迷うそぶりを見せた。しかし、小さくうなずいた。

「失踪《しっそう》者の捜索だ……」

「失踪者って……誰を探しているの？」

「常人達だ……少なくとも、我々が把握できているだけでも三十人が失踪している」

想定以上の人数に、撫子《なでしこ》は息をのむ。

「失踪《しっそう》者は三十人……年齢・性別・職業・出身地いずれも共通点なし。住民から観光客まで見境がない……強いて共通点を上げるとすれば、例のシールだ」

「わたし達が探していた、あの変なシールね」

「そうだ……失踪はたいてい、シールが貼られだした近辺で発生するんだ。故に祀庁《しちょう》では、シールは拉致《らち》の予告ではないかと見ている……」

「『これから攫《さら》う』という合図ってことね。だとすれば、悪趣味だけれど」

あれは、怯《おび》える人間達を嘲笑《あざわら》う人外の所業なのだろうか。奇妙な角のある像と三つの円のシールを思い出しつつ、撫子は甘いコーヒーをちびちびと飲んだ。

「……失踪者は、みんなここにいるの?」

「ああ。蠟梅羽《ろうばいば》一族に攫われたと見て、捜査を進めている……無関係ではないはずだ……」

雪路《ゆきじ》は唸《うな》り、灰髪をがりがりと搔《か》いた。進捗はあまり芳しくなさそうだ。

「ただ、その過程で……我々は、霊能界にも奇妙な動きが起きていることを知った。いくつかの無耶師《むやし》の集団が、鞍馬《くらま》に移動していたんだ……」

「月酔《げっすい》施療院や、哭壺《なきつぼ》家ね」

「それだけじゃない……。他にも無数の集団が鞍馬に移動して、消息を絶った。我々は捜査範囲をさらに広げ、この一年で周辺で起きた怪事件を探った。そして……」

雪路はぱらぱらとページをめくると、ある写真を撫子に見せた。

「この女性に、辿《たど》り着いた」

死体の写真だった。

黒の留袖《とめそで》と結袈裟《ゆいげさ》を纏《まと》った老婆が、胸を血に染めた状態で息絶えていた。乱れた白髪に、嚇怒《かくど》の形相が埋もれていた。凄《すさ》まじい出血によって、結袈裟はほとんど黒く染まっていた。両手の指は、どういうわけか骨がほとんど露出している。

「昨年十月末のある未明……この女性が、琵琶湖《びわこ》に上空から転落した……」

警察は、琵琶湖大橋からの飛び降りと判断した。

しかし、釣り人達は『そんなはずはない』という主張を繰り返した。

彼らの話では、女性は船体のすぐ近くに落ちたという。そして、レンタルボートに搭載されていた魚探の船位履歴は琵琶湖大橋からずいぶん離れた位置を示していた。

「解剖の結果……女性の遺体は警察から、祀庁に回された」

雪路は手帳をめくる。老婆の亡骸《なきがら》は、ほかの数多《あまた》のページの向こうに消えた。しかし、撫子の脳裏にはあの凄まじい形相がいまも焼き付いている。

「よほど妙なものが出てきたのね？」

「そうだ……胃の中から、遺書が発見された。恐らく、死ぬ前に呑《の》み込んだのだろう」

「……相当の覚悟ね」

「ああ……自分が確実に殺されることを理解していたんだ……」

思わず息を詰める撫子《なでしこ》をよそに、雪路《ゆきじ》は頁《ページ》をめくる。

「……遺書の大半は消化されつつあった。かろうじて読み取れた断片によれば、女の名前は蠟梅《ろうばい》羽雉音《ばきじね》。当主である長啼《ながなき》の姉であり、妻だという」

「ふうん……近親婚ね」

「血統に傾倒した無耶筋《むやすじ》では珍しくない話だな……」

「……獄門《ごくもん》家は恋愛か略奪だったから、あまりピンとこないわね」

「む……どう反応すればいいんだ……」

微妙な表情で、雪路は新たな写真を撫子に提示した。

酸によってぼろぼろになった和紙の断片が、ブルーシートの上に広げられている。

——こんなはずじゃ、なかったはずです。

——ほしにまどわされ、もはやそらはとおのいた。

——おわすれか、サイショのきざしのあのそらを。

——あのワルイワルイカワセミ！

——ええ、わたくしシッカとせいがんをたてました。

——かわいそなこどもらとくらまあたごのてんぐさまにシッカとちかいました。

——ぜんぶオカシクしたあのわるいカワセミめを、わたくしは。

――おんあろまやてんぐすまんきそわかおんひらひらけんひらけんのうそわか
紙の原型は、ほとんど残っていなかった。

それでも紙片からは、強烈な怒りと嘆きの情がひしひしと伝わってくる。

「雉音の転落時期と、失踪《しっそう》が頻発するようになった時期は重なっている……彼女の事件は迷宮入りしかけていたものの、この点から再調査が始まり……」

「ここに辿《たど》りついたのね」

「ああ……より広範囲のダウジングを行った……年末に起きた鵺《ヌエ》発生事案の影響か、府内の霊波はだいぶ乱れていてな……潜入には骨が折れたぞ……」

雪路の言葉を聞きつつ、撫子は首筋をさする。

脳裏に蘇《よみがえ》るのは、小さな白澤《はくたく》と会話したあの牢屋《ろうや》だ。あの場所の壁には、掻《か》き毟《むし》ったような痕跡《こんせき》があった――そして、雉音の指先を思い出す。

「もしかすると、わたしがいた牢屋に雉音さんが閉じ込められていたのかしら」

「その可能性は高い……当主と妻の間に、なにかしらの衝突が起きたのは間違いない……」

――雉も鳴かずば撃たれまい。ご愁傷様です。

牢屋で見つけた紙片は、雉音を閉じ込めた何者かによる手紙の一部だ。

あれを書いたのが『カワセミ』だろうか。文字は印刷されたもので、書体から特徴を摑《つか》むことは難しい。ただ、撫子はあの一文から強烈な侮蔑《ぶべつ》の念を感じた。

「……『カワセミ』って、何者かしら？」

「想像もつかん……ともかく、一連の怪異の中心に蠟梅羽《ろうばいば》一族がいることは確実なんだ……」

「そうね。……ろくでもないことだわ」

再び、沈黙が落ちた。しかし、静寂はさほど長くは続かなかった。

『ドーン』と爆音にも似た音が響くのを聞き取り、撫子《なでしこ》は立ち上がる。音自体は遠くから発せられたもののようだが、それでもかすかな震動が伝わってきた。

「なんなの……？」

「かなり、遠いようだが……」

雪路《ゆきじ》は足早に窓に向かい、カーテンに手を差し込んだ。わずかに窓を開けると、面頰《めんぼお》を軽くずらしてにおいを嗅《か》ぐようなそぶりを見せる。

「……異常はない。おおかた、どこかでまた新しい建物が発生したのだろう。ひとまず、お前はしっかり体を休めておくといい。夜が明け次第、私達の拠点に案内しよう……」

「拠点って、どこにあるの？」

「薬指の街区だ……そこで、ひとまずはしろ——四月一日儀式官《わたぬきぎしきかん》と合流する……」

「三人で協力して、アマナを探そうってわけね」

「そうだ……こんな団地だ。なるべく力を合わせた方がいいだろう……それと、可能ならばお前達にも失踪者《しっそう》の捜索を手伝ってほしい……」

「それは、構わないけれど……」

撫子は窓に近づき、そっとカーテン越しに外の様子をうかがった。

堂々と天に居座っていた松明丸《たいまつまる》の姿はない。この辺りの区画はほとんどマンションばかりのようで、窓ガラスの向こうには白い蛍光灯の光だけが見えた。

「この『はざま』はだいぶ現世に近い環境であるとはいえ、それでも常人は心身を消耗するはずよ。それに、もし蠟梅羽一族が攫《さら》ったのなら……」

寒々しいほどに均一化された街並みを見つめ、撫子は細い眉《まゆ》を寄せる。

「……あまりいい予感は、しないわ」

「それでも捜す……最後まで、捜すんだ。答えが見つかるまで……」

雪路の眼光は鋭い。今こうしている間も、常人達の痕跡《こんせき》を探しているようだった。

「彼らは何も見えない、聞こえない。穏やかな夜を享受することができる……そんな人々から安寧を奪うことは、何人たりとも許されん……」

窓の桟に置かれた雪路の拳《こぶし》が、きつく握りしめられた。

それをじっと見つめて、撫子はうなずいた。

「……手を貸すわ。できる限りのことをする」

「感謝する……祀庁《しちょう》には私から口添えしよう……報奨が出るかどうか保証はできんが、それでも獄門《ごくもん》家に対する態度は――」

「別に、そういうのはどうでもいいわ」

雪路《ゆきじ》が無言で見つめてくる。アマナよりもずっと根が正直な人間なのだろう。こちらを見定めようとしているまなざしが、彼女よりも明け透けだ。

そんなまっすぐな視線を感じながら、撫子《なでしこ》は軽く肩をすくめた。

「ここに救いを求める人がいる。なら、力を尽くすのが人の道理でしょう」

「……ありがとう。私も……この場において、お前の爪牙《そうが》となることを約束しよう……」

「大げさね、雪路さんは」

雪路の口元は、面頬《めんぽお》に隠されている。それでも、彼女が笑ったことはよくわかった。

撫子はふっと微笑《ほほえ》んで、カーテンを閉めた。

◇　◆　◇

薬指の街区――アマナと白羽《しらは》は、哭壺《なきつぼ》家のマイクロバスを爆破した。

月酔《げっすい》施療院は振り切ったものの、哭壺家の無耶師《むやし》達の追跡はしつこかった。そこで、二人は手近なマンションにマイクロバスを突っ込ませた。

そして、爆破した。

コーポ榊法原《さかきのりはら》の何号棟かの玄関に、マイクロバスは轟音《ごうおん》とともに突っ込んだ。玄関どころか建物の二階部分の窓ガラスも粉々に砕け散り、星のように煌《きら》めいた。

運転席から、青や赤の火花が美しく闇《やみ》に炸裂《さくれつ》する。

そのぱちぱちとした音を前奏曲として、紅蓮《ぐれん》の火球が膨れ上がった。

爆風が万象を焼き尽くさんがために解き放たれ、周辺 悉《ことごと》くの建物の硝子《ガラス》を吹き飛ばす。

幾万もの雷が地上に突き刺さったかの如《ごと》き轟音《ごうおん》と震動――。

「なんやァアアア！」「オレ達のヤドクガエル号がァ！」「退《ひ》け、退けぇえええ！」

悲鳴を上げる無耶師《むやし》達の眼前で、彼らのマイクロバスは華々しい最期を遂げた。

あまりに派手過ぎて、もはやＶＦＸの域だった。

実際、この爆発のほとんどは幻術によって誇張されている。

アマナの妖術《ようじゅつ》はまだ本調子ではなく、白羽《しらは》のルーン呪術《じゅじゅつ》は未熟そのものだった。それでも映画もゲームも好きな二人によって、幻影のリアリティは底上げされていた。

「……急拵《きゅうごしら》えですけど、けっこう良い感じですねぇ」

「好《ホウ》、好《ホウ》、好《ホウ》……もう少し盛りたかったところだが、これはこれで悪くないものだな」

カラフルな爆炎を背後に走りながら、アマナはちらと空に視線を向けた。

「……やはり、日没の概念があるのか」

「あたしも最初はびっくりしましたよー。よくわかんないけど『秋の日は釣瓶《つるべ》落《お》としってこういう感じなんだなぁ』ってとりあえず感動しておきました」

「今は冬だがな――と、ちょうどいいところにカモ一匹」

少し離れた場所で、立ち尽くしている哭壺家《なきつぼ》の無耶師を発見した。パンクファッションの女だ。ガスマスクを持ち上げて、爆炎を呆然《ぼうぜん》と見つめている。

その傍《そば》には、スクーターがあった。無法者二人組は、それを見逃さなかった。

「あっ……！　ようもやりおったなァ、ワレェ！」

迫りくる二人に無耶師が気づき、怒声とともにボウガンを向けてきた。

「わーい！　公務執行妨害だ！　処す！」

白羽がにんまりと笑って、腰のポーチからダーツを引き抜こうとする。

しかし、アマナはそれよりも素早く動いた。白羽を一気に追い越して、さながら獲物に迫る狐《きつね》の如くしなやかな動きで無耶師へと接近する。

無耶師はボウガンを放り捨て、ナイフを引き抜いた。刃《やいば》に、透明な毒液が滴る。

「舐《な》めンなァ、死ねぇ！」

アマナは低い体勢で刃を躱《かわ》すと、そのまま滑るように女の背後に回り込んだ。

「――おやまァ、お姉さん」

白く滑らかな手が、無耶師の顎《あご》をするりと撫《な》でる。

女の喉《のど》が、ひくっと音を立てて引き攣《つ》った。アマナは琥珀《こはく》の目を細め、囁《ささや》いた。

「わるいひと……」

甘い吐息が無耶師の耳元にかかった途端――無耶師は、かくりと膝《ひざ》をついた。

アマナは素早く距離を取る。無耶師《むやし》の様子を注意深く眺め、眼前で軽く扇子を振ってみた。反応はない。無耶師は、陶然とした表情で虚空を見上げている。

「……厭《いや》になるくらいに効くな」

「わー！　すごいですねぇ、アマナさんの色仕掛け！　いよっ、元日本三妖《さんよう》！」

「……正直、あそこから私の名前を外して欲しいんだよなァ」

微妙な笑いを浮かべつつ、アマナは白羽《しらは》に続いてスクーターに跨《またが》った。

「おおっ、構図が『ローマの休日』じゃないですか！」

「ン……ならば、私がオードリー・ヘップバーンか。……いいな」

「ピッタリですねぇ！　アマナさん、寝る時はシャネルの五番ってタイプですもんね！」

「それはマリリン・モンローだな——それより、目的地はあるんだろうな？」

「当然でっす。あたしもそこまでアウトローじゃありませんよ！」

二人の無法者を乗せて、盗んだスクーターは神去団地《かむさりだんち》を駆ける。細い路地をすいすいとくぐり抜けた後に、やがてある小さな建物の前で止まった。

カワセミゲームズ——色褪《いろあ》せた看板に、カワセミのマスコットが親指を立てている。

そして『**花を大切に**』という文言が記されていた。

「……やたらと、自然愛護を訴えてくるな」

「ですよねぇ。この団地の草花はロクに手入れされてないってのに。——さて、白羽ちゃんキャッスルにようこそ～。見ての通り、日当たり悪いのが自慢です」

『ぱんぱかぱーん』と口ずさみつつ、白羽はひび割れたガラス扉を押し開けた。

よく言えばレトロ――悪く言えば、時代遅れな内装だ。対戦格闘ゲーム機やらクレーンゲームやらが並んでいるものの、いずれも年季が入っている。

やかましい電子音が満たす空間を横切り、二人は奥の休憩スペースへと足を踏み入れた。

「このあたりは、無耶師連中からは人気がないんです。皆さん、あのへんてこな太陽の光にご執心ですからね。だから、わりかし安全なエリアです」

パイプ椅子《いす》でくつろぐ白羽をよそに、アマナはあたりを見回す。

「……奴《やつ》は、いないのか？」

「あー、ユキ先輩ですか？　先輩は捜査の関係で、今朝から出かけておりますねぇ。だいぶ地形が変わってるけど、ちゃんと帰ってこれるのかしらん……」

「ン……そうか。ならば、私は奴が帰る前にここを発つとしよう」

「ちょっとちょっと！」

椅子の背中越しに振り返り、白羽がわざとらしく唇を尖《とが》らせる。

「そりゃないですよ、アマナさぁん。このスカポン団地で、せっかくなかよしーズが揃《そろ》ったんです。みんなで一緒に行動しましょうよ。そのほうが安全です」

「冗談じゃない。私にとっては奴がいない方がずっと精神が安全だ。だから、私一人で――」

「……冷静に考えましょう。撫子《なでしこ》ちゃんなら、どう判断します？」

アマナは、しばらく考えた。

やがて苛立《いらだ》たしげに扇子を閉じると、足音も荒く白羽《しらは》へと近づいた。

「……夜が明けても奴《やつ》が戻らなかったら、私は出ていくからな」

「さっすがアマナさぁん！　賢明なご判断です」

珍しく露骨に不機嫌な所作で、アマナはがたんと椅子《いす》を引き寄せる。肩に掛けていた鞄《かばん》を一旦下ろし——そこでふと、自分の右肩をまじまじと見つめた。

指先を動かし、腕を上げ下げする。

痛みはなく、しびれもない。何事もなかったかのような右腕に、アマナは目を見開いた。

「莫迦《ばか》な……いったい、どうなっている？　いくらなんでも——っ」

「——『ここまで治ってるのはおかしい』、でしょ？」

白羽はにんまりと笑って、盗んだスクーターのキーを適当に指先で回した。

「あたしもね、実はここに来てすぐに右手やっちゃったんです。哭壺《なきつぼ》と月酔《げっすい》のどえらい抗争に巻き込まれましてね……解放骨折したんですよ、ヤバイでしょ？」

キーを弄《もてあそ》ぶ白羽の右手を、アマナはじっと見つめる。

この手は先ほども、哭壺家の無耶師《むやし》達を相手に巧みに弓を操っていた。とても皮膚から折れた骨が飛び出すという凄惨《せいさん》な傷を負ったようには見えない。

「成程——これが、松明丸《たいまつまる》の力か」

「ええ、そうです。あらゆる傷、病、呪詛《じゅそ》の治癒と浄化……どこまで治るかは定かじゃありませんが、少なくともあたしの右手はこの通り。……まぁ、先輩がすっごい荒っぽく骨の位置を戻してくれたのも関係してるかもですが」

「月酔施療院が欲しがるわけだな……憑依《ひょうい》からの解放は連中の悲願だ」

青い顔で右手をさする白羽に、アマナは真剣な表情で考え込む。

「哭壺家にとっても、松明丸の秘術は魅力的だろう」

「でしょうねぇ。八裂島《やつざきじま》邸のアレで本家が壊滅したとかで、家中大騒ぎみたいですよ」

「……わからないのは、蠟梅羽《ろうばいば》一族の思惑だ」

扇子を揺らしつつ、アマナは団地に跋扈《ばっこ》する擬天狗《ギテング》の姿を思い出す。

話によれば、あの擬天狗達が蠟梅羽一族らしい。しかし、彼らはもはや人間としての形を失っている。なにかしらの意思があるのかさえ不明だ。

「何故《なぜ》、我々をこの団地に閉じ込める？　そして何故、太陽に執着する？　再び幽世《かくりよ》の空を飛ぶのが目的だというのならば、もっと簡単なやり方があるはずだ」

「よくわからないんですけど、そんなにまずいやり方なんですか？」

「……正直、意味不明としか言えない。まどろっこしいにもほどがある」

ぱち、ぱち——しきりに扇子を鳴らしつつ、アマナは眉《まゆ》を寄せる。

「詳細はわからないが、これでは解釈が遠回しすぎるとしか思えない。幽世《かくりよ》への飛行を目的としているのなら、やり方があまりにも大仰だ。なんというか……」

電灯の一つが、ちかちかと瞬《またた》いていた。それを睨《にら》み上げ、アマナは扇子で口元を覆う。

「蠟梅羽《ろうばいば》一族は——本当に飛行を目的としているのか？」

「あふ……白羽《しらは》ちゃんにはさっぱりでございますわー。まぁひとまず、腹ごしらえといきましょうよ。頭にカロリーを継ぎ足してから考えましょう」

大あくびをする白羽が適当に示した方には、自動販売機が並んでいる。息も絶え絶えといった駆動音を立てるそれらをちらっと見て、アマナは首を振った。

「……今は食欲がないんだ」

「それはいけませんね。腹が減ってはナントヤラというでしょ？　それに、我々にはこれから玄関にブービートラップを仕掛け直すという重大な責務があるんですよ」

「……ほう？」アマナの扇子が止まる。

白羽は漫画を満載した棚を動かすと、奥から白い袋を二つ引っ張りだした。表面に『ダクトテープ』『ピアノ線』と書かれたそれを、神妙な顔で揺らしてみせる。

「お好きでしょう、嫌がらせ」

「ンン……そこまで言うのならば仕方がないな」

自販機はどれも古びていて、現世ではもう姿を消したような機種も並んでいた。アマナはそれらをしげしげと観察すると、白羽にとびきり美しい笑顔を向けた。

「……そうだ。この奇特な出会いを祝して、いくらか奢《おご》ってやるとしようじゃないか」

「わーっ、アマナさんったら気前が良い！　ゴチになります！」

白羽は大喜びで、早速ラーメンとコーラとアイスクリームを購入した。

アマナはじっと、白羽の食事を見つめる。なんの変哲もないラーメンだ。プラスチックの容器で湯気を立てるそれを、白羽は喜色満面で啜《すす》る。

「おーいしーい！　心に染みるうまさです！」

――――毒の心配はない。

それを確認してから、アマナは自分の食事を選びにかかった。

うどん、トースト、ハンバーガー――――様々な珍しい自動販売機を見ているうちに、いつしかアマナの思考は自分の食事から別の方向へとシフトしていった。

「……撫子《なでしこ》が見たら、喜びそうだな」

力なく笑い、アマナは天井を仰ぐ。視線の先には、小さな窓があった。松明丸《たいまつまる》の妖《あや》しい光はない。見えるのはただ、澄み切った冬の暗闇《くらやみ》だけだった。

「――――ごめんくださぁい」

女の声に、アマナは動きを止める。白羽《しらは》が、即座に弓を携えた。

二人は、揃《そろ》ってカワセミゲームズの玄関を見た。

◇◆◇

深夜――撫子《なでしこ》は、マンションの玄関に下りた。

どうしても気が騒ぎ、眠りにつくことができなかった。そこで雪路《ゆきじ》から許可をとり、十五分ほど夜風にあたることにしたのだった。

「……この団地にふさわしく、胡乱《うろん》な張り紙だこと」

郵便受けがずらりと並ぶ玄関ホールで、撫子は顔をしかめる。

視線の先には掲示板があった。そこには一枚だけ、奇妙な張り紙が留められている。

『神去団地《かむさりだんち》のみなさまへ』――。

『共用部分は禁煙です』『ポイ捨てはご遠慮ください』『当団地上空での飛行機・ヘリコプターの通過を禁止します』『子牛は発見次第シマツしてください』『たのしくお過ごしいただけるよう、ルールを守って生活しましょう』

――**『花を大切に』**

団地でさんざん見た文言が、ここにも念入りに印刷されている。

「……そんなに花が大切なら、ちゃんと手入れしなさいよ」

暗い管理人室を横目に、撫子はぼやく。窓口に置かれたサボテンは枯れていた。

そして『子牛』の文字をそっと指先で辿《たど》った。

「……多分、羅々《らら》のことよね」

この団地で『子牛』といえば、あの小さな白澤《はくたく》のほかにないだろう。この張り紙が何者に向けたものかは定かではないが、どうやら羅々は団地にとって脅威のようだ。

張り紙を振り返りつつ、撫子は玄関を出た。すると、爽《さわ》やかな夜風が頬《ほお》を撫《な》でる。

「……気持ちいい」

二つの太陽のせいで、この団地は冬場にもかかわらず不快に温められていた。甘ったるい空気は相変わらずだったが、空気は本来の冷たさを取り戻している。

澄み切った夜気に目を細め、撫子は深呼吸した。

ぐう――小さな唸《うな》りが響く。細い眉《まゆ》を寄せ、撫子はそっと腹を撫でた。

まだ耐えられる空腹感だ。しかし、いつまでこの調子が続くかわからない。

「……できれば、ここに美味《おい》しい化物《ばけもの》がいればいいのだけれど」

深くため息をつき、撫子は冷え冷えと輝く月を見上げた。

「アマナ……」

結局、彼女のことを考えてしまう。

分断された時、アマナは右肩を負傷していた。そして、なんらかの要因によって彼女の心は激しく乱されている。鉑《ハク》としての側面が強く表れたのも、その影響だろう。

「わたしのせいで……」

撫子《なでしこ》はうつむき、首筋にがりりと爪《つめ》を立てた。

再会した時から感じていた罪悪感が、さらに黒々と胸の内を蝕《むしば》んでくる。

――気配を感じた。

思考が一気に澄み渡る。撫子は目を見開き、振り返る。

近くの路地からだ。奇妙な祠《ほこら》が据えられたそこに、撫子は足音を潜めて近づいた。

アマナの香のにおいはしない。代わりに、安い酒のにおいを感じた。

「――どうなってんのよ！　この……ッ！」

「あなたは……枕辺《まくらべ》さん？」

間違いない。祠を蹴《け》っているのは『ストちゃん』――枕辺鮎美《あゆみ》だった。

さらにもう一発蹴りを入れようとしていた鮎美は、撫子の声にばっと振り返った。

「あんた！　あの、クソ女の連れね！」

「それは……その……」

けたたましい靴音を響かせながら、鮎美は迫ってくる。思わず後ずさりかけた撫子の肩を摑《つか》み、彼女はつっけんどんな口調でたずねた。

「ひすい、知らない？」

「えっ……あなた、確かひすいさんと一緒に逃げたはずじゃ……？」

「いなくなったのよ……！」

鮎美はきつく唇を噛《か》み締めると、色褪《いろあ》せた髪を掻《か》きむしった。

「おかげでなにもかもめちゃくちゃよ！　全ッ然連絡取れないし！　社会人経験とかないのかしら？　報連相は常識でしょうよ！」

「待って……どこに行くつもりなの？　ひとりで行動したら危ないわ」

慌てて止めようとする撫子を、鮎美はじろりと見つめてきた。ろくに眠っていないせいで隈《くま》が浮かび、血走った目に睨《にら》まれる威圧感はなかなかのものだ。

「あたしは平気よ。放っておいてちょうだい」

「死ぬつもり……？　ここは、三勢力の無耶師《むやし》が殺し合っているのよ？」

ややたじろぎつつも、それでも撫子は説得しようとした。

ひすいの口ぶりでは、鮎美は不運にも神去団地《かむさりだんち》に迷い込んだ常人のようだった。常人がたった一人で、こんな混沌《こんとん》とした神去団地で行動するのは正気の沙汰《さた》ではない。

「できるだけ、力を合わせた方がいいと思うわ。外に出る為《ため》にも……」

「────外に、出る？」

鮎美は、目を見開く。ルージュの剝《は》げた唇が、凄絶《せいぜつ》に吊《つ》り上がった。

「きゃっ──ははは っ！　外に出るッ！　バカじゃないのッ!?　きゃはははは──ッ！」

甲高い笑い声が弾《はじ》けた。それは何故《なぜ》だか生理的な怖気《おぞけ》を煽《あお》り、撫子《なでしこ》の背筋を震わせた。

「……何が、おかしいの？」

気がつけば、人間道の鎖を右手に握りしめていた。

鮎美《あゆみ》はひいひいと喉《のど》を鳴らしつつ、眼鏡を外す。目元に滲《にじ》んだ涙を拭《ぬぐ》うと、彼女はどこか幼い子供を見守るような目で撫子を見下ろした。

「どうして、外に戻りたいの？」

「……えっ？」

「ここではなにもあたしを縛らない。なにもあたしに命令しない。生き残る為《ため》ならば何をしてもいい……本当に、何をしてもいい、いい、いい……素敵よ、外とは大違い。シンプルだわ」

鮎美は両手で神去団地《かむさりだんち》を示し、首を傾《かし》げる。

どこか奇妙な熱を孕《はら》んだその目には、いびつな撫子の像が映っていた。

「ここではみんなが特別になれる――なのに、あんたは外になんか戻りたいわけ？」

言葉は、わかる。しかし、意味がわからない。

目の前の女は、この危険な団地を『素敵だ』と言い切った。

この枕辺《まくらべ》鮎美は本物だろうか。撫子達の知らない間に、化物《ばけもの》によってすり替えられたのだろうか。それとも、撫子達と出会う前から化物だったのだろうか。

だが、目の前の鮎美からは夜闇《やあん》を思わせるような化物のにおいはしない。

「……どうして、そんなことを言うの？」

それくらいしか、言葉にできなかった。獄門《ごくもん》撫子は、あまりにも枕辺鮎美を知らなすぎた。

戸惑う少女を鼻で笑って、くたびれた女は踵《きびす》を返した。

「この団地が大好きだからよ――じゃあね、獄門さん」

「ま、待って……！」

かける言葉はわからない。しかし、撫子は遠ざかる背中に手を伸ばす。

しかし、次の瞬間には鮎美の姿は消えていた。撫子は目を瞬《また》かせ、呆然《ぼうぜん》と辺りを見回す。

「一体、どうやって――！」

「――やーっと、いなくなったねぇ」

気の抜けた声とともに、撫子は新たなにおいを感じ取った。

トウモロコシの如《ごと》く乾いた香り――とっさに振り返れば、鮮やかな色彩が闇《やみ》に揺れる。

「ひすい、さん……？」

「ごめんねぇ～。ちょっとワケありでさぁ……」

ダークオレンジの髪、色鮮やかなストール、月光に煌《きら》めくアクセサリー――。

テンガロンハットを胸に押し当てると、樒堂《しきみどう》ひすいは申し訳なさそうに片目を瞑《つむ》った。

「私と仲良くしようよ――撫子ちゃん」

断章　火宅之境

二月十三日の朝――。

仁王門の精悍《せいかん》な鞍馬寺《くらま》は、霧深き霊山に抱かれている。静寂に包まれた山々には、この地で修行を積んだ源 義経《みなもとのよしつね》の息吹が今も残されているようだった。

その山中には、古びたプレハブの建物がひっそりと隠されている。

鞍馬監視所――祀庁《しちょう》が管轄しているその施設は、異様な緊張感に包まれていた。数多《あまた》の儀《ぎ》式官《しきかん》が様々な装置を操作し、あるいは武装を携えて山に分け入っていく。

一等儀式官――冠 鷹史《かんむりたかふみ》は建物の玄関に佇《たたず》み、銀縁眼鏡越しにタブレットを睨《にら》んでいた。

「……三十人中、祀庁が把握しているだけでも三人が該当ですか。なるほど、偶然とは思えない……恐らく、失踪《しっそう》者の共通点は体質――」

「――班長！」若い儀式官が一人、冠の下に駆け寄ってくる。

「烏丸《からすま》君。首尾はいかがです？」

「上々っす。今のところ、市内の方は眩灯機《ゲントウキ》で十分誤魔化せてるんすけど、念のため白無垢《シロムク》も用意してます。例の化物《ばけもの》は、市街地の方ではまだ確認されてないっぽいっす」

「承知しました」とうなずきつつ、冠は空に視線を向ける。

透き通るような青空には、赤い蜃気楼《しんきろう》がぐらぐらと揺らめいている。それは夕日に燃える山影のようにも、あるいは建物の影のようにも見えた。

「……あれ、やっぱり例の幽霊街の『はざま』絡みっすよね」

「ええ。現世との境界が揺らいでいるのでしょう。これほどの規模の揺らぎは、私も初めて見ます。ここまで揺らいでいると、幽世《かくりよ》への影響も心配ですね……」

「うへぇ……先輩ら、大丈夫なんすかね？」

「……少なくとも、生存は確実との報告を受けました。救援手段も模索しておりますが、『はざま』への潜入は慎重を要します——我々はここで、できることを行いましょう」

有刺鉄線にも似た羂索《けんさく》が、風を切り裂いた。

一閃《いっせん》——烏丸を狙《ねら》ったそれを、冠は一太刀にして切り捨てる。

慌ただしく警杖《けいじょう》を手にする若い儀式官を庇《かば》いつつ、冠は通信機に指示を繰り出した。

「総員隠匿態勢——市民の目に触れる前に、抹消なさい」

まわる、まわる、まわる——。

桐比等《きりひと》と螢火《けいか》は、ひたすら山中を巡る。そうして暗がりを抜けたところで、辿《たど》り着いた。

「こらまた、ケッタイな……」螢火《けいか》が驚愕《きょうがく》の声を上げる。

いくつかの廃墟《はいきょ》が、雪中に埋もれている。神域の近くとは思えない光景だ。割れたコンクリートと錆《さ》びた鉄の狭間《はざま》を、桐比等《きりひと》は外套《がいとう》を翻《ひるがえ》しながら進んだ。

「あにき」──左側の呪符《じゅふ》がわずかにめくれ、小さな指先が覗《のぞ》いた。

桐比等は、そちらに視線を向ける。ブロック塀の残骸《ざんがい》に、古い看板が引っ掛かっていた。

『花を大切に』『榊法原《さかきのりはら》ニュータウン』

「……榊法原？」

「うわっ……チャックモールやん」

やや目を瞠《みは》った桐比等は、素《す》っ頓狂《とんきょう》な螢火の声に振り返る。

がらくたの山に、螢火は膝《ひざ》をついていた。彼女の眼前には、奇妙な台がある。仰向けの人間をモチーフにしたような作りで、腹の上には皿が据えられている。

「なんだ、それは？」

「あ、キリさんは知らんのか。生贄《いけにえ》を捧げるのに使った石像のことやで。ウチ、これのミニチュアをお土産でもろたことがあってな……ここに、なんや供物とか載っけるんやって」

チャックモールの皿を示すと、螢火は難しい表情で腕を組んだ。

「なんやって、こんなもんがここに……？」

「……このあたりは、どうやら最近まで境界が不安定だったようだ」

桐比等は、首筋の傷跡を適当にさする。顔の左側ではがさがさと呪符が音を立て、いくつもの目があらゆる痕跡《こんせき》を探り続けていた——肉眼には映らないモノも。

「恐らく……野良猫の入った『はざま』の向こうで、なんらかの霊的事象が繰り返し起きたことで境界が揺らいでいる。この廃墟やがらくたの類《たぐ》いも、向こうから零《こぼ》れたんだろう」

「……境界って、まだ不安定なん？」

「いや。今はこのあたりの境界はいっそ不自然なほどに整っている……どうやら、綻《ほころ》びを向こうから塞《ふさ》いだらしい。ここから入るのは難しい」

「ちぇっ……無駄骨かぁ。狗郎《くろう》の奴《やつ》、ホンマ適当なことばっか言って——」

螢火は、動きを止めた。傷跡の刻まれた右目を細め、ちらりと桐比等の方を窺《うかが》う。

「……キリさん。来たわ」

「上等だ……ちょうど、憂さ晴らしをしたいと思っていたところだ——誰も手を出すなよ」

途端——左側が目を閉じた。桐比等は小さく笑うと、廃墟の頂点に目をやった。

妖《あや》しい蜃気楼《しんきろう》を背景にして、奇怪な影が揺れている。

【コロコロコロ……】——二つの仮面を前に、桐比等は左手の関節をばきりと鳴らした。

「————修羅道」

四　蠟《ろう》の翼のイカロスは

朝——撫子《なでしこ》は、窓から外を見ていた。

中指の街区でも端にあたるこの建物からは、街区と街区の狭間《はざま》がよく見える。

そこは、廃墟《はいきょ》の海と化していた。どうやら、団地の礎となった化物《ばけもの》の恩恵を受けていないらしい。倒壊した建物が折り重なるそこは、さながら墓地のようだ。

そんな灰色の廃墟群《はいきょぐん》を浸すようにして、灰白《ほのじろ》い朝霧がかかっていた。

「……まるで墓場ね」

「おやぁ？　清々《すがすが》しい朝から、むずかし〜い顔してるねぇ」

背後から響いた暢気《のんき》な声に、撫子はじとっとした視線を向ける。樒堂《しきみどう》ひすいがソファに腰かけ、眠たそうな顔でタンブラーを傾けていた。

「具合でも悪いのかい？　ひすいさんが、なんか良い気分になるモノをあげようか？」

「……すっかりくつろいでいるみたいね」

「おかげさまでね。久々にゆっくり休めたよ〜」

ひすいは、タンブラーを一気に呷《あお》った。

空になったそれを軽く揺らし、物足りなそうな顔で台所の方へと視線を向ける。

「ねー、まだココアある？　えーと……大神《おおかみ》さんだっけ？」

「真神《まがみ》だ……惜しいな……」

台所のテーブルでは、雪路《ゆきじ》が食事をしていた。砂糖とミルクをたっぷり入れたカフェオレとトーストを味わっているようだが、それでも口元が見えない。

「ココアはもうない……諦《あきら》めろ……」

「そんな〜。なんたる不幸だ、私はチョコレート中毒なのに」

「知るか……ほかならぬお前自身が一晩かけて三瓶全て空にしたんだ……」

昨晩聞いた話だが、この二人には面識があるらしい。どうやら雪路と白羽《しらは》が神去団地《かむさりだんち》に来た際、ひすいは撫子達の時と同じように情報提供をしたそうだ。

そんな関係もあり、雪路は渋々ながらもひすいを受け入れてくれた。

「獄門《ごくもん》。お前も——あ、しまった」

雪路が、はっとした様子で口元を押さえる。撫子は、きょとんとした顔で首を傾《かし》げた。

「どうしたの、雪路さん？」

「たしか……苗字《みようじ》で呼ばれるのが、嫌いだと言っていたな……」

「まぁ、そうだけど……そちらの方が言いやすいなら、別に気にしなくてもいいわ」

「いや……それはよくない」

断固たる様子で雪路《ゆきじ》は首を振ると、隠した口元をしきりに片手でさすった。

「呼ばれたくない名は避けた方がいいだろう……なで、し、し……ム……」

自らの名を発語しようと苦心する彼女を見つめ、撫子《なでしこ》は思案顔で首をさする。そこで、雪路が白羽《しらは》のことを『しろ』と呼んでいることを思い出した。

「『ナデ』でいいわ。……どうかしら?」

「なで——ナデ、だな。うむ……大丈夫だ。これでいこう……」

満足げにうなずきながら、雪路は食料品の並ぶテーブルを示した。

「では改めて——ナデ、お前もなにか食ったらどうだ?」

「それは、あなた達が食べた方がいいわ。わたしのことは気にしなくてもいい」

「我々の食糧のことを気にしているのなら、無用な心配だぞ……腹が満たせずとも、気力がみなぎるのなら、なんら遠慮することはない……」

「……なら、お言葉に甘えるわ。食べることは好きだから——」

「——私も遠慮なくもらっちゃうねぇ」

暢気《のんき》な声とともに、トースターがチリンと音を立てた。

いつの間にか台所に立っていたひすいに、雪路は深いため息を吐《つ》く。

「気楽なものだな……こちらは、お前には山ほど聞きたいことがあるのに……」

「聞かれたことには全部答えたじゃ〜ん。暗い団地でたった一人……疲れ果て、くじけそうになっていたひすいさんの前に、救いの女神様が現れた——ってね」

芝居がかった口調で語りつつ、ひすいは撫子に向かってウィンクしてみせた。

「女神様なんて言われてもね……」

「おお、慈悲深き女神よ……どうぞ、この供物を受け取りたまえ……」

「や、やめてちょうだい……」

恭《うやうや》しく差し出された供物は、こんがりと焼けた分厚いトーストだった。

どんな話をしていても、焼きたてのパンのにおいに頰《ほお》が緩むのは止められない。撫子はどうにか真剣な顔を保ちつつ、バターに手を伸ばした。

「だいたい、あなた……どうして、枕辺《まくらべ》さんから隠れたの?」

「ストちゃん、今ちょっとメンタルがヤバくてね」

肩をすくめつつ、ひすいは自分のトーストにサルサソースを塗りだした。なんらかの呪具《じゅぐ》と思わしき黒曜石のナイフを右手に持ち、パンを赤く染めていく。

——ふと、思い出した。

マンションの九階で会った時のひすいは、右手に包帯をしていたはずだ。

「隙《すき》を見て、逃げ出してきたんだ。もうケガなんかしたくないからさぁ」

哀《かな》しげに首を振るひすいの右手には、包帯はない。隙間《すきま》なく肌を覆うほどの重傷だったようだが、あれも松明丸《たいまつまる》の作用で一日にして癒《い》えたのだろうか。

「たまにあるんだよねぇ。あの子はほとんど常人みたいなものだし、環境のせいで不安定になっているのかも。町内会も散り散りで、一体どれだけ生き残っているのやら……」

「……ちょっと無責任じゃない？」

適当な物言いに、撫子《なでしこ》はひすいの右手から顔へとじとっとした視線を向ける。

「あなた、仮にも町内会のリーダーなんでしょう？　もっと、他の人のことを――」

「あー……別に私はリーダーってわけじゃないよ」

ベルの音を響かせ、新たなトーストがトースターから飛び出る。

ひすいは一枚を撫子にやると、もう一枚の方にもサルサソースを盛り始めた。

「リーダーはね、強いて言うなら……あー……名前なんだっけか……えー……とりあえず、例の眼帯の人さ。君にいちゃもんつけてきたおばあさん。覚えてるかい？」

「……ええ」

『――獄門《ごくもん》は、駄目だ』

眼帯の老婆の声を思い出し、撫子は少しだけ眉《まゆ》を曇らせる。

「あの御仁も、厄介なお人でねぇ」

ため息とともに、目の前にずいとサルサソースの瓶が押し出された。宝石を詰めたような瓶に撫子は目を丸く見開き、ひすいに目をやる。

黒曜石のナイフを雑に拭《ぬぐ》いつつ、ひすいはにこやかにうなずいてきた。

「でもあの人が一番強かったからさぁ、なんか顔役みたいになってたんだよね。あの人の意向が町内会の意向。私はただの……なんだろ、やたらと町内会活動に熱心な住民？」

「なるほど……鬱陶《うっとう》しいが、いなければそれはそれで面倒な奴《やつ》か……」

「えぇー……ひっどい言い方するねぇ」

微妙な顔で面頬《めんぼお》をいじる雪路《ゆきじ》に、ひすいがむっとした様子で頬《ほお》を膨らませる。

一方、撫子はひすい謹製のサルサソースを堪能《たんのう》していた。

真っ赤なトマトに粗めに刻んだ野菜が絡み、嚙《か》むたびにザクザクとした感触が楽しい。見た目も華やかになったトーストを、撫子はうっとりと味わった。

「眼帯さんが消息不明で、町内会も実質壊滅――で、そこに君達というわけさ」

ひすいは首を振りつつ、ナイフを適当にくるくると回した。

「私にとっちゃ渡りに船、コアトリクエにとってのウィツィロポチトリみたいな感じだ」

「よくわからない譬《たと》えね――って、ちょ、ちょっと……」

「だから頼むよ、私も仲間に入れてよぉ」

微妙な表情を浮かべる撫子に、涙目のひすいはずずいと寄ってきた。

「こんな団地で、ひとりぼっちだなんて……きっと、すぐに死んじゃうよ。助けてよ～」

「お前……無耶師《むやし》ではないのか？」

「私は無耶師《むやし》なんかじゃないよぉ」

呆《あき》れ声の雪路《ゆきじ》に、ひすいはぶんぶんと首を横に振った。その間も、どうにか距離を取ろうとする撫子《なでしこ》にずりずりと膝歩《ひざある》きでにじり寄る。

「付き纏《まと》わないで……っ」

「私はただのタタリコンサルタントさ。無耶師に仕事を仲介したりするだけで……ねぇ、こんなひすいさんを可哀想《かわいそう》だと思わない？　助けてよぉ、撫子ちゃ〜ん」

「わかったから――ッ！」

撫子は素早くひすいの傍《そば》をすり抜け、雪路の背後へと身を隠した。そして微妙な表情をした彼女の陰から、じとっとした視線をひすいに向ける。

「……別に、わたしは構わない」

「わぁ！　さすがは撫子ちゃん！　旱魃《かんばつ》に注《つ》ぐトラロックの雨みたいな優しさだ」

喝采《かっさい》するひすいに、撫子は深いため息を吐いた。一方、雪路は渋い顔で腕を組む。

「……こいつを、拠点につれていくのか……」

「でも、放っておくわけにもいかないでしょう？」

「まぁ、そうだな……助けを求められたならば、応じなければならん……それが儀式官《ぎしきかん》の矜《きょう》持《じ》というもの……致し方ないか……」

渋々といった様子で雪路は腕をほどくと、ポケットから手帳を取り出した。

「我らの拠点はカワセミゲームズ……多少変動はしているが、薬指の街区に存在する。私の通った道を使えば……大体四十分ほどか」

「月酔《げっすい》施療院や哭壺《なきつぼ》家を警戒しつつだから、もう少しかかるかもしれないわね……」

「――なら、アーケード街を通ったらどうだい？」

地図を睨《にら》んでいた撫子と雪路は、暢気《のんき》な声に顔を上げる。

ひすいは数多《あまた》の指輪が光る手を広げると、自らの中指と薬指の狭間《はざま》を示した。

「薬指の街区と中指の街区――この二つを繋《つな》ぐアーケード街があるんだ。こっちを使えば、カワセミゲームズまですぐさ。四十分もいらないよ」

「む……そのルートは、いささか窮屈ではないか……？」

「まぁ、そこは仕方がないねぇ。暗いし、狭いし……でも、ここは結構な穴場だぜ」

「穴場って、一体どういう――」

「イツマデ？」

誰かが撫子の言葉を遮った――窓の外から。

妙に背筋がざわつく声だ。黒板に爪《つめ》を立て、引っ掻《か》いた時に似た不快感がある。

同時に玄関から鋭い音が響いた。結界を張るために用いた鈴が、ひとりでに鳴っている。

撫子は人間道の鎖を手に、カーテンを素早く開けた。

「なにこれ――！」

愛らしい赤ん坊の顔が窓に貼りつき、ガラスをべろべろと舐《な》めている。

その首から下は、ぼろぼろの帯を思わせて奇妙に細長い。そこから伸びる足は骨か枯れ木を思わせるような質感で、途中から魚の肋骨《ろっこつ》を思わせる形の棘《とげ》と化している。

「イツマデ？　イツマデ？　イツマデ？」

「以津真天《イツマデ》……！　バカなっ、どうしてこんなものが！」

「あー……団地を周回しているんだよねぇ、こいつら」

以津真天が首を逸《そ》らし、窓ガラスに思い切り頭をぶつける。

すると青い光が走り、化物《ばけもの》を窓から退けた。しかし窓の向こうには無数の影が舞い、不愉快な鳴き声を響かせ続けている——「イツマデ？」「イツマデモ……」

「何匹いるのよ！」

「結界もそう保《も》たん……！　今すぐにここを出るぞ……！」

「こいつらを突っ切るのか。気が重いねぇ……」

雪路《ゆきじ》が足音も荒く、ひすいはテンガロンハットを押さえて台所を出る。それに続こうとした瞬間、撫子《なでしこ》の背後でガラスの砕ける音が響いた。

「イツマデ……モ……！」

蛇のように体をくねらせて、以津真天が部屋へと潜り込む。

赤ん坊の顔が尖《とが》った牙《きば》を剝《む》きだし、撫子へと襲い掛かった。眼球を狙《ねら》って繰り出された足の棘をとっさに護法剣《ゴホウケン》で弾《はじ》き、撫子は思い切り息を吸い込む。

劫火《ごうか》――頭部を燃やされ、以津真天は甲高い叫びをあげて天井へと逃れた。

香ばしい肉のにおいに、撫子は喉《のど》を鳴らす。頭部さえ取り除けば、喰《く》えそうに見えた。

しかし――撫子はぐっとこらえ、部屋を飛び出した。

「今は、駄目……ッ！」

共用廊下にも、無数の以津真天が不気味な鳴き声を上げている。撫子達が現れた途端、それらはけたたましい奇声と羽音とともに殺到してきた。

「イツマデ？」「イツマデモ」「イツマデ、デ？」「イツマデモ……」――。

「とおぼえ、おおぐち、ここにこい……！」

雪路が牙念珠《きばねんじゅ》を擦《こす》る。途端、瞬《また》く間に数頭の狼霊《ろうれい》が現れた。それは押し寄せる化物《ばけもの》の翼に食らいつき、赤ん坊の顔面を鋭い爪《つめ》で容赦なく掻《か》き毟《むし》る。

撫子もまた、右の袖口《そでぐち》から鎖を勢いよく振り出した。

「修羅道――鉄火《テッカ》！」

真紅の鎖に炎が灯《とも》る。燃える鎖を振り回すと、以津真天は一気に散開した。

黒い翼の狭間《はざま》を抜け、三人は三階から地上へと飛び降りる。

瞬く間に、以津真天たちが襲ってきた。

金切り声とともに照射された霊気に、狼霊の一体が消滅する。

声だけでなく、彼らが叩《たた》きつけてくる黒い翼もまた脅威だ。強靭《きょうじん》な筋肉の塊が巻き起こす風もまた霊気を帯び、狼霊《ろうれい》達の力を削《そ》いでいく。

「ともかく走れ、走れ……！」

雪路《ゆきじ》は牙念珠《きばねんじゅ》を鞭《むち》の如《ごと》く振るい、以津真天《イツマデ》を跳ねのけた。

「あーもう、鬱陶《うっとう》しいったらないねぇ……！」

ひすいもまた黒曜石のナイフを翻《ひるがえ》し、以津真天の頭をすぱすぱと刈っていく。

撫子《なでしこ》は、畜生道の鎖を左手に揺らした。

「火車、来い！」

虚空に炎の輪が生じ、二足歩行する白猫の姿が飛び出す。凶悪な顔面をした猫は九叉《くまた》の鞭を振るい、火花を散らしながら以津真天を車輪で轢《ひ》き裂いた。

不愉快な鳴き声を響かせて、以津真天が散っていく。

なぁああ――あ！　勝《か》ち鬨《どき》とともに火車は跳ね、そして揺らぐようにして消えた。

「でかした……っ！」

歓喜の声とともに、雪路は撫子の頭をがしがしと撫《な》でた。

「なっ――」「――あっ」

撫子は、広大なる銀河系を目の当たりにした家猫の如き表情で雪路を見上げた。

雪路はさっと手を引っ込め、小さく咳払《せきばら》いをした。

「……すまん。しろと、身長が近いものだから……」

「いえ……別に、いいけれど……まだ、油断はできないわ」

少しだけ頰《ほお》を緩めつつも、撫子《なでしこ》は青空を睨《にら》み上げる。

以津真天《イツマデ》の群れは、渡り鳥の如《ごと》く周囲を旋回している。今はやや距離があるものの、隙《すき》を見せれば再び襲いかかってくるのは目に見えていた。

「ぐる、る……私のルートを使いたいところだが……あちら側は以津真天が多すぎる……」

「なら、アーケード街はいかがかな？」

黒曜石のナイフから素早く血を振るい落とし、ひすいは前方を示した。

その向こうには、建物が積み木の塔のように積層している。そして、そこに埋もれるようにして商店街の入り口らしきアーチが半分だけ覗《のぞ》いていた。

「以津真天から身を守ることはできるはずだよ。なにより近い」

「やむを得んか……行くぞ……！」

アーケード街へと飛び込むと、一気に辺りが薄暗くなった。

積み重なった建物が日光を遮り、朝にもかかわらず黄昏《たそがれ》時のようだ。天井はガラス張りではあるものの、積年の塵《ちり》や埃《ほこり》によってすっかり本来の透明度を失っている。

「……このまま、何事もなく進むことができるかしら？」

「大丈夫だよ。このあたり、なんだか人にも化物《ばけもの》にも人気がなくてねぇ。だから、きっとスムーズにカワセミゲームズまで行けるさ」

「そう願いたいところだな……」

雪路《ゆきじ》はため息をつきつつ、近くの古書店を示した。どうやら、ここで小休憩をとるらしい。

三頭の狼霊《ろうれい》に辺りを警戒させつつ、一行は古びた書物の狭間《はざま》に腰を下ろした。

「しかし、以津真天とはな……」

いっぽうの雪路は、険しい顔でアーケードの天井を見上げた。

「奴《やつ》らは、死体が大量に放棄されている場所に巣食う化物のはずだぞ……確かにこの団地では殺し合いが行われているが、それにしても群れの規模がおかしい……」

「わたしも聞いたことがあるわ。昔は戦場や、風葬地でも見かけられたとか」

叔父に聞かされた話を思い出す。

あの奇妙な鳴き声も、『死体をいつまで放っておくのか』という意味があるらしい。

「あの量は、尋常ではないぞ……各所に焼き付いた思念といい、かつてよほどの事がこの団地で起きたとしか思えん。樒堂《しきみどう》、何か知らないか……？」

「……どうだろ。私もわりと古参だけど、さすがにわかんないや」

手近にあった古書を開きつつ、ひすいはぼんやりとした笑顔で肩をすくめた。

「ただ、多分……松明丸《たいまつまる》を作る過程で、なんかあったんだろうねぇ……」

「……あれは、やっぱり人が死ぬような代物なのかしら？」

「そりゃそうでしょ〜。人の手で太陽を作り出しているんだよ？」

黄ばんだページを適当にめくりながら、ひすいは素《す》っ頓狂《とんきよう》な声を上げた。

「どんな呪術《じゆじゆつ》にもなにかしら代償は必要だ。ましてや、人を癒《い》やす大秘術。地方都市一つか二つくらい消滅するくらいの人数が死んでると考えるのが自然だよねぇ」

不穏な言葉に、撫子《なでしこ》と雪路《ゆきじ》は黙りこくる。

耳を澄ませれば、遠ざかっていく以津真天《イツマデ》の声に混ざって団地の音が聞こえた。客と店主のやり取り、豆腐屋の笛の音、子供が吹くへたくそなリコーダー――。

――そして、サイレンの音が鳴り響いた。

「また、昇るねぇ……」

ひすいは、どこか眩《まぶ》しげなまなざしで天井を見上げた。

轟音《ごうおん》が団地を揺るがす。猛禽《もうきん》の声にも似た甲高い音が大気を切り裂く。くすんだガラス天井の向こうで、赤い閃光《せんこう》が駆けあがっていく。

そうして、それは傲慢《ごうまん》にも太陽の如《ごと》き面をして天空に鎮座した。

松明丸《たいまつまる》――あらゆる傷病や呪詛《じゆそ》を癒やすという妖星《ようせい》を、撫子はガラス天井越しに睨《にら》みあげる。

「……厭《いや》な星ね」

「まったくだ……どうにも、いけ好かん……」

唸《うな》りながらも雪路は立ち上がり、ふと手近の壁に近づく。

古びた書店の壁は、大量の張り紙や落書きで埋め尽くされている。大半は昔からあるチラシのようだが、中には無耶師《むやし》の伝言のようなものも交ざっていた。

「……でも、ここに来た無耶師はみんなあの太陽を欲しがったよ」

撫子は、視線をひすいへと戻す。いつの間にか、ひすいはじっと自分のことを見つめていた。

「──君はどう、撫子ちゃん？」

帽子の陰からまっすぐに見つめてくるまなざしは、どこか深い森の色を思わせた。

「仮に、あれが君の望みをかなえる星だとすれば──欲しくはないか？」

その一瞬で、撫子の脳裏に様々な情景がよぎった。

逆獏《サカバク》に見せられた家族団欒《だんらん》の幻──あるいは、自分とともに焼かれた女のこと。薄暗い座敷で琴を引く彼女の背中に、撫子はまだ謝ることもできていない。

しかし──撫子は小さく鼻で笑って、そっぽを向いた。

「……バカにしないで。星に願いをってガラじゃないの」

「願えば叶《かな》うかもしれないのに？」

「誰かを犠牲にしてまで叶える願いはないわ……寝覚めが悪くなるじゃない」

「へぇ～、結構クールなんだねぇ」

へらっとした顔のままうなずき、ひすいは本を閉じた。

表紙には、時代がかった書体で『ギリシアのかみさま』と記されている。すっかり本来の色彩を失った表紙を撫《な》でながら、彼女はそっと目を伏せた。

「……まぁ、そのほうがいいと思うよぉ」

「ひすい……?」

「無耶師《むやし》ってさぁ……天狗《てんぐ》になりがちなんだよね」

相も変わらず、ひすいは気の抜けた笑みを浮かべている。囁《ささや》く声音も、本を撫でる手も優しい。しかし、下がった眦《まなじり》はどこか困っているようにも見えた。

「常人よりもいろいろ見えて、聞こえちゃうからさ。だから人の領域を超え、禁じられた領域に手を伸ばし、そうして墜《お》ちていく……まるでイカロスだ」

「……なら蠟梅羽《ろうばいば》一族も、墜ちているの?」

蠟《ろう》の羽を得た少年は自由自在に空を飛び、やがて太陽に近づきすぎて――。

ひすいが持つ本の表紙には、機械仕掛けの翼をもつ少年の絵が描かれている。それを見つめて、撫子《なでしこ》は再び赤く輝くガラス天井を見上げた。

「わたしには、あれは人間が手を伸ばしてはいけない領域のものに見えるわ」

「どうだかねぇ……まぁ魚は水、鳥は空。どんなものにも在るべき場所はある。それを超えていくことで得られるものはあるけれど、代償というものも――」

「……話はそこまでだ。ただちにこの場を離れるぞ」

押し殺した雪路《ゆきじ》の声が、二人の会話を遮った。

雪路は、古書店の外に出るよう促した。狼霊《ろうれい》達も、鼻面に皺《しわ》を寄せて唸《うな》っている。

「……何があったの、雪路さん」

「このアーケード街が何故《なぜ》人気がないのか……その理由の一端がわかった……」

雪路が示したものを見て、撫子は思わずうめき声をあげた。

「そ、そんな……」

チラシの一部が剥《は》がされ、そこに埋もれていたステッカーが露《あら》わになっていた。

真っ黒な地に、いびつに裂けた口を思わせる真紅の三日月の紋章――。

この団地において、『月』の字を冠する勢力は一つだけだ。

「――われわれは、なおらない」

三人は、脱兎《だつと》の如《ごと》く書店から飛び出した。

消毒薬のにおいが鼻を刺す。同時に鉄錆《てつさび》のにおいも感じて、撫子は眉《まゆ》を寄せた。

あらゆる明かりが三人を追うように点灯し、アーケード街がにわかに明るくなる。携帯用の赤色回転灯、『手術中』の表示灯、外科手術に用いる無影灯――。

細い路地からはざらついた声とともに、点滴を引きずるキャスターの音が近づいてくる。

「月酔《げっすい》施療院の根城だったのね！　道理で人気がないわけだわ……！」

「し、知らなかったんだよ〜！　お許しを〜！」

「めそめそしてないで走れ……！」

狭い路地から──あるいは、暗い店先から。

月酔《げっすい》施療院の無耶師《むやし》達が、音もなく姿を現した。皆一様に漆黒《しっこく》の看護服に身を包み、顔面には異様な祭文を刻んだ包帯を巻き付けている。

医療器具に酷似した凶器を握りしめているくせに、いずれの無耶師も喪章を身につけていた。

「つきのこひとのこおいかけろ」「おにのこだけはおいておけ」

風切り音──撫子《なでしこ》は即座に人間道の鎖を振るう。

飛来した注射器が空中で砕かれた。飛び散った液体がしゅうしゅうと石畳を焼く音に舌打ちしつつ、撫子は目を凝らして辺りを確かめる。

右、左、前、後──赤色回転灯の光に、三人は完全に囲まれてしまった。

「雪路《ゆきじ》さん、昨日使った術は──？」

「こう囲まれては難しい……ともかく、ここを突っ切るほかはない……！」

「そんなぁ！　いったん降参しようよ、ねぇ……！」

「──あら、あら、あら」

かすれた声とともに、キャスターの音が辺りに響き渡った。大量の呪符《じゅふ》を絡ませたストレッチャーを、無耶師達が四人がかりで滑らせてくる。

「どなたかと思ったら、先日のお嬢さんではありませんか。わたくし達の安息の園にようこそ」

「咬月院《こうげついん》ジャノメ……」

まるで玉座の如《ごと》くストレッチャーに坐《ざ》す女を、撫子は睨《にら》んだ。

傍《そば》の者が用意した点滴槍《てんてきそう》を握りしめつつ、ジャノメは立ち上がる。それだけで周囲の無耶師達はざっと姿勢を正し、目を伏せた。

「あの狐《きつね》の方はいらっしゃらないのね。今は狼《おおかみ》の方とご一緒の様子……」

笠《かさ》の陰でジャノメは微笑《ほほえ》み、雪路に向かって恭《うやうや》しく一礼した。

「驚かせてしまってごめんなさいね、同胞さん。ご存じの通り、わたくし達のようなつきの子は繊細なのです……非礼をお詫《わ》びしたいわ」

「外道と交わす言葉はないが……一つだけ聞かせろ」

籠手《こて》の具合を確かめつつ、雪路は射るようなまなざしでジャノメを睨んだ。

「――真神《まがみ》雪路を知っているか？」

途端、どよめきが走るのを撫子は肌で感じた。

水面に投げ込まれた小石の如く、雪路の名が薄闇《うすやみ》に動揺を走らせていく。しかし、それはジャノメの咳払《せきばら》いによって一瞬のうちに鎮められた。

「『神宮の口裂け』さん……まさか京都にいらっしゃったとはね。ここでお会いしたのも、何かの縁ですわ。いかがかしら、わたくしと――」

「……戯言《ざれごと》は無用だ」

雪路《ゆきじ》は吐き捨てるように言って、牙念珠《きばねんじゅ》を鞭《むち》の如《ごと》く振るう。青白い煙が薄闇《うすやみ》に揺らぎ、新たに三頭の狼霊《ろうれい》が遠吠《とおぼ》えとともに現れた。

「野犬の如き生まれであれど……私は貴様らほど堕《お》ちてはいない……」

「冷たいこと、おっしゃらないで……わたくし、あなたとは仲良くなれると思うわ」

甘く囁《ささや》くジャノメをよそに、撫子《なでしこ》は雪路の顔をちらと見上げた。

『同胞』というジャノメの言葉。そして、雪路の言動を考えるならば――。

「……雪路さんの言う通りよ」

そのことには触れず、撫子は人間道の鎖を護法剣《ゴホウケン》へと変じる。

赤光を受けた刃《やいば》のぎらつきに、無耶師《むやし》達の殺気がいっそう高まるのを感じた。しかし、それに臆《おく》することなく、撫子はジャノメに切っ先を向ける。

「あなたと無駄話をする気は、わたし達には毛頭ない……ここは通してもらうわよ」

「うふふ……素敵なお嬢さん。綺麗《きれい》で、元気で、お可愛《かわい》らしい……」

ジャノメは笑い、点滴槍《てんてきそう》をゆらりと構えた。鋭い穂先が、まっすぐに撫子の喉元《のどもと》を狙《ねら》う。

「――ますます、その輝きが欲しくなった」

「ちょっとちょっと……冗談じゃないよ」

睨《にら》み合う陣営の狭間《はざま》で、ひすいがぶるぶると首を振る。

「私達はここを通りたいだけさ。誰も傷つけることはない……だから、見逃してよ」

「……あら、あなた。昨日、確かに殺したと思ったけれど、そのぶんだと運がよかったご様子ですわね。大丈夫、今度こそきちんと解体して差し上げますわ」

「か、会話が通じないよ……参ったね……」

ひすいは唇を引き攣《つ》らせつつ、黒曜石のナイフを抜きはらった。

息を潜める。五感を澄ます。武器を取る手に汗が滲《にじ》む。

風が吹いた――予感が、体を突き動かした。

「うひゃあ――っ！」

気づけば撫子は、ひすいを近くの商店に投げ込んでいた。間抜けな悲鳴を追いかけるように建物内へと飛び込み、強引に彼女を地面へと伏せさせる。

緊張が破られた。月酔《げっすい》施療院の無耶師達が凶器を手に、三人へと襲い掛かろうとする。

――――天井に、黒い影がよぎった。

強烈な風によってガラス天井が砕け散る。風とともに透明な破片の雨がアーケード街に降り注ぎ、直下にいた者を情け容赦なく切り裂いた。

悲鳴は風の咆哮《ほうこう》に掻《か》き消され、血と硝子《ガラス》とが薄闇に赤く煌《きら》めいた。

「なん、だ……ッ！　何が――ッ！」

向かいの店舗に避難した雪路が、驚愕《きょうがく》の表情で天井を見上げている。その傍《そば》には巨大な犀《さい》の霊が佇《たたず》み、分厚い外皮で彼女を破片から守っていた。

風が止み、血塗られた静寂が辺りに満ちる。

月酔《げっすい》施療院の無耶師《むやし》の多くは倒れていた。彼らの血によって石畳は赤く染め上げられ、辺りにはうめき声と泣き声がかすかに響いている。

「総員撤収……ただちに引き払います」

暴風を耐え抜いたジャノメは、冷然とした面持ちで天井を見上げた。

「起こってはならぬことが起きた……」

【コロコロコロコロ……】——破れた天井の向こう側に、赤い仮面が二つ揺れている。その隣からもう二つ、赤い天狗面《てんぐ》が並んだ。そしてもう二つ、さらにもう二つと——。

「蠟梅羽《ろうばいば》の天狗モドキ……ッ！」「どうして……今はおひさまが空にあるのに……！」

「鎮まりなさい。——動ける者は迅速《じんそく》に、動けぬ者には慈悲を」

混乱の声は、ただちに鎮まった。

ジャノメとともに風を免れた無耶師は、即座に彼女の指示に従った。ある者は音もなく暗がりへと身を隠し、またある者は死に瀕《ひん》した仲間にとどめを刺す。

「——どうして？」

新たに飛び散る鮮血に、撫子《なでしこ》は息を呑《の》んだ。その間も、黒衣の無耶師達は機械的に凶器を振るう。機械的に仲間の命を奪っていく。

撫子はただ呆然《ぼうぜん》として、目の前で淡々と行われていく殺戮《さつりく》を見つめた。

「まだ、生きているのに……なんで、そんなことを……」

「――構うな……ッ！　行くぞ……ッ！」

押し殺した雪路《ゆきじ》の怒声とともに、背中を押す力を感じた。振り返れば青白く輝く狼霊《ろうれい》が背中にぐいぐいと頭を押し付け、前へと向かわせている。

同じようにひすいも狼霊に突き出され、つんのめるようにして駆けだした。

「うわわっ……乱暴なことを……！」

「擬天狗《ギテング》は月酔が狙《ねら》いだ……！　この隙《すき》に、拠点まで駆けるほかない……！」

雪路の声は、これまでになく震えていた。石畳に流れる血も、月酔の振るう慈悲の刃《やいば》にも目もくれず、青く澄んだ双眸《そうぼう》は頑《かたく》なに前を睨《にら》んでいる。

「走れッ、ナデ……走れ……ッ！　我々はッ……走るほかはない……ッ！」

撫子は唇をきつく噛《か》み締め、振り返りもせずに駆けだした。

「院長……感謝を……」「ありがとう……」――かすれた声を振り切るように、ひた走る。

雪路の言葉の通り、二面天狗達は月酔施療院を狙っているようだった。

流れ弾の注射器が、すぐそばの柱に突き刺さる。背後では二面天狗達の奇声とともに、メスや鋸《のこぎり》や点滴槍《てんてきそう》をはじめとした数多《あまた》の凶器が振るわれる音が聞こえる。

「……おかしいねぇ」

帽子の縁を持ち上げて、ひすいが割れた天井を見上げる。

「松明丸《たいまつまる》が昇っている間は蠟梅羽《ろうばいば》は動かない——そういう決まりだったはずだけど」

「…………この団地に、秩序も規則もあるものか」

重く沈んだ声で、雪路《ゆきじ》が答える。

「何が起きても、おかしくはないだろうよ……」

躊躇《ためら》いなく仲間を切り捨てた月酔《げっすい》施療院。町内会に突撃を仕掛けた哭壺《なきつぼ》家の蛮行。恐れ惑う町内会から向けられた憎悪。言葉の通じない蠟梅羽の擬天狗《ギテング》達——。

『生き残る為《ため》ならば何をしてもいい』——熱っぽい声で囁《ささや》いた女の顔を思い出す。

惨劇は日常と化した。秩序などなく、倫理は捨て去られた。如何《いか》なる蛮行も咎《とが》められることはなく、人々は秘術をめぐって日夜悍《おぞ》ましい争いを繰り広げている。

——それが、この神去団地《かむさりだんち》なのだろう。

「大嫌いよ……」

天井から注ぐ松明丸の輝きは、ここで流れた血の如《ごと》く赤い。そんな光を自分が浴びていることさえ許せず、撫子《なでしこ》は振り払うように頭を振るう。

「こんな団地、なくなってしまえばいいのに……」

「……そうだねぇ」

辺りが明るくなっていく。アーケード街の終端は、もう目の前にあった。

いびつな形のアーチをくぐり抜けつつ、ひすいはため息を吐《つ》く。

「本当に、この団地にはもうほとほと――かっ、ふっ……」

ひすいが、せき込むような声を立てた。振り返った撫子が目にしたのは、棘《とげ》だらけの羂索《けんさく》に首を絞めつけられたひすいの姿だった。

荊《いばら》のようなそれは、あっさりと白い皮膚を突き破っている。

「ひすいッ！」悲鳴とともに、撫子の手が伸びる。

その指先が触れるよりも早く、ひすいの体は上方へと引き上げられた。引き裂かれた首から噴き出た血が、ぼたぼたと音を立てて石畳を濡《ぬ》らした。

「待ちなさいッ！　ひすいを返してッ！」

「おい、ナデ――ッ！」

雪路の制止を振り切り、撫子は人間道の鎖を建物の壁に伸ばした。いくつものベランダを跳び、壁の突起を蹴《け》りながら屋上へと駆け上がる。

「どこに消えた……！」

ひすいはこの建物に引き上げられたはずだ。実際、コンクリートの地面には大量の血痕《けっこん》が残されていた。それは塔屋の壁にまで及び、禍々《まがまが》しい縞模様を残している。

しかし、肝心のひすいの姿がどこにもない。

びょうびょうと風の音が虚《むな》しく響く。頭上では、松明丸が禍々しい光の暈《かさ》を広げていた。

「どういうこと……一体、どこにいったの――ッ」

こあぁん――下駄《げた》の音ともに、異様な風圧を感じた。

思考よりも早く、体は動いた。撫子《なでしこ》は振り返るのと同時に、素早く護法剣《ゴホウケン》を繰り出した。

金属音とともに、後頭部を狙《ねら》っていた黒い手が弾《はじ》かれる。

「……会うのは二度目ね」

「サ……サ……サガ、ガ……」

睨《にら》みつけた先で、しわがれた声が響いた。

黒天狗《てんぐ》――神去団地《かむさりだんち》で初めて遭遇した擬天狗《ギテング》が、そこに佇《たたず》んでいた。

ぼろぼろの黒衣の背中には、どう見ても人間の手掌にしか見えないものが揺れている。どうやらその指先で壁を這《は》い、この屋上に現れたようだった。

「ひすいをどこにやったの……！」

護法剣の切っ先を向ける撫子を前に、黒天狗はせき込むように体を震わせた。

「……探シタゾ……獄門《ゴクモン》……」

「……えっ？」

「サンザン駆ケズリ回ッタゾ……」

赤い目を見開く撫子をよそに、黒天狗はひいひいと奇妙な笑い声をあげた。

「隠形《オンギョウ》トハ、ナカナカ小癪《コシャク》ナ真似《マネ》ヲスルデハナイカ……シカシ、私ノ目ハ誤魔化セヌ……ソンナニ私ガ恐ロシイカ……我ガ偉業ノ、途方モナサニ恥ジ入ッタトミエル……」

抑揚は奇妙で、あまりにもぎこちない口調だ。口から零《こぼ》れるものも枯野を吹き抜ける風の如《ごと》くざらついていて、声というよりも音といったほうが正しい。

しかし、この擬天狗は人語を話している。そのうえ、『獄門』の名を口にした。

「なんなの、お前は……どうして獄門家を知っているの?」

「サァ、モウ邪魔ハナイ……私ハ解キ放タレタ……」

問いかけに対する返答はなかった。黒天狗は囁《ささや》きつつ、異様に長い両腕を地面につく。背中から生えた二つの掌《てのひら》が、巨大な蜘蛛《くも》の如く蠢《うごめ》いた。

「今度コソ我ガ大伽藍《ダイガラン》ニ参レ……偉大ナル我ガ太陽ヲ仰ギ見ルノダ……」

黒天狗がざらついた哄笑《こうしょう》を上げる。瞬間、その背中を突き破るようにしてどす黒い液体が噴き出した。泥の如きそれは瞬《またた》く間に細長い手の形を取り、撫子へと迫る。

「なんだってのよ――ッ」

遥《はる》か頭上。偽りの太陽は、青い影に隠されつつあった。

◇

◆

◇

――カワセミゲームズの休憩スペース。

アマナは、じっと自分の大学ノートを睨《にら》んでいた。ページには一面、さまざまな幾何学的な模様や漢字に似た奇怪な文字が散らされている。

「アマナさぁん、絡みましょうよぉ」

近くのベンチに寝転がり、漫画を読む白羽《しらは》が眠そうな声を上げた。

「白羽ちゃん、暇で暇で……あ、そだ。気晴らしに白羽ちゃん占い、略して『シラナイ』は如何《いかが》です？　極上のエンターテインメントをお約束しますよ」

「……当たるのか、それ」

「的中率はともかく、疲れたユキ先輩にはバカ受けでした」

「ンン……狂気の沙汰《さた》と見た。私は遠慮しておこう」

「えぇー……こんなに可愛《かわい》い白羽ちゃんを構わずに、さっきから一体何をしているんです？」

「ン……団地の攻略法を模索していた」

言いながら、アマナは手に持った筆でさらに一文字書き足した。

金の粒子をちりばめた青いインクが、白いページの上に躍る。これはアマナが神騙《カンガタリ》の力で作り出した霊魂の結晶を、より扱いやすく変えたものだ。

霊符や陣を描く時には、これを用いることで飛躍的に術の効果は増す。

「……残された呪《しゅ》の痕跡《こんせき》を見た限りでは、恐らくベースは大陸の術式だろう。蠟梅羽《ろうばいば》一族が幽世《かくりよ》に行きたがっていることを考えると、大本は白日昇天《はくじつしょうてん》あたりの引用か……」

「なんですか、それ。昇天って死んじゃうってこと？」

「白昼に衆目の前で天に昇り、仙人と化す逸話だ。この話を呪術《じゅじゅつ》的に応用することで、蠟梅羽一族は幽世へ至ろうとしているんだと最初は考えた。しかし……」

前髪をしきりにいじりつつ、アマナは天井を睨み上げた。

このゲームセンターは、ともかく日当たりが悪い。

設《しつら》えられた窓も狭く、ろくに空が見えない。しかし、先ほどの轟音《ごうおん》からするとこの天井の向こうにはあの奇妙な巨星が輝いているはずだった。

「……こんな術式を、私は見たことがない」

もともと妖狐《ようこ》というものは、あらゆる霊妙な術に詳しい。化物《ばけもの》の用いる妖術《ようじゅつ》も、無耶師《むやし》の用いる呪術にも、彼らは深い見識を持っている。

その中でも、アマナは――かつての鉑《ハク》は、あらゆる妖術を極めた存在だった。

「術式も術理もわからない……信じられないな、この私が」

アマナは深くため息をつき、筆をくるりと手の内で一回転させる。瞬《また》く間に扇子へと形を変えたそれを広げつつ、自分のノートをしげしげと眺めた。

「……しかし、あれを太陽に擬《なぞら》えているのなら手の打ちようはある……」

「ねぇー、気分転換しましょうよぉ。白羽ちゃんとアバンチュール――」

「時に、白羽《しらは》──君はどこまで弓ができるんだ?」

「おっとぉ……」

漫画が白羽の顔面に落ちた。白羽は頭を振りつつも、ベンチの上に座り直した。テーブルに立てかけた弓を眠たそうな顔で見つめ、首をひねる。

「まぁ……結構なものですよ。弓道大会とか常連でしたし、インターハイで優勝したこともありますよん。あの時は、家族みんなが褒めてくれて嬉《うれ》しかったなぁ……」

夢を見るように、白羽はうっとりと目を閉じる。そして、急に笑いだした。

「まぁ──みんな死んじゃったんですけどねぇ! あっはっは!」

「……悲しみはないのか?」

「そういう面倒な感情は先輩に任せてます」

あっけらかんと笑ったまま、白羽は肩をすくめる。緑の瞳《ひとみ》はガラス玉のようだ。

「ン……便利でいいな。羨《うらや》ましい」

アマナは曖昧《あいまい》に笑って、視線を逸《そ》らす。手元のページを破り取り、手早く複雑な形に折り畳む。そして、出来上がった紙片を白羽へと突き出した。

「およ? なんですか、これは……ま、まさか、ラブレター……?」

「とっておきのお守りだ。……いいか。これを使う時は、雪路《ゆきじ》の奴《やつ》がお前に指示を出す。その時はこいつを口にくわえた状態で、雪路が示したものに矢を放て」

「ほっほー。なるほど、なるほど……ユキ先輩のコマンドであたしがスキルを……」

「よくわかっているじゃないか。しかし、大事なことが一点」

しげしげと『お守り』を眺める白羽に、アマナはすっと指を立ててみせた。

「これを用いる際は、心の底から自分が天下一の射手だと思うこと――忘れるなよ」

「えー、心の底からって言われても……」

『お守り』を適当にひっくり返しながら、白羽は右に左にと首を傾けた。

そして、子供のようにむちゅっと唇を尖《とが》らせる。

「……元より天下一ですけど？」

「いいぞ、その意気だ。お前の弓は最強だ」

「そうですとも！『四月一日白羽《わたぬき》』の同義語は即《すなわ》ち『那須与一《なすのよいち》』ですから――あれ、アマナさん？どちらにいかれるんです？」

にたにたと笑っていた白羽は、立ち上がるアマナにきょとんとした目を向ける。

「君達と行動を共にするとは言ったが、いつまでも雪路の奴を待っていられない。というか待ちたくもない。いまも奴がここに接近していると考えると耐え難い」

「ええー、そんな！　一緒にお留守番するって言ったじゃないですか！」

「……撫子《なでしこ》が無事かどうかもわからないんだ。これ以上、待っていられるものか」

脳裏をよぎるのは先日――混乱の中ではぐれてしまった撫子の姿だ。

白澤《はくたく》は人に危害を加えるような存在ではない。それでも、人外というものは人間の常識とはかけ離れた行動をするものだ。

撫子《なでしこ》は、無事だろうか。そもそも、生きているだろうか。

彼女がもしも死んでしまったら――手の内で、黒檀《こくたん》の扇子が軋《きし》みを立てる。

「――いてもたってもいられないって感じだねぇ」

暢気《のんき》な声が響いた。アマナは視線を揺らし、近くのピンボール台を見る。

ダークオレンジの髪、青緑のストール、黒のテンガロンハット――相変わらず、派手な女だ。

「無事だといいね、撫子ちゃん」

榁堂ひすいが、暢気な顔でピンボールをしていた。

小気味よくフリッパーを操作する彼女に、アマナはやや眉《まゆ》を寄せる。

「……ずいぶんなくつろぎぶりだな」

「こうしていると、なんだかみんなで修学旅行をしているみたいで愉《たの》しくてさぁ。とても団地で殺し合いの只中《ただなか》にいたとは思えないよ――ねぇ、コメさん?」

「うるさいねぇ！　あたしは今、必死で……！　あとウメだっつってんだろ！」

リズムゲーム中のウメは、白髪を振り乱しながらボタンを連打している。

「おのれぇ！　アームに小細工の気配ッ――！」

辻斬爺《つじぎりじい》がやかましくクレーンゲームをしている。そこから離れた場所では、荒《すさ》んだ巫女《みこ》が安い煙草《たばこ》をふかしながら対戦格闘ゲームに興じていた。

アマナは扇子で口元を覆い、向かいの席で『お守り』を弄《もてあそ》ぶ白羽《しらは》を窺《うかが》う。

「……何故《なぜ》こいつらを入れたんだ？」

「あたしだってヤですよう、こんな限界団地の町内会だなんて……でも、儀式官《ぎしきかん》としちゃ救助を要請されたら助けなきゃダメなんですよ」

「チッ、面倒な……」

「そんなこと言わないでくださいよー！　あたしだって関わりたくないんですから！」

「まぁまぁ、二人には感謝してるよぉ」

ここそこと会話するアマナと白羽に、ピンボール台から離れたひすいが微笑《ほほえ》む。

「なんたって助けてくれたんだからねぇ。感謝してもしきれないよ」

「そりゃもう！　義務ですからね！　ムッチャクチャ感謝してくださーい！」

白羽が得意げに胸を張る。雪路《ゆきじ》が聞いたら殴りそうだなとアマナはぼんやり考えた。

ひすいはくすっと笑って、帽子の縁を軽く持ち上げた。

「ありがとう、二人とも。とりあえず、ツイスターで親睦《しんぼく》を深めてみるかい？」

「それはいいな。実に興味深い。皆、好きなように体をひねったりねじったり回転させたりして遊びたまえ——では、私はこれで」

「おっと、そうはいきませんよ！　この白羽ちゃんを振り切れると思っちゃいけませんぜ！」

「……言っただろう、私は撫子《なでしこ》を探しに行きたいんだ」

立ちふさがる白羽《しらは》に、アマナは扇子越しに目を細める。

「……まぁ。アマナさん、行き詰まっているご様子でしたからねぇ」

白羽は弓を取ると、テーブルに置かれていたメモにさらさらと何かを書きつけた。うっすらと見えた見た目からすると、どうやら祀庁《しちょう》が用いる暗号のようだ。

そして弓を取ると、白羽はにこやかな表情で玄関の方を示してみせた。

「では、ここは撫子ちゃん探しも兼ね――不肖四月一日《わたぬき》白羽、アマナさんをちょっとしたミステリースポットにご案内いたしましょう」

「……ミステリースポットだと？」

「ええ……あたしとユキ先輩を悩ませる神秘の領域です」

白羽は片目を瞑《つむ》る。そして、アマナにしか聞こえない程度の声で囁《ささや》いた。

「――鍵《かぎ》になるかと」

深い緑色の瞳《ひとみ》を、アマナはじっと見つめた。

そして広げた扇子越しに、ちらと視線を町内会に視線を向ける。クレーンゲームを妖刀《ようとう》で叩《たた》きだした辻斬爺《つじぎりじい》、無言でワンカップを開ける巫女《みこ》、藁《わら》人形を噛《か》む老婆――。

「……もうワンゲームやるかな」

そして、暢気《のんき》にピンボール台を物色するテンガロンハットの女。

目を細めて笑うと、ひすいは二人に向かって気安く手を振ってみせる。

「あ、もう行くのかい？　いってらっしゃ〜い」

「ン……余計な真似《まね》はするなよ」

さらりと釘《くぎ》を刺しつつ、アマナは白羽とともに店を出た。

松明丸《たいまつまる》の光が細く差し込んでくる。それを見上げた途端、白羽が素《す》っ頓狂《とんきょう》な声を上げた。

「うわわっ……なんですか、あれ……！」

うっすらとした紅色に染められていた空に、青く透き通った蜃気楼《しんきろう》が揺れていた。それは巨大な松明丸の周囲を取り囲むようにして、不規則に瞬《またた》いている。

「……現世と『はざま』の境界が揺らいでいるようだ。あまり良い兆候ではないな」

「うっへぇ……もうちょっと素敵なことが起きて欲しいものですねぇ……」

首を振りながら、白羽は玄関脇《わき》に停めておいたスクーターにキーを差し込んだ。哭壺《なきつぼ》家の誰かからパクったスクーターは、今日も元気な排気音を響かせる。

「……町内会御一行、どう思います？」

「できれば、まとめて簀巻《すま》きにしておきたいところだな。……特に、樒堂《しきみどう》ひすいに関しては最初からどうも信用できない」

「同意ですねぇ……」

白羽に続いてスクーターに跨《また》がりつつ、アマナは店内に目をやる。ひび割れたガラス扉の向こうでは、町内会の人々がやいのやいのと騒いでいる様子が見えた。

「……簡単な監視の術を仕込んだ。奴《やつ》が少しでも妙な行動をすれば、すぐにわかるはずだ」

「おっ、それなら一安心ですね」

視線に気づいたのか、ひすいが振り返る。こちらの思惑を知ってか知らずか、彼女はにこやかな顔で帽子を軽く持ち上げてみせた。

アマナは優雅に微笑《ほほえ》み、扇子を適当に振って応える。

「……さて。それでは鍵《かぎ》とやらを見せてもらおうか」


白羽《しらは》の駆るスクーターは、小指の街区へと入った。

荒れ果てた街区だった。建物は朽ち、街は苔《こけ》や植物によって浸食されつつある。緑に埋もれたその果てには、ぼうぼうと生い茂った雑木林があった。そうして青黒い闇《やみ》を背負うようにして、石鳥居が寂しくぽつんと聳《そび》えていた。

「……神社か。意味深だな」

「でしょー？　神社とかお寺なんて、あからさまアヤシイスポットですよねぇ。あたし達もそう思って、ここに来た最初の日に調べようとしたんですけど……」

適当な位置でスクーターを降りると、アマナは琥珀《こはく》の瞳《ひとみ》をあたりに向けた。

石鳥居と玉垣の周囲には、夥《おびただ》しい数のシールが貼られている。いずれも、時折見かけたものと同じ——三つの眼《め》を持つ奇妙なマスコットの絵だ。

「不気味なシールですよねぇ、これ……」

わざとらしく身震いする白羽をよそに、アマナは石鳥居をしげしげと眺めた。

首を傾《かし》げ、見えないなにかを辿《たど》るかのように扇子を闇に滑らせる。

「……ン、ン。なるほどな」

アマナは、何度かうなずいた。そして、おもむろに石鳥居へと足を踏み入れた。

ひび割れた参道は暗く、朽ちた石灯籠《いしどうろう》の影がじっと佇《たたず》んでいる。長い年月によって鎮守の役割を忘れた木々は、すっかり好き放題に枝を広げていた。

そこに、ところどころ白く光るものがある。

三つの眼の紋様だ。真っ白なペンキで、それが木の幹や石灯籠に無造作に描かれている。

そんな異様な光景を流し見つつ、アマナはひたすらまっすぐに進んだ。

やがて雑木林を抜け、石鳥居をくぐり抜けた。

「——おっかえりなさいませぇー！」

白羽がにんまりと出迎えてくる。アマナはさして驚きもせず、石鳥居を見上げた。

「……空間が弄《いじ》られているな」

「でしょ？　ここ、どう進んでも絶対に入り口に戻る仕組みになっているんですよ。ミステリアスですよねぇ？　もしかして、蠟梅羽《ろうばいば》一族の秘宝とかあるんですかね？」

「いや、空間をいじったのは蠟梅羽《ろうばいば》一族ではなさそうだ」

「ほっほう？　なんでそう思うんですかにゃー？」

「根拠はこのシール……正しくは、この三つの眼《め》の模様だ」

アマナは扇子を閉じると、石鳥居や玉垣に貼られたシールを示した。

「あまりにも絵が独特すぎて初見ではわからなかったが、いまならわかる。これはいわゆる白《はく》澤《たく》図だ。それも、白澤自らが描いた強力なものだろう」

「はくたくず？」

「白澤という霊獣を描いた絵画のことだ。一種の魔除《まよ》けだな」

アマナは、先日の苦い光景を思い出す。撫子《なでしこ》を攫《さら》った牛頭の少女――顔にある三眼は確認できなかったが、あれは白澤の幼獣であると本能的に理解できた。

「魔除けって……でも、シールの出現と同時に失踪《しっそう》事件が起きるようになったんですよ」

「……順序が逆なんだ」

ちんぷんかんぷんといった様子の白羽《しらは》に、アマナは首を振る。

「これは本来、神隠しを防ぐために貼られていたと考える方が自然だろう。恐らくは、綻《ほころ》んでしまった境界を補修するために貼って回っていたんだ」

「ふむふむ。それがここに山ほどあるということは、ここなんかヤバイんですかね？」

「さてな……少なくとも、向こう側からはさほど危険な気配は感じなかった」

「えー！　なんか、謎《なぞ》が深まった感じじゃないですかぁ」

白羽はぶうぶうと文句を言いつつ、足下の石ころを蹴飛《けと》ばした。

一方、アマナはすでに別のものに注意をひかれていた。石鳥居の周囲に並ぶ玉垣だ。外界と神社とを隔てるそれは、長年の風雨によってすり減っている。

それでも、石に刻まれた寄進者の名前ははっきりと読み取れた――『蠟梅羽』

「孔雀《くじゃく》、白鵞《はくが》、雷鳥《らいちょう》……寄進者は、蠟梅羽一族ばかりだな」

玉垣の名前を辿《たど》りつつ、アマナは進んでいく。

そして、見つけた。鳥居のすぐ近く――枯草と倒木に埋もれるようにして、小さな平たい石碑が倒れている。石碑は砕け、碑文は経年によってほとんど摩耗していた。

アマナは石碑のそばに膝《ひざ》をつき、刻まれている文字を指先で辿った。

「……榊法原《さかきのりはら》神社縁起」

――天明八年　大火の折

――市中に出ていた庄屋の蠟梅羽一族が火災に見舞われた。

――大火傷《おおやけど》を負った妹を救うべく、兄は一晩でカワセミ峠へ駆けた。

――カワセミ峠の大天狗《おおてんぐ》に、泉の縁に立った兄は涙ながらに訴えた。

――これに心打たれた大天狗は、兄にそのお力をお貸しになった。

――これによって、蠟梅羽一族は再興を果たした。

——大天狗様《おおてんぐ》をお慰めするため、緑深きカワセミ峠に社と伽藍《がらん》とをお建てした。

——我ら蠟梅羽《ろうばいば》一族は末代に至るまで、大天狗への畏怖《いふ》の念を広く世に伝える。

——ひとつをささげよ。ひとつをあたえむ。

「……わーお、またこれはミステリーな」

てくてくと歩いてきた白羽《しらは》が、石碑を前に難しい顔をする。

「えーっと……冒頭のこれは、まんま天明八年の大火の話ですよね？　御所まで焼けたとかいうヤッベェ火事……で、このカワセミ峠ってのはどこのことなんでしょ？」

アマナは声も出せず、碑文を何度も指先で辿《たど》る。やがて、なんとか一言だけ絞り出した。

「……急所じゃないか」

「およ？　どうしました、アマナさん？」

頭の後ろで腕を組んだ白羽が、ちらっと視線を向けてくる。

琥珀《こはく》の眼《め》を大きく見開いたまま、アマナはゆっくりと首を横に振った。

「とんでもないものだぞ、これは……何故《なぜ》こんなものを捨て置いているんだ。それとも……まさか、蠟梅羽一族は忘れているのか？」

「なんですなんですぅ？　そそられる反応ですねぇ」

アマナは、しばらく黙っていた。やがて扇子をひらりと翻《ひるがえ》し、立ち上がる。

「……現在の蠟梅羽一族の目的は知らない。この団地を構成する術理も、術式さえも判然としない。ただ、この碑文が正しいのだとすれば……」

　碑文を見つめる琥珀の瞳《ひとみ》には、どことなく憐《あわ》れむような色があった。

「――蠟梅羽一族は、無耶師《むやし》ですらない」


「えっ……？」

　さすがの白羽も仰天した様子で、砕けた石碑とアマナとを見た。

「この破片が示すことが真《まこと》ならば、蠟梅羽一族は自らの力で霊能を体得したのではない。他者から貸し与えられた霊能で暴威を振るっているだけだ」

『お力をお貸しになった』――その一文を閉じた扇子で叩《たた》き、アマナは唇を引き攣《つ》らせる。

「『与えた』でも『授けた』でもなく『力を貸した』……天狗の末裔《まつえい》などではない、天狗に魅入られただけの常人――それが、蠟梅羽一族の正体なんだ」

「あ――だから、連中は空を飛べないんですか！」

　白羽の頓狂《とんきょう》な声を聞きながら、アマナは手帳を開く。

　そこには、白羽から聞いた擬天狗《ギテング》達の特徴を書き留めてあった。赤い仮面の二面天狗、霊的な攻撃以外を受け付けない青天狗、鞭《むち》の使い手の黄天狗、謎《なぞ》多き黒天狗――。

　――いずれも、ろくな翼を持っていない。

「でも、蠟梅羽《ろうばいば》一族は幽世《かくりよ》の空に執着しているって話なんでしょ？　先祖の飛んでいた空に還《かえ》りたいから、この神去団地《かむさりだんち》を『はざま』に作ったたって」

白羽《しらは》は両手を広げ、大げさな困惑のジェスチャーをとってみせた。

「彼らが天狗《てんぐ》の末裔《まつえい》でないのなら、何故《なぜ》こんな団地を造ったんです？」

「君が言ったとおりだ。空に執着しているからだよ」

「え？　だから蠟梅羽は――」

「見たところ、この近辺にはいくらか未熟な呪術《じゆじゆつ》の痕跡《こんせき》が残されている。いずれも空に関わるものだ。蠟梅羽が空に焦がれているのは間違いない……何も複雑な話じゃないさ」

頭上は、マゼンタとシアンブルーが入り混じる妖《あや》しい色彩を見せていた。松明丸《たいまつまる》は相変わらず天頂に座し、それを取り巻くように青い蜃気楼《しんきろう》が揺れている。

そんな異様な空を、アマナはまっすぐに扇子で示した。

「自由自在に空を飛びたい――君も、一度は考えたことがあるだろう？」

「それは……確かに、そうですけど……」

「空への渇望というものは、人は誰しも一度は抱くものだ。数多《あまた》の命が地に墜《お》ちてなお、それでも人は空を求めた……それは、空に彼方《かなた》の色を見るからだ」

広げた扇子で赤い光を遮りつつ、アマナは松明丸を睨《にら》む。

「恐らく、大天狗とやらが蠟梅羽の始祖に見せたんだろう――最果ての青空を、な」

「……幽世の空。そんなにヤバい代物なんですか？」

「現世《うつしよ》の生物には、ある種の毒のようなものだな。魂を向こうに持っていかれるぞ」

「うへぇ」と白羽はわざとらしく身震いする。しかし、眼光はいつになく鋭い。

「しかし、わからない……」

アマナは眉《まゆ》を寄せ、忘れ去られた石碑に目を落とす。

「痕跡を確かめた限りでは、蠟梅羽一族はより効率の良い飛行法を知っていたはずなんだ。なのに何故、太陽なんかに――？」

視線――アマナは、弾《はじ》かれたように振り返った。

白澤《はくたく》だ。牛頭の少女が、石鳥居の向こうからじっとアマナを見つめている。アマナは柳眉《りゅうび》をきつく寄せると、足音も荒く石鳥居へと一歩踏み出した。

「お前……撫子《なでしこ》をどこに――！」

――寒気。

アマナは、反射的に近くの木陰に身を隠す。遅れて銃声が響き、近くの玉垣に亀裂《きれつ》が生じた。

即座に姿勢を低くした白羽が、やや緊迫の表情で弓に矢をつがえる。

「おっとぉ、これはまずいのに見つかった……」

「てめぇらぁああ――ッ！」

獣の如《ごと》き咆哮《ほうこう》とともに、鳥居の向こうの薄闇《うすやみ》から影が飛び出す。

フードの下で、ろくに手入れされていない黒髪が風に揺れる。筋肉質な体にぼろぼろの黒いスウェットを纏《まと》い、腰には素朴な短刀をぶら下げている。

片手に拳銃《けんじゅう》。もう片方の手には、無骨な大鉈《おおなた》を握りしめていた。

躊躇《ちゅうちょ》なく白羽《しらは》が矢を放った。足下を狙《ねら》った矢を、男は横っ飛びに飛ぶことで回避した。

「あわわ……どんな反射神経してるんですか……！」

「よくも来やがったなァ――ッ！」

銃声――しかし、射線を読んでいた白羽は身をひねることで回避。同時に腰のポーチからダーツを引き抜き、男めがけて投擲《とうてき》する。

しかし、ルーン文字を刻んだダーツは効力を発揮する寸前で撃ち抜かれた。

見開かれた緑の目に、大鉈を思い切り振りかぶる男の顔が映った。

「やば――ッ！」

「――――【衝《ツキウゴカス》】！」

側面に衝撃波を喰《く》らった男が、呻《うめ》き声とともに吹き飛んだ。

大柄な体躯《たいく》がひび割れたアスファルトの上を飛び、何度も叩《たた》きつけられながら離れていく。

「白羽！　来い！」

スクーターのエンジンをかけつつ、アマナは叫んだ。

白羽は即座に駆ける。その一方、男もまた体勢を立て直していた。路面に膝《ひざ》をつき、憤怒《ふんぬ》に燃えるまなざしと銃口とを走り出したスクーターへと向ける。

「まてぇえええ！　くそったれ無耶師《むやし》がぁああ！　逃げるんじゃねぇえええええ！」

「逃げねーわけがねーでしょうが！　あぶないなぁ！」

白羽は怒鳴り返し、ダーツをスクーターの座席へと突き立てた。

「Ｒａｉｄｏ！」──途端、透明な波紋が二人を包み込んだ。

視界の端でいくつもの火花が散り、アマナは思わず首をすくめる。どうやら白羽の未熟なルーンは効力を発揮しているらしく、男の放つ弾雨をなんとか防いでいた。

「なんなんだ、あいつは！」

「激ヤバ鉈男ですよ。あたしらも初日に出くわしました。手当たり次第に襲ってくるんです」

「妖《イウ》ッ！　ここまで星の巡りが悪いとは……ッ！」

感じたことのない悔しさに、アマナは美しい顔を歪《ゆが》めた。

「あの場所なんだ……きっと、あそこが鍵《かぎ》なのに……」

スクーターのミラーに映る榊法原《さかきのりはら》神社は、もう豆粒のようだ。見る見るうちに遠ざかっていくそれを睨《にら》み、アマナは唇をきつく嚙《か》み締めた。

──爆音。

アマナは思わずブレーキをかける。白羽が悲鳴を上げ、その腰に死に物狂いでしがみついた。

「なんですなんですなんです……ッ！」

「知るかッ！　こんな狂った団地だ、何が起きても——ッ！」

りぃー……ん——微《かす》かに聞こえた音に、アマナは目を見開く。

涼やかな鈴の音だった。天上に響くかの如《ごと》きこの音色を、聞き間違えるはずもない。

「撫子《なでしこ》の迦陵頻伽《カリョウビンガ》……ッ！」

「あっちの方から聞こえましたよ！　——うわっとと！」

白羽《しらは》の指先が向く方に向け、アマナはアクセルを踏み込む。

あの音色が聞こえたということは、距離は離れていないはずだ。はたして、入り組んだ路地を突き抜けたアマナは前方のマンション屋上に動くものを見出した。

「そこにいるのか、撫子……ッ」

黒い影が翻《ひるがえ》る。銀の閃光《せんこう》が鋭く煌《きら》めく。

六道鉄鎖《ロクドウテッサ》——刹那《せつな》、アマナはありとあらゆる恐怖や不安を完全に忘れ去った。

「行くぞ……ッ！」

白羽の答えもろくに聞かずに、アマナはフルスロットルで駆けだした。

◇　◆　◇

——男は、しばらくスクーターの去った方角を睨《にら》んでいた。

かつかつと、小さな蹄《ひづめ》の音が響いた。振り返ると、幼い白澤《はくたく》が境内の外に出ていた。

人間の顔をしていた。しかし、男を見る双眸《そうぼう》にはどこまでも表情がない。

「……なにもされていないか、羅々《らら》」

「なにもされていない」羅々は、ぎこちなく肉声を発した。

「奴《やつ》らは、蠟梅羽《ろうばいば》か？」

「ちがう。あの人達は、外からきた。りゅうじとおなじ」

「……そうか」

『りゅうじ』は重いため息を零《こぼ》し、フードを脱いだ。

壮年の男だった。ぼさぼさの黒髪が、やつれきった顔に被《かぶ》さっている。目元には色濃い隈《くま》が浮かび、眼球ばかりが刃《やいば》の如く輝いていた。

「もう少し休んでいてもいいか？　ねぐらがぶっ飛ばされたせいで、ロクに眠れてねぇ……」

「……いいよ。好きなだけ、休むといい」

「あん……？　どうした、羅々？」

『りゅうじ』は首筋をがりがりと掻《か》きながら、どこか気づかわしげに羅々を見やった。

「いつもより、元気がねぇな。なんか、あったのか？」

「……見定めようと、している」

「見定める？　何をだ？」

「人を……何がよくて、何が、悪いのか……でも、うまくいかない……わからない……」

羅々《らら》は、金の角を落ち着きなくさすった。無表情ながらも困った様子だった。

「……でも……ららは、りゅうじは良い奴《やつ》だと思っている」

『りゅうじ』は、無言だった。しかし、羅々はどこか納得した様子で踵《きびす》を返した。

蹄《ひづめ》の音を響かせて、白い背中が雑木林へと消える。それを、『りゅうじ』は暗いまなざしで見送った。やがて、その唇がいびつに吊《つ》り上がった。

「……人を見る目がねぇな、羅々。俺は、ただのクズだぜ……」

かすれた笑い声に肩を震わせつつ、『りゅうじ』は自分の首筋に触れる。松明丸《たいまつまる》の輝きに照らされた太い喉《のど》には、赤い鎖状の模様が刻み込まれていた。

乾いた指先でそれをざらりとなぞりながら、『りゅうじ』は虚《うつ》ろな目で空を見上げた。

「何一つ……何一つうまくいかねぇ。一体いつになったら、終わるんだろうな」

「なぁ、桐比等《きりひと》さん……」

◇　◆　◇

撫子《なでしこ》は、泥の手を切り払った。

飛沫《しぶき》とともに切断された手が宙を舞う。しかし、即座に新たな手が襲い来る。

手、手、手——黒の指先が髪を掠《かす》め、撫子は眉《まゆ》をきつく寄せた。

「鬱陶《うっとう》しい……！」

悪態をつきつつ、撫子は横っ飛びに跳ぶ。

直後、それまで立っていた場所に黒天狗《てんぐ》の長い腕が叩《たた》き込まれた。撫子はくるくると身を翻《ひるがえ》しながら、黒天狗めがけて劫火《ごうか》を噴きかける。

漆黒《しっこく》の異形が炎に包まれた。撫子は護法剣《ゴホウケン》を握りしめ、一気に距離を詰める。

しかし燃え上がる黒天狗は動かず、両手で地面を叩いた。

「オン……アロ……スマ……テン……ソワカ……」

囁《ささや》きとともに、地面から黒い泥が間欠泉の如《ごと》く噴き出した。

泥は瞬《また》く間に無数の鶏の形を取り、撫子めがけて鋭い嘴《くちばし》を繰り出す。撫子は舌打ちとともに修羅道の鎖を伸ばし、火を灯《とも》した鎖を思い切り振りまわした。

ぽんぽんと爆《は》ぜるような音を立て、泥の鶏が散っていく。

せめて体勢を立て直したい。黒天狗の攻撃は想定よりも範囲が広い上に、このコンクリートの屋上はあまりにも遮蔽物《しゃへいぶつ》がなさすぎる。

しかし、撤退するには――【ロセロセロセロセ……】

「ぐる、る……！　なんなんだ、こいつらは……！」

怒声を発したのは、なんとか撫子に追いついた雪路《ゆきじ》だった。

雪路は、鷲摑《わしづか》みにした青天狗の頭部を思い切り地面に打ち付けた。黒ずんだ血飛沫《ちしぶき》が上がるのともに、茹《ゆ》でた鶏肉のような翼が端からどろりと溶けた。

【……シテシテシテシテ】

しかし、間髪容《かんはつい》れずに新たな擬天狗《ギテング》が雪路《ゆきじ》の背後を襲う。

黄天狗《てんぐ》の繰りだした棘羂索《とげけんさく》を籠手《こて》で弾《はじ》きながら、雪路は氷片のような目で周囲を睨《にら》んだ。

「何故《なぜ》、一気に襲ってこない――――！」

撫子《なでしこ》と雪路のいる屋上の周囲には、擬天狗の円陣があった。

赤、黄、青――三色の仮面が、飛び降り防止用フェンスの向こうにひしめいている。

数に任せれば、擬天狗達はすぐに撫子達を制圧することができるだろう。しかしどういうわけか、彼らは必ず一体ずつ屋上へと現れるのだ。

「嬲《なぶ》り殺しにするつもりなのよ……」

撫子は、目の前の黒天狗を睨む。

それは背中から生えた両 掌《てのひら》を蠢《うごめ》かせながら、長大な腕を撫子に向かって差し伸べてきた。

「来イ、獄門《ゴクモン》、来イ……」

「……オウムのほうがよほどまともに喋《しゃべ》れるわね」

壊れたおもちゃのように囁《ささや》きを繰り返す黒天狗を睨み、撫子は六道鉄鎖《ロクドウテッサ》を探る。

――ある一つの仮説が、胸のうちにあった。

神去団地《かむさりだんち》の擬天狗は、何度倒しても再び現れる。

天道の鎖が通用した青天狗の素顔は、すっかり腐り果てていた。

そして――撫子は、擬天狗に食欲を感じない。

「……試す価値は、あるわね」

「来イ、来イ、来イ……！」

巨大な指が地面を打つ。突進する黒天狗の姿は、巨大な蜘蛛《くも》が這《は》う様を思い起こさせた。

あまたの泥の手とともに迫りくる異形を前に、撫子は最も苦手な鎖を選び取る。

「――迦陵頻伽《カリヨウビンガ》」

りぃー……ん。現れた黄金の持鈴《じれい》が、青い蜃気楼《しんきろう》の揺れる空に澄んだ音色を響かせる。

直後、恐ろしい悲鳴が辺りに響き渡った。

「チ、ガ、ア、ア――ッ！」

泥の手が飛沫《しぶき》とともに散る。絶叫を迸《ほとばし》らせ、黒天狗がのけぞった。

同時に、周囲を包囲していた擬天狗《ギテング》達までもがどろどろと溶けていった。炙《あぶ》られた蠟燭《ろうそく》のように溶けていく黄天狗を前にして、雪路が驚愕《きょうがく》の表情で撫子を見る。

「な、なんだ……？　ナデ、一体何を――？」

「天道の鎖――迦陵頻伽よ。これは死の錯覚を見せることで、彷徨《さまよ》う亡霊を昇華することができるの。つまり、ここにいる擬天狗達は――」

混乱する雪路に囁きつつ、撫子はさらに黄金の持鈴を鳴らした。

「――とっくの昔に死んでいる」

「違ウ！　違ウ！　違ウ違ウ違ウ違ウ……！」

悲鳴とともに、黒天狗《てんぐ》が地面に倒れ込んだ。呪詛《じゅそ》の如《ごと》き譫言《うわごと》を繰り返し、全身を掻《か》き毟《むし》る。

かろうじて形を残していた擬天狗《ギテング》達もまた、次々に墜落していった。

「今のうちに退《ひ》くわよ！　新手がでたら大変だわ！」

「でかした……ッ！」

雪路《ゆきじ》とともに階段へと駆けだした撫子《なでしこ》は、不意にかすれた声を聞いた。

「……二月……十一日……」

それは、今から二日前――撫子からは、失われた日だった。

撫子は、思わず振り返った。うつ伏せになった黒天狗は、撫子を見ている。

溶けかけた漆黒《しっこく》の仮面から、青い眼《め》が覗《のぞ》いていた。

「会ッタダロウ……獄門《ゴクモン》ノ……娘……」

瞬間、急速に屋上の景色が遠のく。

頭蓋《ずがい》の片隅に残された記憶の残像が、撫子の視界に覆いかぶさってきた。

――絢爛豪華《けんらんごうか》な螺旋《らせん》階段――煙の揺れる大香炉――上を示す餓鬼道の鎖――どこまでも青い空――大きく響き渡る翼の音――白く輝く眼――伸びてくる手――。

「ナデ……ッ！」

雪路の叫びが、撫子を追憶から現実へと引き戻す。

視界には、黒い手があった。黒天狗が伸ばした泥の手が伸び、撫子の眼前に迫っていた。

「――狐火《きつねび》！」

影の手が、黄金の炎に包まれた。

熱のない炎は一気に黒天狗をも飲み込み、その体に急激な変化をもたらした。

美しく乱舞する炎を目に映したまま、撫子は後ずさった。よろめいたその体を、すかさずしなやかな手が支えてくる。神秘的な香のにおいを感じた。

「――しっかりしたまえよ、お嬢さん」

「やかましいわね、おねえさん……」

玲瓏《れいろう》とした声が、実に満足げに喉《のど》の奥で笑う。

その瞬間、撫子は泣き出しそうになった――ほんの一日しか別れていなかったのに。

「……無事でよかったわ、アマナ」

「私のセリフを取るんじゃない……撫子」

無花果《いちじく》アマナが、傍《そば》にいた。いくらかくたびれた様子だが、国を傾けるほどの美に陰りはない。珊瑚珠《さんごしゅ》色の唇も、極めて元気そうににやけている。

煌《きら》めく琥珀《こはく》の瞳《ひとみ》を見た途端、撫子は感情が激流の如く胸に溢《あふ》れるのを感じた。

――そして、そこに淡い影の如き罪悪感が差し込むのも。

「……撫子《なでしこ》？」

「わたし、は……」

片眉《かたまゆ》を上げるアマナに、撫子は赤い瞳《ひとみ》を瞬《また》かせる。

しかし言葉を口にするよりも早く、ひび割れた叫び声が大気を震わせた。

「獄門《ゴクモン》……獄門、獄門ッ……！　参レ、参レェ……！」

「冗談だろう……あれでまだ動けるのか！」

黒檀《こくたん》の扇子を開き、アマナが黒天狗《てんぐ》を睨《にら》む。

迦陵頻伽《カリョウビンガ》の音によって霊魂は揺るがされ、黄金の妖火《ようか》によって肉体は変異を繰り返している。

にもかかわらず、黒天狗は立ち上がった。

よろめく背中から黒い花が開くように——泥の手が噴き出し、撫子達めがけ迫ってくる。

「往生際の悪い……ッ！」

撫子は毒づきつつも、修羅道の鎖を繰りだそうとした。

一条の閃光《せんこう》が駆ける——そして、一本の矢が寸分違わず黒天狗の眉間《みけん》を貫いた。

泥の手が一気に四散した。妖火の内で、黒天狗は大きくのけぞった。

「なんっ……で……っ」

振り返れば、階段口の前で白羽《しらは》が息を切らしながら弓を構えていた。どうやら全速力でここに駆けあがってきたらしく、白い頬《ほお》が真っ赤になっている。

「この団地……エレベーターがないんですか……っ！」

喘《あえ》ぎながらも、白羽はさらに立て続けに二本の矢を放った。

喉《のど》、鳩尾《みぞおち》――急所を悉《ことごと》く撃ち抜かれ、黒天狗がぐらりとよろめく。しかし、それでも倒れない。それどころか妖火の内で四肢に力を込め、一歩を踏み出す。

「……見ヨ……仰ゲ……私ハ、果タシタゾ……」

こあぁん――下駄《げた》の音が、青空にこだました。

青い双眸《そうぼう》が、炎の向こうで光っている。それは、ただひたすらに撫子だけを捉《とら》えていた。

燃えながらも進もうとする擬天狗《ギテング》の姿に、撫子は息を詰める。

「見テクレヨ……私ハ……私ノ……獄門……」

二歩目は、なかった。

黄金の炎がふつりと消える。粘ついた水音を立てて、黒天狗は地面へと崩れ落ちた。

長い白髪が風にかき乱され、ぼろぼろの黒衣が風にはためいた。

黒く汚れた指先が、震えながら撫子へと伸びた。

「……………私を……見てくれ……獄門華珠沙《ごくもんかずさ》……」

うつろな顔をした男は、最期まで撫子を見ていた。

そうして──男は砕けた。五体はみるみるうちに崩れ、黒い泥へと変じていった。

「何をしたのよ……」

たったいま息絶えた男は、確かに『獄門華珠沙《ごくもんかずさ》』と囁《ささや》いた。昭和の大鬼女として人間も人外も震撼《しんかん》させた高祖母の名が、この神去団地《かむさりだんち》で口にされた。

びょうびょうと吹きつける風の中で、撫子《なでしこ》はぐしゃりとミルクティー色の髪を掻《か》く。

「今度はなんなのよ……うちの高祖母は、一体何をしたの……！」

「落ち着け、撫子」

頭を抱え込みそうになる撫子の肩に、アマナが手を置いた。

「いったん公僕どもの拠点に行こう。少しは休むことができるはずだ」

「……同意見だ……貴様に同意するのは、癪《しゃく》だが……」

雪路《ゆきじ》はきつく眉《まゆ》を寄せ、面頬《めんぼお》の牙《きば》の部分をしきりになぞった。

「……共有しておきたい情報がいくつもある」

「おっ、先輩らもなんか大発見した感じですか？　あたしらもすっごいですよ！　あたしとアマナさんときたら月酔《げっすい》をブッ飛ばし、哭壺《なきつぼ》家の拠点にカチ込みを──！」

「そうか……ところで、私はお前には留守番を頼んだはずなのだが……」

「…………あっ」

唸《うな》りを上げる雪路の拳骨《げんこつ》を、白羽《しらは》はさっと躱《かわ》した。

素早く逃げだす白羽を、ほとんど地響きに等しい足音を立てて雪路が追う。

「この愚か者……ッ！　勝手な真似《まね》をするなと……あれほどッ、あれほどッ……！」

「結果的に助かったからいいじゃないですかー！」

儀式官《ぎしきかん》達の戯《たわむ》れをよそに、撫子は黒天狗《てんぐ》の残骸《ざんがい》を見つめた。

もはや、人の形さえも残されていない。そこにはぼろぼろの衣とともに、土塊《つちくれ》と泥水が飛び散っているだけだった。三本の矢が、そこに深々と突き刺さっている。

「……これも、獄門家のせいなの？」

「早合点するのはよくない。まだ、何もわかっていないのだから」

アマナは撫子の肩をそっと引くと、階段口の方へと促した。穏やかな微笑を浮かべているものの、琥珀《こはく》の双眸《そうぼう》は土塊と泥水を油断なくひたと見据えている。

「それに、君には何の咎《とが》もないだろう？」

――――本当に？

歩き出すアマナの横顔を見上げながら、撫子は首筋の傷跡をさする。

あの黒天狗は、『撫子と二月十一日に顔を合わせた』とも取れる言葉を口にした。

そして今も、撫子はアマナに奇妙な後ろめたさを覚えている。失われた二月十一日――二日前に、自分はいったいどんな過ちを犯したのだろう。

「ねぇ、アマナ。わたし、あなたになにか――」

ばんっ――荒っぽく扉を開く音が、躊躇《ためら》いがちな撫子《なでしこ》の声をかき消した。

「な、なんやァ、お前ら……！」「ここで何しとる！」

「げっ、哭壺《なきつぼ》！」」

怒声とともに現れたガスマスクを前に、アマナと白羽《しらは》が妙な反応を見せた。

二人の無耶師《むやし》がそれぞれの武器をこちらに向け、足音も荒く踏み入ってくる。威圧的なその姿に雪路《ゆきじ》は拳《こぶし》を構え、撫子もアマナを庇《かば》って前に出た。

「月酔《げっすい》か！　蠟梅羽《ろうばいば》か！」「なんでもええ！　殺してまえば全部一緒――ぎゃあっ！」

「――どけ。ガチャガチャうるせぇんだよ」

突如として、哭壺家の二人組は前に倒れ込んだ。

どうやら、背後に立つ何者かにひどく膝《ひざ》を蹴《け》られたらしい。

予想外の出来事に、臨戦態勢にあった撫子達は思わず呆気《あっけ》にとられた。なによりも、二人の無耶師に引き続いて現れた者の姿が衝撃的だった。

ガスマスク。白いエプロン。黒のドレス。

綺麗《きれい》にまとめた金髪に、ひらひらとしたホワイトブリムが揺れている。

どこからどう見ても、メイドだった。ガスマスクをつけたメイドが、屋上に現れた。

「いちいちイキりやがって。エレガンスに欠けるだろうが」

低い声がガスマスクから漏れる。まだ若い少年の声に聞こえた。

ガスマスクをつけたメイド装束の少年は、悶絶《もんぜつ》する二人の無耶師を無視して屋上へと歩み出た。彼は撫子達を一瞥《いちべつ》すると、続いて無残な黒天狗《てんぐ》の残骸《ざんがい》を見た。

「おうおう……こりゃどういうことだ。話が違えじゃねえかよ」

「……あなた、誰？」

がしがしと金髪を掻《か》くガスマスクメイド少年に、撫子はひとまず声をかけた。

その声に、彼は再び撫子に目をやった。ガスマスクに完全に顔が隠されているせいで、叔父や雪路以上に表情がさっぱりわからない。

それでも他の哭壺家とは――団地の無耶師とは異なり、あまり敵意は感じなかった。

「オレは哭壺家当主代行――そしてメイド喫茶『あるまげどん』のメイド、哭壺狼煙《のろし》だ」

「……獄門《ごくもん》撫子よ」

胡乱《うろん》な情報と優雅な一礼《カーテシー》に多少まごつきつつ、撫子はとりあえず軽く会釈を返した。

その戸惑いは、狼煙が発した次の一言で驚愕《きょうがく》へと変じた。

「獄門――そこの蠟梅羽長啼《ながなき》を殺ったのは、オマエらで違いねえな？」

松明丸《たいまつまる》の赤光に、陰りはない。

けれども、青い蜃気楼《しんきろう》はいっそう激しく揺らぎ始めていた。

断章　励声疾呼

二月十三日——幽霊街の廃墟《はいきょ》には、八つ裂きにされた擬天狗《ギテング》の亡骸《なきがら》が飛び散っている。

「……体と魂を弄《いじ》りまわされた痕跡《こんせき》がある。一体なんなん、これは」

「野良猫の好みではないことは確かだな」

ちりちりと炎の燻《くすぶ》る大太刀を肩に担ぎ、桐比等《きりひと》は気だるげに首を傾《かし》げた。

「どうやら、向こうで何か起きているようだ……だから、こんなに騒がしいんだろう」

【ロセセセ……】【コロ、コロロ……】——木立の狭間《はざま》で、影が揺れる。

「……撫子《なでしこ》達の仕業かいな？」

「決まっている。どうせ、向こうで健気《けなげ》に暴れているんだろう」

「助けに行くんか？」

「……境界が急激に不安定になっている。こんな状態で迂闊《うかつ》に踏み込めば——」

【シテ、テ、テ……！】——襲い来る黄天狗《てんぐ》を前に、螢火《けいか》はすかさず紫煙を吐きかけた。それは瞬《また》く間に青白い鬼火と化し、出来損ないの天狗を一気に焼き払う。

桐比等は、辺りを見回した。顔面を覆う呪符《じゅふ》が揺れる。弟妹達が彼にしか聞こえない声で囁《ささや》きかけてきた。幼い女、十代前半の少年、気の強い少女――。

「待て」――珍しい声に桐比等は眉根《まゆね》を寄せ、左側に視線を向ける。

「…………松比等《まつひと》。お前は本当に、こんな時だけだな」

囁きとともに刃が唸《うな》る。背後に迫っていた青天狗が、一撃にして切り伏せられた。

「……ここで野良猫を呼ぶ。現世との縁を言葉で強め、こちらに引き戻すんだ」

「神隠しの時にやるアレやな」

赤、青、黄――数多《あまた》の擬天狗が、摩天楼の海を思わせる蜃気楼《しんきろう》から舞い降りる。対峙《たいじ》する螢火は鬼灯蛍《ほおずきぼたる》を新たに呼び出しつつ、大きく口を開いた。

「かやせぇ、もどせぇ、撫子ぉ――！」

かやせ、もどせ――神隠しにあった子を呼ぶ際の口上だ。

過去にバンドをやっていたこともあり、螢火の声量はなかなかのものだ。ひたすら撫子を呼ぶ彼女の声を聞きながら、桐比等は大太刀をゆらりと構える。

犇《ひし》めく異形、色彩を強める蜃気楼の妖光《ようこう》――それを睨《にら》み、声もなく呟《つぶや》く。

「…………撫子」

五　テンプロ・マヨールの天狗《てんぐ》

二月十三日——十二時十五分。

松明丸《たいまつまる》は相変わらず天頂に居座り、周辺には青い蜃気楼《しんきろう》が揺らめいている。

「……オマエ。歳《とし》、いくつだ？」

「来月で十六歳」

現在——撫子《なでしこ》達は狼煙《のろし》とともに、アーケード街の近くに留まっている。戦いで疲労した体を休めながら、離れていた間にそれぞれが得た情報を共有した。

その過程で雪路《ゆきじ》は何回か白羽《しらは》の頭をひっ叩《ぱた》き、撫子はアマナを微妙なまなざしで見た。

「あいたっ！　ちょっと！　白羽ちゃんの明晰《めいせき》な頭脳が壊れたらどうするんです！」

「私は悪くない。全部白羽がやった。私にはなんの責任もない」

周囲に擬天狗《ギテング》の姿はなく、月酔《げっすい》施療院もいずこかへ逃げ去ったようだ。

血に染まったアーケード街では、ガスマスク達がせわしなく動き回っている。彼らは商店街や周囲の建物から、あらゆるものを次々に運び出していた。

食料、救護物資――そして、恐らくは遺体と思わしきブルーシートの包み。

狼煙はベンチに腰かけ、そんな配下の動きを見守っていた。隣に座るのもどうも落ち着かなかったので、撫子はとりあえず近くの自動販売機の傍《そば》に立っている。

「はん、一個下か……なかなか肝が据わってやがるな。メイドの仕事に興味はねぇか？」

「結構よ。……というか、どうしてメイドをやっているの？」

「オレの生き様だ。当主代行なんて肩書よりずっとエレガントだろ」

「胡乱《うろん》――いえ、その……興味深いわね、とても」

雪路と白羽は、哭壺《なきつぼ》家の無耶師《むやし》達の手伝いをしている。

アマナはというと、撫子達から少し離れた場所でじっと空を見つめている。

扇子で口元を隠しているものの、琥珀《こはく》のまなざしはいつになく険しい。そんなアマナの様子を気にかけつつ、撫子は気になっていたことをたずねた。

「哭壺家当主は、どうしたの？」

「当主は一番上の兄貴なんだが……あれじゃ、もう無理だろ」

狼煙が示した先では、担架に乗せられた人物がマイクロバスへと運ばれていた。顔は窺《うかが》えなかったものの、わずかに見えた腕にはほとんど皮膚がなかった。

「ここには、月酔施療院を倒しに来たの？」

「いんや。月酔との接触はついでだ。野暮用をこなすついでに、兄貴を解放してもらおうと思ったんだよ。なるべくエレガントに済ませたかったから、舎弟の数も絞った」

「……殺されるかもしれなかったのに？」

「はんっ……無耶師《むやし》なんてそんなもんだろ」

狼煙《のろし》の顔は完全にガスマスクに隠されているため、表情は窺《うかが》えない。しかし軽く肩をすくめてみせる彼の声には恐れはなく、振る舞いにはなんの怯《おび》えもなかった。

「野暮用と言ったわね。……一体、何をしに来たの？」

しかし新たな問いかけに、狼煙はわずかにうつむいた。

その瞬間、撫子《なでしこ》ははじめてこの少年が自分とさして身長が変わらないことに気づいた。

「……哭壺《なきつぼ》は降伏する」

「降伏って……あなた達は、団地でも有数の勢力でしょう？」

「オレ達は本来、分家なんだよ」

狼煙は首を振り、エプロンの皺《しわ》を落ち着きなくのばした。

「哭壺家は去年の八裂島《やつざきじま》邸で壊滅的な打撃を受けた。なんせ、本家が丸ごと消えたわけだからな……比較的優勢だったオレ達が、本家にとって代わっただけだ」

「——神去団地《かむさりだんち》に来たのは、勢力を盛り返すため？」

「そうさ……妙な誘いに、兄貴が乗っちまったんだよ」

狼煙曰《いわ》く——現在、哭壺家当主は彼の兄が務めているらしい。

兄である煙客《えんかく》は本家当主に厚遇を受けたこともあり、本家への忠誠心が厚い人物だった。そして、本家が八裂島邸で消滅したことに強いショックを受けていた。

そんなある日、哭壺家が伝言に用いる蛾《が》が届いた。

その翅《はね》には、哭壺家に伝わる暗号でこう記されていた――。

『神去団地に行け。太陽の秘術さえあれば、一族はかつての栄光を取り戻す』

「兄貴はすっかり信じ込んじまってな。それで、オレまで呼び戻されるハメになったってワケだ。可愛《かわい》いカノジョをおいて、はるばる関西までさぁ……」

ため息とともに立ち上がると、狼煙は自動販売機でジュースを買った。ガスマスクをわずかにずらすと、苦いものを飲み下すかのように缶ジュースをあおった。

「……月酔《げっすい》のイカレどもがいる時点で、もう勝ち目はなかった」

缶をゴミ箱に放ると、狼煙は力なく上を見た。

撫子達が擬天狗《ギテング》と――蠟梅羽長啼《ろうばいばながなき》と戦った建物が、妖《あや》しい空を背景に聳《そび》えている。

「月酔は死を恐れねぇ、そんで蠟梅羽は無尽蔵に増えやがる……哭壺は嬲《なぶ》り殺しさ。サイテーだよ、ここに来てからずっと……だから、蠟梅羽長啼に直談判しに来たんだ」

「――降伏の件、他の者は納得しているのか?」

扇子を揺らしながら、アマナが流れるような足取りで撫子達に近づいてきた。

「いんや。誰も納得なんかしていねぇだろうよ。こいつぁ、ほとんどオレのワガママだ」

「それこそ、君が一族に殺されかねないぞ」

「はんッ！　やれるものならやってみろってんだ」

狼煙《のろし》は鼻で笑い、片方の拳《こぶし》を掌《てのひら》に打ち付けてみせる。

「この哭壺《なきつぼ》家で一番強ぇのはオレだ。不満ならオレを殺せばいい。それでオレが死んじまったんなら、それはオレが弱かっただけのこと。文句はねぇよ」

「――あなた、カノジョいるんでしょ」

決然とした様子の狼煙は、しかし撫子の指摘に若干たじろぐそぶりを見せた。

「それは……その……」

「わたしはよくわからないけれど……カノジョさんは納得しているの、それ」

「ンン……何も伝えていない場合、カノジョさんが可哀想《かわいそう》では？」

「う、うるせぇな！　アイツは、わかってくれるさ！」

追及を振り払うように、狼煙は近くの電柱に一発拳を入れた。

「そうだよッ、オレにはカノジョがいるんだ！　だから、こんなクソ団地で死ねるかよ！」

拳が裂け、血が滲《にじ》む。それでも繰り返し、狼煙は電柱に拳を叩《たた》き込んだ。

「ああ、クソがクソが畜生がッ！　何一つうまくいかねぇなぁ！　蠟梅羽長啼《ろうばいばながなき》はくたばったじゃねぇかッ！　なんだってオレ達は解放されねぇんだよ――ッ！」

「――それだ。私も、それが気になっていた」

扇子を閉じると、アマナは長啼が果てた屋上をじっと見つめる。

「蠟梅羽一族がこの神去団地《かむさりだんち》を作り上げたのなら、通常であれば当主たる長啼の死で術式は消滅する。神去団地は消滅し、我々はここから解放されるはずだ」

「……なのに、わたし達はいまだここに囚《とら》われている」

首筋の包帯に触れつつ、撫子もまた屋上を睨《にら》んだ。

赤い松明丸《たいまつまる》と青い蜃気楼《しんきろう》に照らされ、その建物はどこか毒々しい色彩を帯びている。

「そもそも、あれは本当に蠟梅羽長啼だったの？」

「違いねぇよ。一番強い黒天狗《てんぐ》が長啼だって、月酔《げっすい》の連中が噂《うわさ》してた。月酔の連中も、先に神去団地にきた誰からか聞いた話らしいが……」

「ンン、根拠に不安があるな」

「正直、オレも眉唾《まゆつば》さ。けど、ここのこと教えてくれた奴《やつ》がそう言ってたんだよ。月酔のアーケード街に、ジャノメの命を狙《ねら》って蠟梅羽長啼が来るって……」

「それ、誰に聞いたの？」

「――――若！」

若い女の声が響く。駆け寄ってきたガスマスクの女は、狼煙になにやら報告を始めた。

撫子は足音を潜めて、それとなくアマナの傍《そば》に立つ。

「……どう思う、アマナ」

「ンンー……あの黒天狗《てんぐ》が蠟梅羽長啼《ろうばいばながなき》かどうかは、さすがの私にもわからないな」

自動販売機にもたれかかりつつ、アマナは柳眉《りゅうび》を寄せる。

「ただ、いまのところ黒天狗は一体しか目撃されていない。なにかしら特別な役割にあったことは確かだろう。……私が気になるのは、君の天道の鎖の話だ」

「ええ……死者の魂を鎮めるのに用いる業が、擬天狗《ギテング》達には覿面《てきめん》に効いたわ」

撫子《なでしこ》は、天道の鎖を掌《てのひら》に転がす。幻惑を司る黄金の円環は、赤光に澄んだ煌《きら》めきを返した。

「だから、蠟梅羽一族は本当はもう滅亡しているんじゃないかって思ったの」

「ン……つまり擬天狗はその成れの果て、神去団地《かむさりだんち》と松明丸《たいまつまる》はその遺産か」

アマナはうなずくと、思案顔で扇子を適当に揺らした。

「死後も残る呪《のろ》いというものも稀《まれ》に存在する……去年のあざなえがその一例だな。この神去団地も、蠟梅羽の連中が残した呪いが空転した結果なのかもしれない」

「……さっき、蠟梅羽一族の正体について雪路《ゆきじ》さんと話していたわね」

「ああ……恐らくは、天狗に弄《もてあそ》ばれた常人の一族ではないかと私は考える。だから、『術者の力が強力過ぎたために呪いが残った』という線は薄いだろう。恐らくは、何かの条件が不幸にも揃《そろ》ってしまった結果だろうな」

「そう……結局、飛べなかったのね」

首筋に触れつつ、撫子は暗い心地で辺りを見回した。

松明丸、蜃気楼《しんきろう》、混沌《こんとん》とした団地――いずれも禍々《まがまが》しく、虚《むな》しい遺産だ。そのうえ、ここに棲《す》む擬天狗達はまともな翼さえ持っていなかった。

空を渇望した一族の末路としては、どうしようもなく哀《かな》しい。

「こんなに血を流してまで、幽世《かくりよ》って行きたくなるものなの？」

「私にもわからない……。ただ、我々が在るべき場所ではないことだけは確かだな」

「……曖昧《あいまい》な話ね」

「仕方がないだろう。幸か不幸か、私も幽世には行ったことがないんだ。曖昧な話にならざるをえないさ。あの世界については、戻ってきた者もろくに――」

アマナは、ため息を吐《つ》く。そして、撫子に視線を向けてきた。

どこか心を見透かすようなまなざしだった。撫子は何故《なぜ》だか気圧《けお》され、自動販売機の反対側へと身を引っ込めた。そして、陰からじとっとした目を向ける。

「……なによ。じろじろ見ないで」

「君は、行くなよ」

「幽世に？　行かないわよ。そんな物騒なところ……」

「…………別に、それだけに限った話じゃないさ」

少しだけ唇の端を下げ、アマナはどこか拗《す》ねたような顔で扇子を適当に弄《いじ》った。

撫子はやや戸惑い、自動販売機越しに首を傾《かし》げた。

「アマナ……？」

「――おい！　点呼は済んだのか？」

狼煙《のろし》の声に、二人は視線をマイクロバスの方に向ける。

あらかたの搬入は済んだようで、哭壺《なきつぼ》家はいつでも撤収できる構えだ。狼煙は先ほどの女無《む》耶《や》師《し》とともに、マイクロバスの方に歩きかけていた。

「完了しました。あとは若だけです」

「そうか。あと再三言ったが、オレのことはメイド長と呼ぶように――」

「――これから、どうするの？」

女とともに歩き出そうとしていた狼煙の背中に、撫子《なでしこ》は声をかける。

「このクソッタレな団地から脱出する方法を探す。さしあたっては、心臓部への行き方を探ってみるつもりだ。なにかあるとすりゃ、あそこだろ」

「そうね。蠟梅羽《ろうばいば》一族は、あそこに潜んでいるって話だったもの」

「ああ……あーっとな。先に言っとくが、お前らと馴《な》れあうつもりはねぇからな」

マイクロバスに体を向けつつ、狼煙は撫子に人差し指を向ける。その手からは、いくらか血が流れている。先ほど、電柱を殴りつけた際の傷だ。

ぽたぽたと地面に滴る血を見て、撫子は少しだけ眉《まゆ》を動かした。

「……好きにすればいいんじゃない」

「そのつもりだ。こちとら、あんたらのツレに車両を二つパクられてるんだ。落とし前をつけるならまだしも、協力してやる謂《いわ》れは何一つねぇからな」

瞬間、雪路《ゆきじ》は白羽《しらは》――撫子はアマナに、凄《すさ》まじい勢いで視線を向けた。

「……ほう、よもや私ほどの美女がこの地上にもう一人いたとは……」

「公務にご理解願います」

無法者一号はしらばっくれ、無法者二号は開き直った。

無法者二号が頭をブン殴られる小気味のいい音を聞きつつ、撫子はポーチを開いた。

「お詫《わ》びにもならないけれど……これ、あげるわ」

真新しい包帯と消毒薬を差し出すと、狼煙はあからさまな警戒を見せる。

撫子は、いまだ血を流し続けている彼の手を示した。

「哭壺家、物が足りていないんでしょう。それを自傷行為で消費するつもり？　まぁ、いらないのなら、わたしは別に構わないのだけれど……」

「……はんっ。仕方がねぇ」

狼煙は、ひったくるようにして包帯と消毒薬とを受け取った。

「オレは無耶師で一番器のでけぇ男だからな。これで勘弁してやるよ」

「え、ええ……ありがたいわ」

粗野な言葉を吐きつつもあまりにも優雅な礼をする狼煙に、撫子はややまごついた。

「チッ……ダッセェ真似《まね》しちまった……」

適当に消毒薬を手にぶっかけつつ、狼煙《のろし》は今度こそマイクロバスに向かって歩き出した。

そこで撫子《なでしこ》はふと、先ほど狼煙にたずねようとしたことを思い出す。

「ねぇ。あなたに蠟梅羽長啼《ろうばいばながなき》がここにいるって伝えたのは、結局誰だったの？」

「あん？　あー、樒堂《しきみどう》ひすいって女だよ」

――一瞬、何を言われたのか理解できなかった。

「どうも、月酔《げっすい》の奴《やつ》らに襲われたみたいでな……もう死んじまった。けど、そいつが最期の力を振り絞ってオレ達に伝えてくれたんだ……『長啼を止めてくれ』ってな」

撫子は、たったいま狼煙が告げた言葉の意味をさまざまな形で解こうとする。

しきみどうひすい――シキミドウヒスイ――樒堂ひすい――。

「……それ、いつのこと？」

「明け方のことだな。だから、オレ達は親指の街区からはるばる――」

「――――は？」

アマナが扇子を揺らす手を止めた。珊瑚珠《さんごしゅ》色の唇が、微《かす》かな笑いを含んで言葉を紡ぐ。

「奴は昨夜からカワセミゲームズにいるんだが……？」

駆ける、駆ける、駆ける――カワセミゲームズへと、一行は疾駆する。

「ひっ、ひっ……なんでスクーター、返しちゃったんですかぁ……！」

「あれは元々、哭壺《なきつぼ》のものなんだろう……返すのが道理だ。というか、そもそも盗むな……」

「あたしは先輩ほどの体力はないんですってばー！」

「──どういうことなの？　わたしはさっき、ひすいが攫《さら》われるのを確かに見たわ」

やいのやいのと言い争う儀式官《ぎしきかん》達をよそに、撫子は振り返る。

アーケード街はすでに彼方《かなた》に遠ざかっていた。しかし、あの血なまぐさい薄闇《うすやみ》は今も五感に染み付いて離れない。きっと忘れることはできないだろうと思った。

「そして、哭壺家も今朝……榁堂ひすいが親指の街区で死んだ姿を目撃したという……場所にも時間にもズレがある。これでは、同じ女が複数人いることになるぞ……」

「いやはや、胡乱《うろん》な話だな」

こめかみに滴る汗を拭《ぬぐ》いつつ、アマナはにやりと唇を引き攣《つ》らせた。

「どれが偽物で、どれが本物か。奴の目的は一体何なのか。……まァ、今更驚くようなことでもない。私はあの女が最初から気に食わなかった」

「同族嫌悪というヤツか……」

「口を慎みたまえよ、駄犬が」「フン……慎まなかったらどうなるというんだ……？」

「……騙《だま》されていたのかしら、わたし」

やいのやいのと言い争っていた大人二人は、撫子の細い声に口を噤《つぐ》んだ。

前を見据える顔は、いつものように澄ましている。しかし、赤い双眸《そうぼう》は暗く翳《かげ》っていた。

「どれが嘘《うそ》で、どれが本当で……もう、わけがわからないわ……一体、何を信じれば……」

「本人に聞けばいいさ」

撫子《なでしこ》は、ちらとアマナを見る。背筋が冷たくなるような微笑を浮かべていた。

「話を聞く限りでは、ひすいは皆を誘導したとしか思えない。あそこに月酔《げっすい》がいることも、長《なが》啼《なき》が現れることも承知の上でだ。……さて、どんな戯言《ざれごと》を抜かすかな」

「……そうね。本人に確かめてみましょう。あれが、本人かどうかもわからないけれど」

やがて、寂れたゲームセンターが見えてきた。

撫子は周囲のにおいを確かめてみたものの、甘ったるい空気の名残しか感じなかった。

「……特に、何も感じないわね」

「アマナさん、どうですか？　確か、なんかの術を仕込んでいたでしょう？」

「あまり複雑な術は使っていないが……」

なにやら囁《ささや》きつつ、アマナは扇子を広げる。

すると、星図にも似た模様が浮かび上がった。それを指先で辿《たど》り、目を細める。

「……ン。出た者はない、呪術《じゆじゆつ》が使われた痕跡《こんせき》もなし……しかし、五分前に来客一人」

「来客か……さて鬼が出るか、蛇が出るか……」

「鬼ならすでにここにいるわ。今更恐れることもなし——中に入りましょう」

雪路《ゆきじ》は険しい顔でうなずき、扉の取っ手に手をかけた。彼女の陰では白羽《しらは》が弓を構え、撫子の傍《そば》ではアマナが扇子を揺らしている。

薄く、隙間《すきま》が開いた。瞬間、あまりにも鮮烈な鉄錆《てつさび》のにおいを感じた。

「雪路さん——ッ！」

一気に扉が開け放たれる。護法剣《ゴホウケン》を握りしめつつ、撫子は雪路とともに中に飛び込んだ。

そして、見た——首から血の線を描き、倒れる女の姿を。

黒のテンガロンハット、ダークオレンジの髪、色鮮やかなストール。

焼いたトウモロコシを思わせる乾いた香りが、血のにおいに湿っていく。こちらを虚《うつ》ろに見つめる女の瞳《ひとみ》は、つい先ほど上空へと攫《さら》われた女と同じ色をしていた。

「……ひすい？」

頭蓋《ずがい》が床を打つ音を聞きながら、撫子は呆然《ぼうぜん》とその名前を口にした。

目の前で起きた現象がまったく理解できない。

樒堂《しきみどう》ひすいが、また死んだ。

「——ああ、来たのね」

冷ややかな女の声が響く。それでようやく、撫子は彼女の存在に気づいた。

ひすいの血に足を浸して、くたびれたスーツ姿の女が立っている。血に染まった顔にはろくに表情がないくせに、眼光は奇妙に炯炯《けいけい》としている。

「枕辺《まくらべ》、さん……？」

「……ひすいったら、遊びが過ぎるわね」

枕辺鮎美《あゆみ》は不愉快そうに唇を歪《ゆが》め、ゲームセンターを見回す。

見ればウメ、辻斬爺《つじぎりじい》、不良巫女《みこ》の三人が奥にいた。恐らくは、なにかしらのゲームで盛り上がっていたのだろう。彼らもまた、青ざめた顔で硬直している。

「こんなにも生き残ってしまって……何の為《ため》の戦いなのか、忘れてしまったのかしら？」

「目的はなんだ？　お前達は、協力関係だったんだろう？」

口元を扇子で隠しつつ、アマナが問いかける。さして答えを期待していないような口ぶりだった。琥珀《こはく》の双眸《そうぼう》は鮎美を見ず、むしろ周囲を窺《うかが》っている。

「何を企《たくら》んでいたの？」

アマナとは違って、撫子《なでしこ》は鮎美をまっすぐに見つめる。

鮎美は何も言わない。ただ、蘇《よみがえ》りたての死体のような顔で眼鏡を押さえている。

「あなたとひすいは……この神去団地《かむさりだんち》で、一体何をしていたの？」

鮎美が、動いた。

即座に撫子と儀式官《ぎしきかん》二人が武器を構えたものの、鮎美は目も向けなかった。

「……ひすいのことは、好きだった」

膝《ひざ》をつくと、鮎美は赤い海にも似た床に指先を浸した。

血に染まった指を、べろりと舐《な》める。その姿に、撫子は言いようのない寒気を覚えた。

「あたしを特別にしてくれたから……つまらなかったあたしの日々を、最高にしてくれた」

鮎美は深く息を吐き、立ち上がる。そして、笑顔で振り返った。

「でも……神去団地は、もっと好き」

瞬間、視界が灰色に塗り潰《つぶ》された。

衝撃がゲームセンターの玄関を突き破り、建物全体を揺るがす。風圧によって吹き飛ばされた扉を、撫子は背中にもろに喰《く》らった。

そのまま扉もろともに、片側の壁へと叩《たた》き込まれた。

「う、ぐっ……何……ッ！」

常人であれば今の一撃で死んでいただろう。しかし、鬼の血が流れる体は呆《あき》れるほどに頑丈だった。撫子はなんとか壊れた扉の陰から這《は》い出て、周囲を窺った。

一面、塵煙《じんえん》に包まれている。仄《ほの》かな光に浮かぶ人影は、敵か味方かも定かではない。

「この団地はあたしのすべてなの……！」

そんな朦朧《もうろう》とした景色の中で、鮎美の笑い声が響いていた。

「この団地がなくなったら……あたしはくだらない枕辺鮎美に戻るだけ。それはサイアク。耐えられない。あんたにやる気がないのなら、あたしがここを管理するわ……！」

風――視界に立ち込めていた塵煙が、ゆらりと流動する。

そして、撫子《なでしこ》は塵煙《じんえん》の中に赤を見た。二面天狗《てんぐ》の仮面が、二つに分かれた状態で存在している。揺らめく煙幕の向こうで、黒い影が――醜い蝶《ちょう》の翅《はね》が震えた。

「――撫子ッ！　逃げろッ！」

アマナの叫びを聞きながら、撫子はとっさに頭を庇《かば》った。

――風の音が、咆哮《ほうこう》の如《ごと》く轟《とどろ》いた。

◇　◆　◇

「妖《イウ》……妖ッ！　おのれ、よくも――！」

惨憺《さんたん》たる有様に、アマナは思わず拳《こぶし》で瓦礫《がれき》を叩《たた》きつけた。

塵煙は晴れたものの、もう一度視界を隠して欲しいと思うほどの光景が広がっている。

歪《ゆが》んだ鉄筋とコンクリート塊とが視界を埋め尽くしていた。砲撃でも喰《く》らったかの如き壁の大穴と、そこから覗《のぞ》く青空の眩《まぶ》しさが恨めしい。

そんな空を背景に、色とりどりの天狗面がひしめいているのが見えた。

【コロコロコロコロ……】【ロセロセロセロセ……】【シテシテシテシテ……】

「冗談キツイですってぇ……」

折れた弓と天狗面とを見て、白羽《しらは》が半笑いで囁《ささや》く。

彼女は雪路《ゆきじ》に守られ、どうにか比較的軽傷で済んだようだ。町内会側はどうやら不良巫女《みこ》が結界を張ったようだが、当の本人が気絶している。

そして撫子は――アマナの目の前で、二面天狗によって吹き飛ばされてしまった。

「……これより、神去団地《かむさりだんち》はあたしが管理する」

擬天狗《ギテング》達の前に立ち、鮎美《あゆみ》は上着を脱ぎ捨てた。

血に染まったシャツとともに夥《おびただ》しい数の短刀が露《あら》わになった。さらにバレッタを外し、首にかけていた社員証と眼鏡さえも放りすてる。

「人数はきちんと揃《そろ》えた……ああ、でも、もう一度揃え直した方がいいかしら？」

「はっ……はっ！　バカにすんじゃないよ、小娘め！」

狂暴に笑う鮎美に、金槌《かなづち》を手にしたウメが啖呵《たんか》を切る。

「呪《のろ》いの構えがなっちゃいないよ！　デクの天狗どもが何人来たって同じことさ！」

「そうじゃーッ！　今こそ我が村正の切れ味を見せつけてくれるわァ！」

辻斬爺《つじぎりじい》が甲高い叫びをあげ、ついに自慢の妖刀《ようとう》を抜き払った。

怪しく輝く刃《やいば》に青が映る――青天狗が音もなく、血気盛んな老人達の前へと迫った。

「すわッ!?」「ギャアアーーッ！」

たじろぐ老人達にも容赦なく、異形は鉄塊を振り上げた。

その肩に、透き通った狼《おおかみ》が喰らいつく。振り返る青い天狗面を、鉄拳《てっけん》が粉砕した。

「これ以上の狼藉《ろうぜき》は……許さん……」

雪路《ゆきじ》が唸《うな》り声をあげる。その瞬間、壊れた面頬《めんぼお》がその口から落ちた。

アマナと白羽《しらは》を除いた全員がどよめく。鮎美《あゆみ》が目を見開き、引きつった嘲笑《ちょうしょう》を浮かべる。

「……よく、そんな顔で生きていられるものね」

「フン……私は……この顔をそれなりに気に入っている……」

淡々と応える雪路の口は、いびつに裂けていた。ほとんど耳元まで裂け、あまりに鋭い歯が光るそれは人間というよりも狼《おおかみ》に似ている。

額から絶えず流れ落ちる血を強引にぬぐい、雪路は恐ろしい唇を吊《つ》り上げてみせた。

「悪を噛《か》み砕く顔だと考えれば……悪くない……！」

吼《ほ》える雪路に、擬天狗《ギテング》達が色彩の嵐《あらし》の如《ごと》く襲い来る。

そんな戦いをよそに、アマナはひそかに外への道を確認する。擬天狗の狭間《はざま》をすり抜ければ、吹き飛んだ玄関から外に逃げ出すことができそうだ——自分だけは。

扇子の陰で、アマナはきつく歯を噛み締める。

ここから出なければいけないのに。撫子《なでしこ》を、探しに行かなければいけないのに。

怖い。恐ろしい。死にたくない——このおぞましい場所に、自分がいる意味がわからない。

〝おいで……〟

光の中に、薄絹の輪郭を見た。振り返らずとも、金色の影の微笑を感じた。

「うるさい……ッ！」

アマナは頭を抱え、幻を振り払うように激しく首を振った。

――視界の端に、雪路。

雪路が、黄天狗《てんぐ》の棘羂索《とげけんさく》に腕を絡め取られている。氷片の如き瞳《ひとみ》に闘気を漲《みなぎ》らせ、唸り声を上げながら、準一等儀式官《ぎしきかん》は正面の青天狗を睨《にら》みつけた。

青天狗が鉄塊を振り上げる――刹那《せつな》、アマナの脳内で様々な像が雷電の如く閃《ひらめ》いた。

『わたしはここまでのことは望んでいない』『撫子ちゃんなら、どう判断します？』

追憶の彼方《かなた》から――赤い双眸《そうぼう》が、静かに自分を見つめている。

「……仕方のない奴《やつ》ッ！」

怒声とともに、青天狗は真っ二つに引き裂かれた。

雪路が目を見開く。驚愕《きょうがく》する彼女の視線をよそに、アマナは素早く扇子を返した。

反応する間もなく、黄天狗の首が一撃で刎《は》ね飛んだ。

「………………こんな、柄じゃない」

額を押さえ、アマナは深く吐息した。そして広げた扇子で口元を覆い隠すと、素早く雪路の背後につく。――玄関に背を向ける形で。

「……感謝してやった方がいいのか？」

「黙れ。道が開いたら、私はすぐにでも撫子を探しに行く」

「いいわッ！　いいわッ！　さぁ、あんた達――ッ！」

陶然とした叫びに、二人の女は鋭い視線を向ける。

赤く彩られた顔に満面の笑顔を浮かべ、鮎美《あゆみ》は両手の短刀を高く掲げた。

「――神去団地《かむさりだんち》をもっともっと元気にしましょうよ！」

◇　◆　◇

「……頑丈すぎるわ。人としてどうなの」

呆《あき》れながらも、撫子《なでしこ》は必死でカワセミゲームズに戻ろうとしていた。

どこもかしこも痛い。しかし骨折はなく、内臓に問題はなく、両手両足も繋《つな》がっている。暴風に吹き飛ばされ、離れた建物へと叩《たた》き込まれたとはとても思えない有様だ。

がらんとした街に落ちる影は、撫子の影ただ一つだ。

一人ぼっちの足音は妙に高くこだまして、魂までをもきりきりと縛ってくるように思えた。

「大丈夫、大丈夫よ……。みんな、きっと――」

逸《はや》る心を鎮めていると、視界の端に奇妙なものが映った。

ぼろぼろの灰色の布に包まれた棒切れを、以津真天《イツマデ》が弄《もてあそ》んでいる――そんな光景が、たったいま通り過ぎた路地の狭間《はざま》で繰りひろげられていた。

ひたすらに、駆ける。裏路地の暗闇《くらやみ》は、すぐに背後へと消える。

しかし――撫子は唇をきつく噛《か》み締め、振り返った。

裏路地へと駆け戻ると、ベランダや電信柱に二、三体の以津真天が留まっているのが見えた。

「イツマデ?」「――ここまでよ!」

叫びとともに放たれた鎖に、化物《ばけもの》は耳障りな叫びをあげながら空へと逃げ去った。

鎖を引き戻しながら、撫子は灰色の布をそっとめくり上げた。すると、傷だらけの老婆が小さく呻《うめ》く。左眼《ひだりめ》には、黒い眼帯をつけていた。

先日自分を糾弾した彼女の顔を見つめつつ、撫子は六道鉄鎖《ロクドウテッサ》を選び取った。

「人間道――求道針《グドウシン》」

指先に垂らした人間道の錘《おもり》から、銀の雫《しずく》が滴り落ちる。それは細い針と化して、老婆の体に突き刺さった。痛みはないが衝撃はあったらしく、老婆の体が震えた。

この業は身体能力を引き上げ、自然治癒力を増進させる。

ほとんど気休めにしか過ぎないそれを老婆に行い、撫子は立ち上がろうとした。

しかし、その腕を老婆の手が強く摑《つか》んだ。

「……施しのつもりかい、獄門《ごくもん》」

「違うわ。放っておいたら、死んじゃいそうだったから」

睨《にら》みつけてくる老婆は、いくつもの惨禍を見てきた者の目をしていた。

疲れ切り、猜疑《さいぎ》心が強く、そして絶望に慣れている――そんなまなざしを前に、撫子はうっすらと笑ってみせた。獄門としての笑顔を、老婆のために装った。

「そうしたら、こっちの寝覚めも悪いもの。——これで頑張れるかしら、お婆さん」

老婆はしばらく、撫子《なでしこ》の顔を睨《にら》んでいた。手元はひたすら、からからと音を立てながら念珠を手繰っている。それはどうやら、人間の指の骨でできているらしい。

やがて老婆は目を伏せ、重いため息をついた。

「……はっ……あたしも、そろそろ店仕舞いのようだ」

再び開かれた隻眼にはあの輝きはなく、ただ澱《おり》のような疲労に沈んでいる。

「獄門《ごくもん》……あんた、心臓部への行き方を知っているかい？」

「……あなたは、知っているの？」

「あたしは一度、心臓部に辿《たど》り着いた……別にあの偽物の太陽に興味なんかはない……一族の名前を、もう一度世界に思い知らせるために……でも、無力だった……」

老婆は骨の念珠を握りしめ、ゆっくりと立ち上がった。

妖《あや》しく輝く松明丸《たいまつまる》を睨み、呼吸を整える。そして、突如として己の右目に指を突き入れた。

「何を——っ」

「動くんじゃないよッ！」

老婆の鋭い怒声に、撫子は動きを止める。

「『ひとつをあたえよ。ひとつをあたえむ』……」

老婆は、喘《あえ》ぎ喘ぎ囁《ささや》いた。乾いた肌に、どろりとした鮮やかな血液が滴る。

「神去団地《かむさりだんち》に順路はない……道を開く作法は一つだけ……痛みを捧げることさ。貢物の血肉を捧げることで、蠟梅羽《ろうばいば》の大伽藍《だいがらん》への順路が開かれる……っ」

「大伽藍……？」

覚えのある言葉だ。羅々《らら》と接触した時に、断片的な追想のさなかで聞いた。

撫子が目を瞠《みは》った瞬間、ぶつりとなにかが引きちぎれる音がした。

「…………手を出しな」

命じられるままに手を伸ばすと、老婆はそこに己の眼球を転がしてきた。生温かいゼリーのような感触を感じながらも、撫子は血染めの顔をじっと見つめた。

「……どうしてわたしを、行かせようとするの？」

「あたしだって屈辱さ……よりによって、このあたしが獄門に託すなんて……ッ！」

悪態をつく老婆に、撫子は強い既視感を覚えた。

思えば、出会った時から見覚えがあった。自分はどこかで彼女と――彼女に似た人と――。

「あなた……一体、何者なの？」

「……あたしの母は末妹だった。長姉との継承争いに負けて、家を追放された。だから、あたしは生き延びたのさ――あの、剃刀《かみそり》の撫《な》で斬りを」

「あなた、まさか……虚村《こむら》家の……」

虚村の撫で斬り――当主に無礼を受けた獄門華珠沙《かずさ》が、虚村家の血族を皆殺しにした。近代以降の無耶師《むやし》達に、獄門《ごくもん》家の恐ろしさを焼き付けた殺戮《さつりく》だ。

「あたしは、虚村《こむら》トバリ……虚村玻璃子《はりこ》の姪《めい》。きっとこの世で最後の虚村家。生まれる前に左の目玉を華珠沙《かずさ》にとられた……右の目玉はあんたにくれてやる……」

トバリは、眼帯を剝《は》ぎ取った。

固く伏せられた左目の周囲には、細かな傷痕《きずあと》が無数に刻まれていた──まるで、内側から生じた剃刀《かみそり》に傷つけられたかのようだ。

「あの大伽藍《だいがらん》には、なにかがいる……蠟梅羽《ろうばいば》なんかよりも恐ろしいものだ。だから──あたしは、虚村にとって最大の恐怖をそいつにぶつけてやるんだよ」

眼球のない顔が撫子《なでしこ》を睨《にら》む。かつての美貌《びぼう》を思わせるその顔を、撫子はじっと見つめた。

「……わかったなら、とっとと失《う》せな。どこへなりと消えちまいなよ。こちとら、死出の旅路でまで獄門と同じ空気を吸っていたくないんだ」

「……あなた、その体で戦うつもりなの？」

ゆっくりと背中を向けるトバリに、撫子は問いかけた。

「ふん……あたしに言わせりゃ、肉の眼《め》に頼っているうちは、無耶師としちゃ三流さ」

「……そうだったわね。形なきものを暴くのが、無耶師だもの」

『黒闇《こくあん》に有耶無耶《うやむや》を問い、形なきものを見透かすのが無耶師であるならば……』

鵺《ヌエ》の支配する暗闇《くらやみ》で聴いた言葉を、撫子は思い出す。

その言葉を発したものと同じ血を受け継ぐ老婆は、低い声で小さく笑った。

「はっ……小娘が、知ったような口を聞くんじゃないよ」

足を引きずるようにして、トバリは歩き出した。

時間と呪詛《じゅそ》とに擦《す》り切れた老婆の背中をじっと見つめ、撫子は口を開く。

「わたしは獄門撫子……さようなら、虚村トバリさん」

そうして撫子は、振り返ることなく駆け出した。

やがて、サイレンの音が響きだす。松明丸《たいまつまる》の輝きが急速に傾き、西の方へと消えていく。

撫子は、空を睨む。真の太陽を包囲するように、青黒い蜃気楼《しんきろう》が揺れていた。

「あれは、京都の影ね……」

京都タワー、京都駅、清水寺《きよみずでら》、東寺《とうじ》――空に浮かぶのは、慣れ親しんだ建物の幻影だ。まるで青空を背景にした影絵のように、ぼんやりと存在している。

――あと二回、あの星が輝けば……。

白澤《はくたく》の不吉な言葉を思い出し、撫子は眉《まゆ》を寄せる。

「もっと……もっと速く……！」

いくつめかの路地を曲がった途端、何者かに思い切りぶつかった。

撫子は即座に後退し、人間道の鎖を携える。

相手もまた唸《うな》り声を上げつつ、得物を引き抜いた。無骨な大鉈《おおなた》だった。

異様な光を湛《たた》えた双眸《そうぼう》が撫子《なでしこ》の顔を——その手に揺れる六道鉄鎖《ロクドウテッサ》を、見た。

◇　◆　◇

常用している強力な隠形の術は、とうに効果が切れた。今のアマナは簡単な術で自らの気配をくらませて、化物《ばけもの》の隙《すき》をどうにか突く形で凌《しの》いでいる。

「無駄口を叩《たた》くな……！　口よりも手を動かせ……！」

「さっきまでの威勢はどうしたのよ！　ほら、ほら、ほら——！」

嘲笑《ちょうしょう》する鮎美《あゆみ》の動きは素人のそれだ。しかし彼女の短刀は奇妙な力を秘め、対峙《たいじ》する雪路《ゆきじ》の手を煩《わずら》わせていた。颪を放つ刃《やいば》、炎を噴く刃《やいば》、水晶の破片を飛ばす刃——。

「妖刀《ようとう》の類《たぐ》いか……常人が持つような代物じゃない、どこでそんなものを——！」

歯噛《はが》みする雪路の背中を狙《ねら》って、音もなく青い影が滑った。

一閃《いっせん》——青天狗の頭部がずるりと頸部《けいぶ》から滑り、地面へと転がり落ちた。倒れ行く擬天狗《ギテング》に扇子を向けたまま、アマナはせせら笑った。

「——限界か、準一等儀式官《ぎしきかん》殿？」

「駄文書きめ……妄言だけなら天下一品だな……っ」

「——まるで仮面舞踏会だな」

青天狗《てんぐ》の頭部を一体真っ二つにしつつ、アマナは深いため息を吐《つ》く。

裂けた唇を歪《ゆが》めつつ、雪路はめちゃくちゃに刃物を振るう鮎美へと猛攻を仕掛けた。

いくつかの術の用意をしつつ、アマナはざっと周囲の様子を窺《うかが》う。

「キィエエエエエッ！」「ちょっとは周りを見てくださいよ……！」

荒ぶる辻斬爺《つじぎりじい》に慌てふためきつつも、白羽《しらは》は的確に援護を行っている。金髪の不良巫女《みこ》も意識を取り戻し、格闘を不得手とするウメを結界で保護していた。

「ぐっ、このッ――ババアッ！　よくも、よくもォ……ッ！」

「ヘッ……やっぱり昼間じゃ、調子が出ないね」

血の噴き出す肩を押さえる鮎美に、ウメが舌打ちする。

その手には藁《わら》人形と金槌《かなづち》――そして、五寸釘《くぎ》を打ち込まれた社員証があった。

「まぁいい！　さぁ、もう一本行くよォ――ッ！」

さらに釘を打ちこもうと、ウメは金槌を振り上げた。

ゆらりと――青が、揺れる。突如として、不良巫女の張る結界の前に青天狗が現れた。

「――青瓢箪《あおびょうたん》が！　冗談やめろよ！」

はじめて不良巫女の声を聞いた。そして、それが最後となった。

呆気《あっけ》なく結界が砕かれた。額を割られた巫女が地面に倒れ、無数の札となって消失する。

金槌を振り上げたまま、ウメは凄《すさ》まじい形相で青天狗を睨《にら》みあげた。

「ウメさんッ！」

切羽詰まった白羽《しらは》の叫びが響く。

そして――青天狗《てんぐ》は、鉄塊を下ろした。それどころか、滑るように引き下がっていく。そこで緊張の糸が切れてしまったのか、ウメは意識を失った。

アマナは状況も忘れ、後退していく青天狗を呆然《ぼうぜん》と見つめた。

「……何故《なぜ》、退《さ》がるんだ？」

「嫌がらせだろう……いつもそうだ……」

血に染まった灰髪を荒々しく掻《か》き上げつつ、雪路《ゆきじ》は鋭い犬歯を剝《む》きだした。

「蠟梅羽《ろうばいば》一族は、絶対にこちらに人数を揃《そろ》えてくる……恐らくはこうして暫時投入することで、我々の気力を削《そ》ぎ取ろうとしているんだろう……小癪《こしゃく》な……ッ！」

「人数を、揃える……？」

団地から暗号が届いたという哭壺狼煙《なきつぼのろし》の話。白羽から聞いた三十人の失踪《しっそう》者の話。赤く輝く松明丸《たいまつまる》。血塗られた団地。祠《ほこら》の暗がりの奇妙な祭壇――。

刹那《せつな》の内に、情報が思考を駆け巡る。広げた扇子の陰で、アマナは琥珀《こはく》の双眸《そうぼう》を彷徨《さまよ》わせた。

「そうか……これが、ルールなんだ……」

――**『ささげよ』**――**『あたえむ』**――**『花を大切に』**――。

脳裏に、一筋の流星が煌《きら》めいた。アマナは息をのみ、音も高く扇子を閉じる。

「……雪路。一つ教えろ。蠟梅羽の擬天狗《ギテング》どもは、心臓に執着していないか？」

「いきなりなんだ……ッ！」

「いいから答えろ！　心臓を奪われた死体に覚えはないか！」

黄天狗に阻まれていた雪路は、アマナの剣幕に一瞬目を見開いた。摑《つか》んだ頭蓋《ずがい》を容赦なく潰《つぶ》しつつ、青い瞳《ひとみ》は過去を振り返るように彷徨う。

「確かに……こいつらは、特に心臓を狙《ねら》うことが多い……」

「哈哈哈《ハハハ》……！　やはりか！」

涼やかな声で笑ったアマナは、視線をある女へと向けた。

樒堂《しきみどう》ひすい――ラテンアメリカに魅了された女の亡骸《なきがら》は、戦いの中に伏していた。

「引用元はアステカの花戦争……命を、花として咲かせろというわけだ」

――それは、かつて中南米においてアステカ王国が繰り広げた儀式戦争。

あらかじめ日時と場所を決めた上で、双方同人数で戦う。戦士の鍛錬や周辺諸国の弱体化など、この奇怪な戦争の動機はさまざまに考えられているが――。

「花戦争の主たる目的は生贄《いけにえ》の獲得だ」

雪路の首を狙った棘羂索《とげけんさく》を弾《はじ》いてやりつつ、アマナは唇を引き攣《つ》らせる。

「敗者の心臓は神に捧げられる。自然災害を鎮めるため――そして、太陽を活かすため。もう間違いない、蠟梅羽一族の目的はもはや飛行ではない――！」

爆音――アマナは吹き飛ばされ、壁に叩《たた》きつけられた。

どうにか顔を上げると、合体した二面天狗《てんぐ》がそれぞれの凶器を構えるさまが映った。雪路《ゆきじ》がなんとか迎え撃とうとしているが、動きには消耗が見える。

立ち上がろうとした。しかし後頭部を打ったせいか、どうにも世界が不安定だ。

「……ままならない、な」

帳《とばり》が見えた気がした。囁《ささや》きとも耳鳴りともつかない音が、周囲の音をかき消す。術の組み立てさえできない脳に、無意味な記憶ばかりが溢《あふ》れ出してくる。

——追憶の果てで、あの少女が振り返る。

人形のように整った顔。薄紅色の花びらのような唇。長いまつげに縁どられた赤い瞳《ひとみ》。

「……力になりたいと、本当に思ったんだよ……」

あの瞳が時に火のように赫々《かっかく》と輝くのをアマナは知っている。それは胸から湧《わ》き上がる興奮に、思考さえ焼く嚇怒《かくど》に——あるいは狂おしいほどの執着に。

「撫子《なでしこ》、に……私は……」

なにを言えばいいだろうか。わからない。

アマナはここまで、人に心を許したことがない。

ただ今は無性に——条坊《じょうぼう》喫茶の窓際で、熱い茶を撫子とともに飲みたいと思った。

「……撫子に、約束したのになァ……」

——蹄《ひづめ》が床を叩《たた》く音が聞こえた。

眩《まばゆ》い光を瞼《まぶた》の裏に感じて、うなだれていたアマナは顔を上げる。少女の顔をした白澤《はくたく》が正面に佇《たたず》み、感情のないまなざしを向けてきていた。

「……よくも、撫子を攫《さら》ったな」

「助けただけ」――白澤が、肉声を発した。

アマナは「そうか」とうなずく。なんだか、もうそれで十分なような気がしてきた。

「……お前はねえさまの口をぬった」

アマナは少しだけ首をひねる。恐らく、玉藻前《たまものまえ》だった頃だ。あの時の『自分』が自分だったという認識は、少しだけ強い。いくらか性質が似ているのだろうか。

「あの時は、必死だったからな」

「謝らないのか」

「謝ってほしいのなら謝るさ。ただ、誠心誠意の謝罪は諦《あきら》めてくれたまえ。悪いことをしたとは思うが、あの時は私の命も危うかったから……」

「……お前の心、見えない」

「隠しているからさ。人の心に、土足で踏み込むものじゃない」

アマナはどうにか優雅に笑ってみせつつ、辺りを見回した。白澤によるなにかしらの干渉の影響か、無耶師《むやし》達の死闘はどこか遠い場所の光景のように霞《かす》んでいる。

「……助けてくれないか。このままでは、全員死んでしまう」

「お前はだめといったら、どうする」

「……別に、構わないよ」

アマナは少しだけ肩をすくめ、傍らに落ちていた扇子を拾い上げた。

「別段、期待はしていないさ。一人で生きるのは慣れている。どれだけ無様でも、なんとか切り抜けてやる。君が生まれる前からそうしてきた。それに……」

広げた扇子の陰で、アマナは琥珀《こはく》の瞳《ひとみ》を伏せる。少しだけ、笑った。

「……私は撫子《なでしこ》を探しに行かなければいけないからな」

途端──幼い白澤《はくたく》は、全ての目をかっと見開いた。

首を右に捻《ひね》る。そして、左に傾《かし》げる。ついには俯《うつむ》き、真っ白な髪をぐしゃぐしゃと掻《か》いた。

「わからない……お前は歪《ゆが》んでいるのに……どうして、そんなにきれいに……」

「傾国の美女だぞ。当然だろう。いいから、さっさと──」

「──しかたが、ない……っ！」

幼い白澤は勢いよく顔を上げ、濡《ぬ》れた目でアマナを睨《にら》んだ。

その瞬間、時が本来の速度を取り戻した。彩度の蘇《よみがえ》った世界に、青白い稲妻が迸《ほとばし》った。

「なんだ、これは──！」

なんとか二面天狗《てんぐ》を退けた雪路《ゆきじ》が、驚愕《きょうがく》の眼でアマナと白澤とを見る。

ばちばちと電光が床から天井にまで走り、崩れかけた空間そのものが白く輝いている。

そんな眩《まばゆ》い光の中で、幼い子供の姿が溶けるように形を変えた。

金色に輝く角。各所に開いた青い瞳《ひとみ》。子牛に似たずんぐりとした体躯《たいく》――本来の姿を取り戻した幼い白澤《はくたく》は、雲のような尾を揺らして何度か跳ねた。

「君、まさか――」「つれていく……みんな、つれていくから……」

アマナの言葉を遮って、幼い白澤の声が輝く空間に響いた。

「壊して……全部、なくして……」

落雷――衝撃に窓ガラスが悉《ことごと》く砕かれ、外を包囲していた擬天狗《ギテング》は白光に顔を焼かれた。

悲鳴と羽音が響き渡る中で、光は一瞬にして消えた。

「くそっ……いつも……いつもいつもいつも……!」

よろよろと立ち上がった鮎美《あゆみ》は、肩を押さえつつもあたりを見回す。半ば崩壊したゲームセンターには、もう誰の姿もない。ただ、天狗《てんぐ》モドキが棒立ちしているだけだ。

「いつもこうよッ! なんにもうまくいかないッ! ロクなことが起きやしないッ! どいつもこいつもあたしの邪魔ばっかり……ッ! いつも、あたしばっかり……ッ!」

理不尽な叫びを聞いたのは、血の海に沈む女だけだった。

◇　◆　◇

『歌方竜児《うたかたりゅうじ》』と名乗った男は、カワセミゲームズまではやや距離があると言った。

「……危うく、恩人の姪《めい》を殺すところだった」

竜児は深くため息を吐《つ》いた。一触即発の危機を脱し、現在の撫子《なでしこ》は彼に先導されている。

「桐比等《きりひと》さんに、助けてもらったの？」

たずねると、竜児はパーカーの襟元《えりもと》をぐっと引いてみせた。その首に赤い鎖状の刺青が施されているのを見て、撫子は目を見開く。

「閻魔《えんま》の軛《くびき》……！」

「ああ……桐比等さんが、俺に刻んでくれた。おかげで俺は奴《やつ》らと戦える……」

前を睨《にら》む竜児の双眸《そうぼう》は暗く、彼が得物とする大鉈《おおなた》の刃の如《ごと》くぎらついていた。

「俺は一九九九年……たぶん、最初の松明丸《たいまつまる》が上がった頃の住民だ」

竜児曰《いわ》く——京都府 榊 法原市《さかきのりはら》は、古くは林業の町だった。しかし天狗伝説の残るカワセミ峠を中心とした山々は戦前に切り開かれ、辺りは寂しい禿山《はげやま》と化していた。

そこに、小さな団地が蠟梅羽《ろうばいば》一族によって建てられた。

風情のある洒落《しゃれ》た街並みが自慢で、遠方からわざわざ越してくる者もいたという。

——全ては、罠《わな》だったのだが。

「あの頃の蠟梅羽一族は、ともかく魅饌血《ミケチ》を集めていたんだ」

「じゃあ、ここに住んでいた人間は——」

相も変わらず、のどかな会話や歓声が空虚に響いている。かつてこれを発した人々は、もともと化物《ばけもの》に好かれやすい体の持ち主だったのだろうか。

「……魅饌血《ミケチ》は霊気の量が多いから、松明丸《たいまつまる》の火種にちょうど良かったんだろう。だから、魅饌血が好むような街を作ったんだ。安心できて、活力を感じられるような……」

竜児《りゅうじ》は、空を見上げた。松明丸のない冬空は、凍えそうなほどに青い。

「……あの日は、夏だった」

竜児は、四人家族の長男だった。引っ越してきたばかりで周囲になじめず、無理やりやらされていた剣道をやめることができずにいた彼は鬱屈《うっくつ》した日々を送っていた。

ある日、竜児はついに怒りを爆発させ、家を飛び出してしまった。

「小さな家出のつもりだったんだ。……でも、帰ったら……もう、なにもかもが終わってた」

団地は、墓場のようだった。自宅では、家族の声だけが虚《むな》しく響いていた。

「そこに、あの天狗《てんぐ》が現れた。必死で逃げたさ。警察に駆けこんで、助けてくれって頼んだんだ。けど……俺の帰る場所は、最初からこの世に存在していなかった……」

榊法原《さかきのりはら》ニュータウンが――榊法原市そのものが、消えていた。

そんな町は、京都府に最初から存在しなかった。

やむなく親戚《しんせき》の家に身を寄せた竜児は、それでも必死で帰り道を探した。

けれども、何一つ痕跡《こんせき》はなかった。そのうちに魅饌血の常として、自らを狙《ねら》う化物の存在を認識した。彼らが関わっているのかと、呪術《じゅじゅつ》面でも探った。

十年以上の時が過ぎた。そして五年前のある日、竜児は首を吊《つ》ることに決めた。

——そんな時に、桐比等《きりひと》に出会ったのだという。

『弟は影すら残さず死んだ』

『なのに、腑抜《ふぬ》けた兄が安らかに死のうなどと思うなよ』

「そう言われて、半殺しにされたよ。まぁ、おかげで目が覚めたんだが……」

「……そういうことだったのね」

それでようやく、撫子《なでしこ》は叔父の行動に合点がいった。

竜児のやろうとしたことは——獄門《ごくもん》桐比等にとっては、ある種の地雷だ。

「それで、これをくれた。地獄行き確定の切符だといってな」

竜児は首筋をさすり、小さく唇を吊り上げた。

「こいつのおかげで血肉の味を落とすために、煙草《たばこ》だのドラッグだのをばかすか使う必要もなくなった。まぁ、もう手遅れなんだけどな……」

「……そう」

逆獏《サカバク》に見せられた夢を思い出す。

あの夢で、撫子は歌方《うたかた》家にいた。あの善良な男女が、きっと竜児の父母だったのだ。彼らの思念の名残を、逆獏は撫子を惑わせるために利用したのだろう。

その血肉故に——彼らはなにも知らないまま、ここで消滅した。

「……惨《むご》いわ、本当に」

彼らのことを——そして、彼らと同じ体質であるアマナのことを思い、撫子《なでしこ》は目を伏せた。

蛇の巣穴の如《ごと》き路地を抜け、用水路を飛び越える。

「上に気をつけろよ……蠟梅羽《ろうばいば》の天狗《てんぐ》どもは、松明丸《たいまつまる》が消えると現れるんだ」

「その仕組み、今も同じなのかしら？　蠟梅羽長啼《ながなき》が死んだから……」

途端、電信柱から周囲を窺《うかが》っていた竜児《りゅうじ》は驚愕《きょうがく》の表情で振り返る。

「長啼が死んだ……？　そんなはずはない。なら、神去団地《かむさりだんち》は消えるはずだろ。それに、俺達も——みんなも、ここから解放されるはずだ」

『みんな』と言いながら、竜児はぐるりと周囲を示してみせる。

かつてここにいた人々の声を聞きながら、撫子は六道鉄鎖《ロクドウテッサ》を垂らしてみせた。

「この獄卒の鎖で、たしかに長啼を倒したわ」

竜児の体が、わなわなと震えだした。彼は歯を食いしばると、大鉈《おおなた》を近くのごみ箱へと叩《たた》き込む。いつの頃のものかもわからぬゴミが飛び散る中で、彼は吼《ほ》えた。

「畜生がッ！　どうすりゃいいんだよ、ええッ!?　ここまで来て……！」

「落ち着いて、竜児さん。まだ、やれることがあるわ」

大鉈のぎらつきにも表情を変えず、撫子は静かな声で竜児を諭す。

「わたしの……友達のところに行きましょう。呪術《じゅじゅつ》に詳しい人も多いわ。あの人達といっしよなら、きっと団地から脱出することも――――！」

「――――俺は神去団地を壊したいんだッ！」

塵芥《じんかい》の中で吼え、竜児は強引に顔を拭《ぬぐ》った。

呼吸は怒りに震えているものの、しかし撫子を見る目はうっすらと濡《ぬ》れている。

「父さんも母さんもトモキも！　先生も、友達も……普通に暮らしてた！　俺達はここで普通に生きていただけだッ！　なんだってッ……こんなッ……こんな……ッ！」

拳《こぶし》を震わせる竜児を、撫子は呆然《ぼうぜん》と見つめた。業火の如き叫びが、今も腹の底を焼いている。

「だから壊してやる！　なにもかも全部、俺は――――ッ！」

なにかが落ちてくるのを見た。撫子は、とっさに竜児に手を伸ばした。野花のように繊細な体躯《たいく》をした少女は、怒りに震える男をあっさりと後退させる。

直後、そこに鉄塊が叩き込まれた。

「なっ――――！」「しっかりして。蠟梅羽の天狗モドキよ」

驚愕の声を上げる竜児を放り出し、撫子は六道鉄鎖を右手に絡める。

青天狗が、白くぬめる翼を痙攣《けいれん》させていた。なにもない地面を、鉄塊で執拗《しつよう》に叩いている。

まだ、気配を感じた。撫子は、周囲に素早く視線を巡らせる。

繋《つな》ぎ目を掻《か》き毟《むし》りながら、ずるずると二面天狗が這《は》いずってきた。棘羂索《とげけんさく》で雁字搦《がんじがら》めになった黄天狗が、全身から血を噴き出しながら現れた。

様子がおかしい。眉《まゆ》を顰《ひそ》める撫子《なでしこ》の耳に、いびつな合唱が響いた。

【コロ、コロ】【ロセ、セ】──【ロ、コロ、】【シテ、テ】──【コロ】【セ、ロセ】【コ、コロ】【シテ、テ】──【コロセ】【コロシテ】【コロセ】【コロシテ】──。

「……なに、これ」

彼らは、死を哀願していた。撫子は目を見開き、のたうつ擬天狗《ギテング》達を見つめた。

「──この有様じゃ、蠟梅羽長啼《ろうばいばながなき》が死んだのは本当みたいだな」

竜児《りゅうじ》が、前に立つ。大鉈《おおなた》と拳銃《けんじゅう》とを握りしめつつ、彼は異形の群れに暗い双眸《そうぼう》を向けた。

「……血路は開いてやる」

「えっ──？」その言葉の重みに、撫子は目を見開く。

瞬間、奇声とともに擬天狗が襲いかかってきた。その頭を大鉈で一気に二つ、三つほど吹き飛ばしつつ、竜児は迫る擬天狗達に銃弾をばらまいた。

「このゴミどもは俺が止めてやるッ！　あんたは友達のところに行けッ！」

「ふざけないで！　あなたを置いていくなんて──！」

「獄門桐比等《ごくもんきりひと》ならどうするッ！」

途端、撫子は手を伸ばしたまま凍りつく。

浅い吐息を二、三度繰り返す。そしてきつく歯を噛《か》み締めると、撫子は踵《きびす》を返した。

「──壊すわ」

死闘を背中に感じながら、なんとか声を絞りだした。

「神去団地《かむさりだんち》は必ず壊す。……だから、ここで死ぬなんて言わないで」

聞こえたかどうかは、わからない。ただ、背後で彼が小さく笑った気がした。

撫子は駆け出した。あらゆる苛立《いらだ》ちを叩《たた》き込むように、ひたすらに地面を蹴《け》りつける。

喧噪《けんそう》は一気に遠のいた。神去団地の虚《むな》しい声だけが聞こえるようになった。

もう、団地の混沌《こんとん》に呑《の》まれるような心細さはない。

今はただ焼けるような激情だけが撫子の胸を焼いている。心臓が炎の塊と化したような気がした。送り出される血液は、飢えに苛《さいな》まれる体をひたすらに駆り立てる。

「こんな場所は、あってはならない……」

熱を逃がすように囁《ささや》けば、ぱちぱちと火花が散った。

「出ていくだけじゃ駄目。全部……全部、壊さなければ――」

静かな嚇怒《かくど》に急《せ》き立てられるまま。見覚えのある曲がり角を曲がる。すると、ついに半壊したゲームセンターが見えた――瞬間、視界の端で白い電光が弾《はじ》けた。

覚えのある光景だった。撫子は構えを解くと、身を委《ゆだ》ねることにした。

「――貴女《あなた》も、この団地を嫌っていたわね」

瞼《まぶた》を焼く幻影の向こうで、落雷の音を聞いた――そして、森の匂《にお》いを感じた。

目を開くと、そこは雑木林だった。生い茂る木々が光を遮り、あたりは夕方のように暗い。

水の音が聞こえる。振り返れば、深緑の櫓のようなものが目に入った。

苔《こけ》むした杉の大樹が他の木を巻き込む形で倒れている。奇跡的に櫓のような形を成していたその足元には、小さな泉がこんこんと湧《わ》き出ていた。

「……これが、天狗《てんぐ》の泉かしら」

羅々《らら》との邂逅《かいこう》で蘇《よみがえ》った記憶の断片に、そんな文言を刻んだ石碑があったはずだ。

風はない。しかし澄み切った水面は揺らめき、いくつもの銀の波紋を静かに広げている。

「この泉、は……？」

かすかな違和感が胸にさざ波を広げる。しかし、その正体がつかめない。

揺蕩《たゆた》う水面を何度か振り返りつつ、撫子《なでしこ》は歩き出した。

道はほとんど一本道だった。難なく石鳥居を抜け、古びた社の境内へと辿《たど》り着く。

正面には、薄暗い社があった。信仰が絶えてから、かなりの時が経つらしい。瓦屋根《かわらやね》は崩れかけ、あちこちに蜘蛛《くも》の巣が絹のヴェールのようにかかっていた。

通常ならば狛犬が置かれている場所には、一対の鳥の像が倒れていた。うっすらと青みがかった石材で作られた石像に近づき、撫子はじっとそれらを睨《にら》みつけた。

「……これが祭神の眷属《けんぞく》だとすれば、雉音《きじね》さんの遺書にあった『カワセミ』は——」

「……撫子？」

葉擦《はず》れの音に紛れそうなほどに、微《かす》かな声だった。

しかし、この玲瓏《れいろう》とした声を聞き違えるはずもない。名前を呼ばれただけで、体の強張《こわば》りが和らいだ。大火が驟雨《しゅうう》に鎮められるように、燃える心が凪《な》いでいく。

撫子は、泣きだしそうな心地で振り返った。

「アマナ、無事でよかっ――」

到底、無事ではなかった。

アマナは石鳥居に寄り掛かるような形で、なんとか立っていた。白のチャイナブラウスは血と塵《ちり》とに汚れ、あちこちが破れてしまっていた。

ほどけた黒髪のかかる顔は、やつれている。顔立ちが整っている分、いっそう悲壮だった。

それでも、アマナは撫子が視線を向けた途端に微笑を取り繕った。

「ン、君こそ無事で――というわけではなさそうだ。お互い、ひどい目に遭ったな」

「……ええ」

アマナは、ハンカチで撫子の顔をそっと拭《ぬぐ》ってくれた。飄然《ひょうぜん》と振る舞っているが、それでも撫子は彼女がわずかにふらついたのを見逃さなかった。

そして――かすかだが、蠱惑《こわく》的な血のにおいがする。隠形の術が切れてしまったのだろう。

血を綺麗《きれい》に拭《ふ》き取られつつ、うつむいた撫子は唇を噛《か》み締めた。

「ここにいたか……！」

硝子《ガラス》戸を開き、雪路《ゆきじ》が社から顔を覗《のぞ》かせる。

こちらもひどい有様だ。灰髪は血の色に染まり、体中に裂傷を負っている。撫子《なでしこ》の姿を捉《とら》えた途端、雪路《ゆきじ》は恐ろしげな口元を綻《ほころ》ばせた。

「ナデも、招き寄せられたのか。離れた集団を瞬間移動させるとは……幼体とはいえ、白澤《はくたく》とはすさまじい存在だな……」

「その白澤だが、行方を知らないか？　こっちはお前より彼女と話したいんだが」

「奥で泣いている……ナデ、慰めてやるといい……」

「……泣いている？」

聞き捨てならない言葉に、撫子は眉《まゆ》を顰《ひそ》める。雪路は、険しい表情で内部を示した。

「ああ……他にも、見せたいものがある……」


社の内部は、思った以上に広い空間になっていた。

もはや祭壇の類《たぐい》はなく、何を祀《まつ》っていたのかは定かではない。

ぼろぼろの畳には雑に布が敷かれ、そこに無数の人間達が寝かされていた。老若男女様々で、いずれも外傷はない。ただ眠っているだけのように見えた。

左右それぞれに十五人ずつ——合計三十人を見回して、撫子は目を見開いた。

「この人達、まさか失踪者《しっそう》？」

「ああ……全員無事だ。どうやら、あの羅々《らら》という白澤が匿《かくま》っていたらしい……」

険しい表情で、雪路が社の奥を示す。

ぼろきれのような垂れ幕の向こうに、白い子牛のような霊獣が寝そべっていた。三つの目のみならず、体中に開いた六つの目からも透明な雫《しずく》をぽろぽろと零《こぼ》している。

傍らには白羽《しらは》とウメと辻斬爺《つじぎりじい》がつき、必死で慰めようとしていた。

「な、泣くんじゃないよ！」「このままじゃ、このあたり大洪水ですよ！　あなた、ただでさえ目が多いんですから！」「そうじゃーッ！　箱舟の用意をせいッ！」

「りゅうじ……呼べなかった……」

羅々は角の生えた頭を振り、小さく体を震わせた。

りゅうじ――狂った擬天狗《ギテング》の只中《ただなか》に残してきた名前に、撫子は息をのむ。

「呼ぼうとした……遠かった……らら、頑張ったのに……」

「えらい！　なんか知らないけれどともかくえらいよ！」「天晴れじゃーッ！」「ユキ先輩たすけてぇ！　あたしはこういうのマジで苦手なんですってば！」

「羅々の話によれば……ここにいるのは、全員魅饌血《ミケチ》だ……」

白澤なぐさめ組の悲鳴を無視しつつ、雪路は淡々と語った。

「どうやら松明丸《たいまつまる》の予備燃料として集めていたらしい。しかし、去年の暮れ……たまたまこの地に訪れた羅々がそれを妨害した……」

「現在の神去団地《かむさりだんち》は手詰まりの状態にあるはずだ」

アマナは涼しげな顔で扇子を揺らしているものの、にやけた唇の血色は悪い。

「我々は戦いを放棄した。予備燃料である魅饌血《ミケチ》も奴《やつ》らの手にはない。もはや心臓を供給するための装置と化した擬天狗《ギテング》達は、血眼で我々を探していることだろう」

「それで、わたし達の心臓も使ったら……また、外界から無耶師《むやし》を引き入れるのね」

「……その前に、壊れちゃう」

か細い声に、撫子《なでしこ》達は視線を白澤《はくたく》へと向ける。羅々《らら》は涙を零《こぼ》しながら、天井を見上げた。

「もし、次の太陽がのぼったら……気づかれちゃう……壊れちゃう……」

「……気づかれるって、何に？」

「――神に、気づかれるんだろう？」

戸惑う撫子をよそに、アマナがさらに問いかける。

羅々はぐったりと目を閉じると、小さく首を縦に動かすそぶりを見せた。

「やはりな……これは、古代から伝わる儀式の一つだ」

アマナは曖昧《あいまい》な微笑を浮かべつつ、こめかみに滲《にじ》む汗を拭《ぬぐ》った。

「アステカ王国は、古代からの様々な文化や信仰を取り入れる形で権威を強化した。今となっては失われたそれを、蠟梅羽《ろうばいば》一族は歪《ゆが》んだ形で蘇《よみがえ》らせたんだ」

「……あまりよくないことみたいね？」

「最悪だ。幽世《かくりよ》に去った神が、なんの制御もない状態で現世《うつしよ》に顕現しかねない。神霊と呼ばれる存在はただでさえ強大なんだぞ。そのうえ──」

眉《まゆ》を曇らせる撫子に、アマナは疲れ切った笑みでうなずいた。

「蠟梅羽一族の儀式は紛《まが》い物《もの》だ。空や幽世に関わる呪術《じゅじゅつ》を節操なしに繋《つな》いでいる。破綻《はたん》寸前のパッチワークなのさ。このままでは……」

「ヤバいんですかね？」

「……少なくとも、京都は諦《あきら》めることになるだろう」

「そ、そんな！　日本の心臓が……！」

「次の松明丸《たいまつまる》が上がった場合……影響は、即時か……？」

大仰に頭を抱える部下をよそに、雪路《ゆきじ》が鋭くアマナにたずねた。

「多少の猶予があるはずだ。なにぶん祭儀が絶えて久しいからな。そのうえ、本来は地球の反対側で祀《まつ》られていた神霊であることを考えると……」

アマナは扇子を弄《もてあそ》びつつ、考え込む。やがて、疲れ切った顔で首を振った。

「……とはいえ、仮に運よく神霊に気づかれずとも影響は甚大だ。空に浮かぶ蜃気楼《しんきろう》を見ただろう？　あれは現世と『はざま』の境界が揺らいでいる証《あかし》だ」

「境界が破綻すると、どうなるの？」

撫子がたずねると、アマナは血色の悪い唇をにやりと吊《つ》り上げた。

「京都に神去団地《かむさりだんち》が流れ込むか、神去団地に京都が流れ込むか──だな」

重い静寂の中で、撫子《なでしこ》は慣れ親しんだ京都の町を想像した。

古今の面影が入り混じる街、様々な時の流れが折り重なる古都——それを、この化物《ばけもの》の掌《てのひら》が握り潰《つぶ》すという。血染めの団地に、千年の都が呑《の》み込まれるという。

「幽世《かくりよ》の神が顕現する、神去団地《かむさりだんち》と京都が混ざり合う……これらが同時に引き起こされる可能性があるな……そうなってしまえば京都どころか……」

「じょ、冗談じゃないよ！」

重苦しい雪路《ゆきじ》の声に、血相を変えたウメが立ち上がる。

「こっちは自分の命だけで手いっぱいだってのに、なんだってそんな大惨事に巻き込まれなけりゃいけないんだい！　あたしゃ丑《うし》の刻参りしか能がないってのに……！」

「見苦しいぞ、トメ！　泣いても喚《わめ》いてもどうにもならん！」

白髪頭を掻《か》き毟《むし》るウメを、辻斬爺《つじぎりじい》が珍しく鋭い声で諌めた。

「ここは潔く腹を切るほかあるまい——どれ、ワシとお前の仲じゃ。介錯をしてやろう」

「殺すぞ、クソジジイ！」「おお戦いで死ぬなら本望ッ！　抜けぃ、サメ！」

「落ーちー着ーいーてーくーだーさーいー！」

血気盛んな老人達めがけて、白羽《しらは》が弓弦を鳴らす。老人達どころかアマナも首をすくめたものの、ダクトテープで補修中の弓には矢は番《つが》えられていなかった。

『嘘《うそ》だろこいつ』という視線が部下に注がれる中で、上司が小さく咳払《せきばら》いした。

「次、それをやったら……お前のトレーニングにドラゴンフラッグを追加するからな……」

「ご無体ッ！　でも、マジでこれからどうするんです？　このままじゃ——」

「——単純な話よ」

途端、世界の中心が自分になったような気がした。

しかし、撫子はたじろがない。ポケットの重みを意識しつつ、燃える双眸《そうぼう》でアマナを見る。

「術者が消失すれば消滅するのが呪詛《じゅそ》の基本原則。全ての元凶は、踏み入ることが極めて困難な心臓部にいるはず。そいつを倒せばいい……そうでしょう、アマナ？」

「あ、ああ……しかし、心臓部への行き方は——お、おい！　撫子！」

戸惑うアマナの声を背中に、撫子は硝子《ガラス》戸から外に出た。

なまぬるい風がミルクティー色の髪を揺らす。風とともに、甘ったるい香のにおいが団地に満ちていくのを感じた。そして、今までにない空気のざわめきも——。

「撫子ッ！」

肩を掴《つか》まれ、撫子は振り返る。

日の下で見るアマナの顔はさらに青白く、風に攫《さら》われてしまいそうなほどに見えた。それでも撫子が目を向けた途端に、彼女は再び疲労の色を巧妙に押し隠した。

「ひどいじゃないか。企《たくら》みがあるのなら私を誘いたまえよ、ン？」

血の気の失《う》せた唇を震わせ、アマナは小さく微笑《ほほえ》んでみせる。こんな時でも飄々《ひょうひょう》と振る舞おうとしている彼女の顔を、撫子《なでしこ》はじっと見つめた。

鼓動が早まる。息が詰まる。

――――本能が、これから口にしようとしている言葉を拒絶している。

それでも撫子は、なんとか涼しげな表情を保った。体の内側から焼け落ちそうなほどの血の熱さを感じつつ、ゆっくりと言葉を口にしていく。

「……これから、心臓部に行くの。神去団地《かむさりだんち》を壊すために」

「ン、それはいいな。なにか手が……」


「あなたはここにいて、アマナ」


「――――え？」

アマナが、目を見開く。そんな彼女に微笑《ほほえ》みだけを残し、撫子は背中を向けた。

ポケットから、血に染まったハンカチを素早く取り出す。作法など知りはしない。乱れた呼吸に体を震わせつつ、撫子は祈るように目を伏せた。

「ひとつを捧げる――――だから、私にひとつを与えて」

風の音が、高く響いた。そして、ハンカチから重さが消失する。

瞼《まぶた》を開けば、もうアマナの姿はなかった。

わずかな安堵《あんど》を感じた。それ以上に、胸を裂かれるような喪失感が魂を苛《さいな》む。

ゆるゆると辺りを見回すと、倒壊した集合住宅が古代の神殿の如《ごと》く鎮座している。どこから
か湧《わ》きだした水が地面を浸し、あたりの景色を鏡のように映していた。

そして正面には、奇怪な大伽藍《だいがらん》がある。

一見すると、五重塔を思わせる佇《たたず》まいの塔だった。そこには漆喰やらタイルやらステンドグ
ラスやらが入り乱れ、ねじ曲がり、天を貫くように聳《そび》えていた。

色とりどりの山鳥を彫刻した大扉は開かれ、向こう側からは青い香の煙が漂ってくる。

異形の伽藍を睨《にら》み、撫子《なでしこ》は水面に波紋を描きつつ歩きだした。


「……神去団地《かむさりだんち》は私が壊す」

◇

◆

◇

「そんな、撫子……」

伸ばしかけた白い手を震わせ、アマナはゆるゆると首を振る。見開かれた琥珀《こはく》の双眸《そうぼう》は、数
秒前まで撫子が立っていた空虚しか映していなかった。

「どうして……何故《なぜ》、私を置いて……！」

『あなたはここにいて、アマナ』——柔らかな撫子の言葉が、耳でこだまする。

その声とまなざしが、いつか見た最悪な光景を意識の表層に引きずりだす。

――満天の星――父の手――『此処ニイロ』――肉を裂く歯――隙間《すきま》から除く目――。

「……戦力外通告だろう」

毛嫌いしている女の声が現実に引き戻し、呼吸を思い出させる。

いつの間にか、背後で雪路《ゆきじ》が腕を組んでいた。苦々しい顔が、今はともかく憎たらしい。

「お前は消耗していて、魅饌血《ミケチ》でもある……そうなると……」

「うるさいな……ッ！　私は正論が大嫌いなんだよ！」

心配から一転して、なにもかもが急激に腹立たしくなってきた。雪路には常から苛立《いらだ》ちを感じているが、自分を取り巻くすべてが一気に癇《かん》に障った。

なによりも自分自身が許せない。不確かな己に、身が焦げつきそうなほどの怒りを感じた。

「どうにか、撫子を追いかけねば――！」

「落ち着け……！」

荒々しく出ていこうとするアマナの肩を、雪路が強引に摑《つか》む。

「頭を冷やせ！　何故、ナデが貴様を置いていったかを考えろ……！　ただでさえ敵に狙《ねら》われやすいうえに弱っている貴様を、思いやってのことだろう……！」

「無用な心配だ！　あんな状態で、一人で行かせられるものか！」

「あれは獄門《ごくもん》の娘だ、生半可な無耶師《むやし》ではない……！　自分の状態と状況の判断はついて――」

「獄門《ごくもん》だからなんだ！　まだ十六歳だ、お前が思っているよりも遥《はる》かに普通の――！」

「――お前がッ、それを言うのか……ッ！」

咆哮《ほうこう》にも似た声が響いた瞬間、アマナは凍りついたように停止する。

「この卑怯者《ひきようもの》がッ！」

鋭い牙《きば》を剝《む》きだし、雪路《ゆきじ》はアマナの襟首《えりくび》を摑《つか》んだ。膂力《りよりよく》に優れた腕は、たやすくアマナの首を引き寄せる。青く燃える双眸《そうぼう》が、琥珀《こはく》の瞳《ひとみ》を睨《にら》みつける。

「この……ッ！　離せ！」

「己の所業を忘れたかッ！　普通の娘を、己の都合で利用した！　それがお前だ！　一歩間違えば死ぬような局面に何度も放り込んだお前がッ、それを言うのか……！」

「――黙れッ！　私に触るな！」

扇子が自らの顔を打つ前に、雪路は素早く首を引いた。怒りの形相の彼女はさらに口を開きかけたものの、不意に喉元《のどもと》を押さえて咳《せ》き込《こ》んだ。

「げほっ、ごほっ……！　くそっ……言葉さえ、ままならんとは……！」

雪路の隙《すき》を突き、アマナは彼女の手を振りほどいた。

そして――崩れ落ちた。乱れた服も正さず、落とした扇子も拾わずに頭を抱え込む。

「……わかって、いるよ」

地面に零《こぼ》れ落ちたアマナの声は、消え入りそうなほどに細かった。

「よくなろうとしたんだ……これでも……」

乱れた黒髪をぐしゃりと掻《か》き、アマナは声を震わせる。

「私は、己が何者かすら判然としない……私が人か、化物《ばけもの》かさえわからない……私のどこまでが鉑《ハク》なのかわからない……数秒先の私が、私かどうかもわからないんだ」

琥珀の瞳が透明な雫《しずく》に煌《きら》めく。アマナは奥歯を噛《か》み締め、必死で涙をこらえた。

「それでもせめて……せめて撫子《なでしこ》には信じてもらえるような……頼ってもらえるような人間になろうとしたんだ。でも、結果がこれだ……何一つ、うまくいかない……」

「……お前から……そんな言葉を聞くとは……」

雪路は膝《ひざ》をつくと、座り込んだままのアマナに目線を合わせた。常は刃《やいば》の如《ごと》きまなざしで彼女を見つめる双眸は、今は静かな湖面の如く凪《な》いでいる。

「……人が、そう易々《やすやす》と変わるものか」

アマナは、何も言わない。雪路は、訥々《とつとつ》と言葉を連ねた。

「心というものがそれほど簡単なものならば、人は誰も苦しまない……衣を変えるごとに肉を剝《は》がすような痛みを感じつつ、変わっていくものだ——悪人も善人も、同様に」

「……そうか」

「ああ……そして、お前は極端だ。私がナデと過ごした時は、お前に比べればわずかなものだが……それでも、彼女はそれほど無茶な変化をお前に望んでいるとは思えない」

やや苦しげに咳《せ》き込《こ》みつつも、雪路《ゆきじ》はおもむろにアマナの肩に軽く手を置いた。

「……不器用だという自覚があるならばこそ、向き合った方がいい」

アマナは一度、深呼吸した。

そして落ちていた扇子を拾うと、おもむろに立ち上がる。髪や衣服を整えながら辺りを見回す顔には、いつものにやけた微笑が戻っていた。

「……よりによって、雪路などに慰められるとは。屈辱だな」

「フン……お前の情けない顔、覚えておく……」

甘ったるい空気がざわめく――。

アマナは笑みを消し、雑木林の方を睨《にら》んだ。雪路が小さく唸《うな》り声をあげた。

「……どうやら、ここに気がついたらしい」

「おやまァ……未練がましいことだな。道成寺《どうじょうじ》の清姫《きよひめ》もかくやといった執念だ」

「悪趣味な冗談はよせ……あの白澤《はくたく》の結界は、恐らくそう保たないぞ」

事実、結界は綻《ほころ》び始めていた。

透明なひずみを空中の各所に見出して、アマナは眉《まゆ》を寄せる。

「……どうする？」

「守りを固める……手勢はわずかだが、常人達を危険にさらすわけにはいかん……」

「手勢なァ……白羽《しらは》はともかく、他二人は使いものになるのか？」

「使えるようにする……貴様も手を貸せ……案山子《かかし》程度には役立つだろう……」

赤、青、黄——雑木林の暗闇《くらやみ》に、歪《いびつ》な天狗《てんぐ》面が揺らめく。

先頭に立つのは、血みどろの鮎美《あゆみ》だ。どうやら結界を破れないらしく、憤怒《ふんぬ》の表情で短刀を振り回しているのが見えた。

「——断る。もう連中の顔は見飽きた」

アマナは膝《ひざ》をつくと、広げた扇子で素早く地面を払った。

「まァ、私は慈悲深い。案山子よりは役立つまじないは仕込んでやろう。……あと、お前のかわいい部下にとっておきの秘密兵器を授けてやった。機を見て、使うように」

「貴様……なにがなんでも、ナデを追うつもりか？」

一通りの術を施したアマナは立ち上がり、寂びれた社を振り返った。

「ああ。正直、黒幕の正体が私が考えている通りならば撫子《なでしこ》一人では分が悪い」

「黒幕……？　団地を乗っ取った枕辺《まくらべ》鮎美のことか……？」

「あいつは蠟梅羽《ろうばいば》一族と同じだ。ただ気まぐれに弄《もてあそ》ばれただけ……まったく、元が人間の化《ばけ》物《もの》というものはタチが悪い。人に紛れてしまえば、絶対にわからないからな」

「……………まさか、死んでいない、いないのか？」

「あの程度で死ぬものか。詐術に関しては、狐《きつね》と並ぶ存在だぞ」

眉間《みけん》にきつく皺《しわ》を寄せる雪路に、アマナは皮肉っぽく笑ったままうなずく。

「奴《やつ》は、この神去団地《かむさりだんち》において本当の意味で最古参の存在だ。天明八年、なんらかの思惑から蠟梅羽《ろうばいば》一族の定めを狂わせた。あれは人より遊離し、人を玩弄《がんろう》する者――」

言いながら、アマナは左手を開く。手品の如《ごと》く、そこに二つの耀《ヨウ》が零《こぼ》れ出た。内部に金銀の粒子が煌《きら》めく紺碧《こんぺき》の珠《たま》は、さながら宇宙を閉じ込めたかのよう。

それをきつく握りしめて、アマナはその名を口にした。

「お察しの通り、全ての元凶は樒堂《しきみどう》ひすい――奴は、本物の天狗《てんぐ》だ」

◇　◆　◇

撫子《なでしこ》は、大伽藍《だいがらん》の玄関を抜けた。

途方もなく巨大な香炉があった。内部に焚《た》かれた香から、霧の如く青い煙が流れている。団地に満ちていた甘い空気の正体は、この香だったようだ。

そんな香炉の傍《そば》を通り抜け、撫子は極彩色の彫刻に彩られた大伽藍を上っていく。

ある階は一面、金箔《きんぱく》を施した豪奢《ごうしゃ》な障壁画に埋め尽くされていた。一見すると炎と嵐《あらし》という天災を表したものらしきそれを流し見つつ、撫子は階段へと向かう。

『畏《かしこ》み畏み……申し上げます……』

かぼそい少年の声に、撫子は目を見開く。その脳裏に、鮮烈な像がよぎった。

天明八年――嵐の山林で少年が頭を垂れている。

少年が知る限りで最も恐ろしい春一番は、京をさんざんに焼き尽くした。大火を死に物狂いで駆け抜けた少年の肌は煤《すす》け、手足には火傷《やけど》を負っている。

『おれを天狗にしてくれ……父も母も妹も……なにもかも、全て捧げるから……』

風と雨とに苛《さいな》まれながら、少年は清らかな泉の前に頭を垂れる。

泉の向こう側には、古びた杉の大樹があった。揺らぐ枝葉の陰に、何者かの目が光っている。

『あの空の他にはなにも望まない……飛びたい……飛ばなくちゃ、いけない……』

ぎらつく翼が翻《ひるがえ》り——そして、撫子は現実へと引き戻された。

荒く息を吐きながら、辺りを見回す。風雨はおろか、大伽藍には空気の動きさえ感じない。

「……蠟梅羽一族の、残留思念？」

アマナから共有された話と顚末《てんまつ》が違う——撫子は眉《まゆ》を顰《ひそ》めつつ、階段を上がった。

次の階は一転して、質素な作りだった。

水墨画があらゆる壁や襖《ふすま》に用いられている。墨と余白とで、雪景色を表しているようだった。

そこに、黒い鶏の絵を見出した。この鶏の目元だけが、どういうわけか赫《あか》い。

寒気を感じた——そして、撫子は赫く焼かれた思念を見た。

昭和二年の正月だった。鞍馬《くらま》の山々はさながら水墨画のようだ。降りしきる雪は、去年の暮れに或《あ》る一族が消失した惨劇すらも隠すように思えた。

『私の妾《めかけ》になれ』

しんしんと冷える大伽藍《だいがらん》で、男は相対する女に命じた。

『――ようもまぁ。鶏如《ごと》きが鳳《おおとり》みたいな口を利く』

モノクロの景色が赫《あか》く染まる。一瞬にして、豪奢《ごうしゃ》な大伽藍は蹂躙《じゅうりん》された。

『なんや、しょうもない……』

這《は》い蹲《つくば》る男を無視して、女はただ己の爪《つめ》だけを見つめていた。

『天狗《てんぐ》の末裔《まつえい》なんてたいそなことを抜かしはるんならな、それらしいところ見せてぇな。そやあ……天狗火とか、派手でええと思うわ』

『ま、待て……ッ、待ってくれッ、獄門華珠沙《ごくもんかずさ》――ッ!』

『お天道さんみたいな真っ赤な火、お空に上げてみぃよ。ほしたら、また来たげるわ』

女は真紅のコートを羽織り、彼岸花を飾り付けた帽子を被《かぶ》った。

『――まぁ。うちの予定に、もうあんさんの名前はないんやけれど』

そして女は、出ていった。血みどろの男のことを、終《つい》ぞ一瞥《いちべつ》もしなかった――。

思念が遠のいた瞬間、撫子《なでしこ》は思わず自分の肩を抱く。内側から湧《わ》き上がる寒気に、奥歯がカチカチと鳴る。残留思念に見た高祖母の顔が、脳裏に焼き付いている。

「……これが、動機ね」

震えながら、鶏の絵を見る。どういうわけかもう赫はなく、白黒の色彩だけがそこにあった。

「本当は九十五代目を呼びたかった……なのに、手段を目的にしてしまったのね」

風を感じた。水墨画の間の奥には、階段があった。

最上階が近い――撫子はじっと上を睨《にら》みつつ、慎重に歩き出した。

左右の壁は、再び絢爛《けんらん》な装飾に彩られるようになった。樹木の狭間《はざま》を、数多《あまた》の鳥たちが飛び交っている。楽園のような絵画だが、彼方《かなた》の空は暗い。

『――あの男はもういけません。太陽に焦がれ、一族の悲願を忘れてしまった』

老婆の声が彼方から響く。撫子は歩みを止めず、左の壁を見る。

雌の雉《きじ》が、巣を覗《のぞ》き込んでいる絵が目を引いた。巣には青と、黄と、二つの赤い卵がある。

『青児《せいじ》、黄太《こうた》、赤音《あかね》、赤理《あかり》。すべては、お前達にかかっているのです』

『母上……万事お任せを』『兄貴がやるなら俺もやる。当主は兄貴にこそふさわしい』

『あたし達、必ずあの女を殺すわ』『ええ、ええ、あの悪いカワセミを』

『……母はお前達を誇りに思います。さぁ、今こそ蠟梅羽《ろうばいば》一族の未来を取り戻すのです』


『――――ご愁傷様』


含み笑いとともに、甲高い悲鳴が聞こえた。

唇を嚙《か》み締め、撫子はひたすら階段を上《のぼ》る。あらゆる想念が、自分の背中を押している気がした。眼帯の老婆が――大鉈《おおなた》の男が――弄《もてあそ》ばれた一族が、声もなく囁《ささや》いてくる。

――神去団地《かむさりだんち》を壊せ、と。

階段の果てには、色鮮やかなカワセミを描いた扉があった。

わずかに、隙間《すきま》が開いていた。撫子《なでしこ》はカワセミの瞳《ひとみ》を睨《にら》みつつ、重い扉を押し開けた。

冷たい風が、ミルクティー色の髪を掻《か》き撫《な》ぜる。

屋根の真下にあたるそこには壁はなく、天井も吹き抜けのようになっていた。

中央には、あの人間を模した祭壇がある。腹部にあたる箇所が血痕《けっこん》に汚れていた。恐らくは、抉《えぐ》りだした心臓をそこに置いたのだろう。

そこには今、コーラの瓶とチョコレート味のポップコーンの大袋とが置かれている。

祭壇の側《そば》には椅子《いす》が一脚――そこで悠々とコーラを呑《の》む女の背中を、撫子は睨んだ。

「……あなたと会うのは、初めてかしら?」

「いや、これで二回目さ。君達が最初に会った『私』が、私だよ」

女は――樒堂《しきみどう》ひすいは立ち上がると、にっと笑いかけてきた。テンガロンハットにも青緑のストールにも、血の一滴もついていなかった。

「ようこそ、獄門《ごくもん》撫子――私の大神殿《テンプロ・マヨール》へ。なかなか絶景だろう?」

微笑《ほほえ》むひすいが示した先には、灰色の海の如《ごと》き神去団地が果てしなく広がっている。そして空には、京都を映した青い蜃気楼《しんきろう》が揺らめいていた。

幾千もの死によって紡ぎだされた絶景だった。六道鉄鎖《ロクドウテッサ》を確かめつつ、撫子は眉《まゆ》を寄せる。

「……あなたが、すべての元凶だったのね」

「元凶とはひどいな。私は手助けしてやっただけだぜ？」

ひすいは困ったように唇を尖《とが》らせ、グラスの縁をそっと指でなぞった。

「細かいことは知らないよ。ここに戻ってきたのも、つい十年前のことだし……天明何年だったかな。あの後、都中の天狗《てんぐ》から追い出されちゃったんだ。ひどいよねぇ」

「……蠟梅羽《ろうばいば》長啼《ながなき》に、太陽の秘術を教えたのはあなた？」

「私は改良法を教えただけさ。長啼に会ったのは、十年くらい前のことかねぇ。彼は火球を作ることはできたけど、太陽を作ることはできなくて……うん、惜しい人だった」

ダークオレンジの髪を風に揺らしながら、ひすいは蜃気楼を見上げた。

「他の一族よりも見所はあった。彼なら、いつか本物の無耶師《むやし》にはなれたかもしれない。でも、虚村《こむら》の撫で斬《ぎ》りがよっぽど印象的だったみたいでね。獄門華珠沙《かずさ》に狂っちゃった」

ストールを適当に弄《もてあそ》びつつ、ひすいはため息を吐《つ》く。

「……だから、好きなだけ太陽を作れるようにしてあげたんだ」

吹き荒《すさ》ぶ風の中に、あまりにも異様な言葉が紡ぎだされた。

「蠟梅羽一族全体を使ってさ、松明丸《たいまつまる》を作るシステムを構築したんだ。長啼はそこの中枢としてよくやってくれていたよ。でも……二日前に君を見てからは、すっかりおかしくなっちゃった。やっぱりさぁ、部品は互換性が大事だねぇ」

『軽い——としか、言いようがない』

悲しげに首を振るひすいに、撫子《なでしこ》はアマナの言葉を思い出す。

自らが黒幕だと大仰に振る舞うわけでも、化物《ばけもの》としての狂暴性を見せる事もない。

しかし、あまりにも空々しい。ある人間の破滅について語っているというよりも、興味のないスポーツについて適当に語っているかのようだ。

「あーあ……やっぱり雉音《きじね》は殺すんじゃなかったなぁ……」

『傘を持ってくるんだった』と同じくらいの調子で、ひすいは肩をすくめる。

生理的な嫌悪感——気づけば、撫子は首筋に爪《つめ》を立てていた。

「あの子はほとんど鬼になってたけど、使いようはあった。でも、いきなり襲われたもんだから、私もびっくりしちゃってねぇ。しかも、しつこくてさぁ……」

「……その右手も、雉音さんにやられたの？」

思い出す——牢屋《ろうや》の壁に残された爪跡《つめあと》を。

反乱に失敗した雉音は、怒りのあまり生きながらにして鬼と化した。骨がほとんど露出したあの手で壁を掻《か》き毟《むし》り、そしてついに鉄格子を破壊したのだろう。

「何言ってんの？」

「え……？」

撫子は目を見開く。ひすいは笑顔のまま、グラスを持つ右手の包帯を解いた。

「これ、君のせいだぜ？」

――――いったいこの状態でどうやって動かしていたのだろう？

ひすいの右手は、ほとんど墨の塊と化していた。ところどころ、骨さえも露出している。

「くっ、う……！」

頭のどこかで、記憶の名残が疼《うず》きだす。撫子は頭を抱え、きつく奥歯を噛《か》み締めた。

「……二月十一日。君はどうやってか、ここにきた」

ひすいはグラスを放り捨て、散歩するような足取りで歩き出す。

すれちがいざまに、彼女は苦しむ撫子の肩を軽く叩《たた》いていった。炭化した右腕の感触は乾いていて、動くたびにかさかさと音を立てた。

「私は君を倒し、記憶を解析しようとした。そうしたら、反撃されたんだ。超ウケたよ、最高にわけがわからないんだもの。精神にファイアウォールでもかけてるのかい？」

「あなたが、わたしの記憶を――――！」

「うん、私が盗《と》った。それで興味が沸いたから、君を観察することにした。所謂、参与観察さ」

大伽藍《だいがらん》の縁で、ひすいが振り返る。

照りつける太陽光に目をきらきらと輝かせながら、抱擁するかのように両手を広げた。

「おかげで、この三日間はすっごく楽しかった……！」

薔薇《ばら》色に染まった頬《ほお》に両手を当て、ひすいはくすくすと笑い声をあげる。

「私はいつも見るだけだったからさぁ。いやはや、やっぱり団地は生活してこそだね！　敵になるのも味方になるのも殺すのも殺されるのも最高だった……！」

「あなたは、最低よ……ッ！」

痛みに苦しみながらも、撫子《なでしこ》は必死で六道鉄鎖《ロクドウテッサ》を手繰る。

ひすいは心底愉《たの》しげに肩を震わせると、眼下に広がる神去団地《かむさりだんち》に向かって右手を伸ばした。

そして、なにかを引き寄せるような所作をした。

「だからさ、もっともっと私と遊ぼうよ」

風を切るような音が、した。

「――――は？」

そして、枕辺鮎美《まくらべあゆみ》が呆然《ぼうぜん》とした声を漏らした。

短刀を手にした彼女が、ひすいの炭化した右手に首を摑《つか》まれている。どうやら先ほどまで戦いのさなかにいたのか、呼吸が上がっていた。

「え……ひすい……？　な、なんで、あんたは、あたしが――ッ」

「君さ、神去団地が好きなんだよね」

何一つ変わらぬ笑顔のひすいに、嫌な予感を覚えたのだろう。鮎美は短刀を取り落とし、引きつった顔で必死でうなずいた。

「え、ええ……ええ！　大好きよ！　あたしは、この団地を愛してる……！」

「なら、太陽になろうか」

とっさに投擲《とうてき》した人間道の鎖は、ぎらつく影に弾《はじ》かれた。

撫子は声すらも出せずに、鮎美の胸に左手を突き入れたひすいの姿を見つめた。

血は流れていない。壁抜けの要領で、肉体に手をすり抜けさせているのだろう。鮎美は青ざめた顔で、自分の胸を貫くひすいの手を見下ろした。

「ひっ……ひす、い……っ、ゆるして……ごめんなさ……っ！」

「よしよし、大丈夫だよ～。ちゃあんといい具合にするからね――ほら、おしまい」

優しい言葉とともに、鮮血が地面を濡《ぬ》らした。柘榴《ざくろ》のような臓器を引きずりだし、ひすいは事切れた鮎美の体を無造作に投げ捨てた。

返り血一つ浴びていない。恐ろしいほどに、慣れた手つきだった。

「どうして……」

撫子は、力なく首を振る。震える赤い双眸《そうぼう》が、たったいま殺された女を見つめる。

「どうして……なんで、こんなことを……」

「それじゃ、再点灯といこうか」

感情の処理ができずにいる撫子の前で、ひすいは鮎美の心臓を掲げた。

途端、心臓が火の塊と化した。散った血もまた炎と化し、めらめらと空へと燃え上がる。

周囲の景色が、陽炎《かげろう》の如《ごと》く揺らぎだした。

炎は撫子《なでしこ》達を焼くことはなく、ゆっくりと空へと昇っていく。赤く輝く炎が絡み合い、空に向かって折り重なっていく様は、まるで光り輝く織物のようだ。

「最初から……最初から、そうよ……！」

天国に一番近い地獄のような景色の只中《ただなか》で――撫子は、ひすいを糾弾した。

「蠟梅羽《ろうばいば》一族の子供を狂わせた！　蠟梅羽長啼《ながなき》に太陽を作らせた！　神去団地《かむさりだんち》で、さんざん殺戮《さつりく》を重ねさせた……ッ！　あなたはどうして、こんなことを――ッ！」

「……やっぱり、撫子ちゃんは優しいねぇ。それは君の美徳だぜ、誇っていいとおもうよ」

赤く燃える心臓を指先で撫《な》ぜつつ、ひすいは微笑《ほほえ》んだ。

「天狗《てんぐ》はね、空っぽなんだ……空《そら》に身を浸して、空《から》になっちゃったものだから」

そして、ひすいから表情が消えた。

アマナが時折見せる能面のような無表情とは違う。確かにそこには顔があり、目と鼻と口がある。なのに、なにもない。人の形のなにかしか、ない。

まるで、虚空に穴が開いているようだ。その表情に、怖気《おぞけ》が走る。

それと同時に、撫子は強烈な衝動を覚えた。

口に唾《つば》が湧《わ》き、胃が唸《うな》り声を上げる。あらゆる擬天狗《ギテング》達には感じることのできなかった欲求が、目の前に佇《たたず》む女の本質を訴えかけてくる――奴《やつ》は化物《エモノ》だ、と。

「だから、『熱』を感じさせてほしかった」

思わず肩をさする撫子《なでしこ》の前で、元の表情に戻ったひすいは肩をすくめる。

「何の為《ため》に、命を咲かせるのか……。意味、理由、価値。そういう情動ってのものがさ、欲しかったんだよね。だから、みんなにたくさん頑張ってもらったんだ」

「……なに、それ」

「理解できないかい？　そりゃそうだろうね。なにせ、我々は対極だ」

ひすいは燃える心臓を軽く手の中で放った。

炎の塊と化したそれは掌《てのひら》を離れ、いよいよ激しく火花を散らしながら浮遊していく。

「鬼は人よりも人でありすぎたから化物《ばけもの》となり、我々は人でありながら人と離れすぎたから化物となった。——さぁ、ごらん。対極の果ての同胞よ」

鮮やかな火花に瞳《ひとみ》を煌《きら》めかせ、ひすいは美しく微笑《ほほえ》んだ。

「世界最後の太陽が昇るぜ」

心臓が爆《は》ぜた——直後、轟音《ごうおん》が大伽藍《だいがらん》を揺るがした。

とっさに柱にしがみつきつつ、撫子は天井から空へと駆ける炎を睨《にら》む。火球は火の鳥と化して青空を羽ばたき——そして、轟々《ごうごう》と燃え盛る太陽へと姿を変えた。

「でも、ちょっと残念だったな」

テンガロンハットの縁を持ち上げ、ひすいは松明丸《たいまつまる》を見上げる。

「力、土地、手段……いろいろ与えてあげたのに、結局誰一人飛べなかったんだもの」

「飛べるわけがないじゃない……」

撫子は囁《ささや》き、柱を拳《こぶし》で叩《たた》いた。精緻《せいち》な彫刻が砕け、赤光に照らされた床に散る。

「あなたがやったことは雛鳥《ひなどり》に翼を与えただけ……芋虫《いもむし》に翅《はね》を与えただけ。蠟梅羽《ろうばいば》は力の使い方だってろくに知らなかったのよ。なんて、残酷なことを……」

ひすいはただ肩をすくめ、くすっと笑った。

それだけだった。たったそれだけのことで、撫子は本能的に理解した。

――この害鳥はここで排除しなければならない、と。

「そもそも、天狗《てんぐ》は成ろうとして成るものじゃない」

腹はひたすらに空虚を告げ、四肢は鉛に変わったかの如《ごと》く重い。神去団地《かむさりだんち》を駆けずり回った体はすでに疲労困憊《こんぱい》だ。この状態で、ひすい相手にどこまで戦えるかもわからない。そのうえ、自分は二日前に一度敗北を喫しているらしい。

「成っていい、いるものなんだよ。それがわからなければ、天狗の羽根を摑《つか》むことさえできやしない」

それでも、撫子は放たれた矢の如く疾駆した。

握りしめた護法剣《ゴホウケン》は光と化した。撫子は声もなく、ひすいの背中めがけ切っ先を繰り出した。

「――こんなふうにね」

こともなげに語りつつ、ひすいは撫子の瞼《まぶた》に触れた。

撫子は、凍りつく。まばたきなどしていない。自分はずっと、ひすいの背中を視界に入れていたはずだ。しかし、気づけばひすいは自分の真横に立っている。

「赤い瞳《ひとみ》の獄門《ごくもん》は初めて見るんでね……もっとよく見せてよ」

「離れてッ！」

死に物狂いで護法剣《ゴホウケン》を振るう。しかし、刃《やいば》が切ったのは虚空だった。

「鬼さん、こちら」

はっと振り返った視線の先で、高々と踵《かかと》を振り上げたひすいは笑った。

衝撃──轟音《ごうおん》とともに、撫子《なでしこ》の体は床板を突き破った。龍や天女を描いた極彩色の天井をいくつも砕き、蠟梅羽《ろうばいば》が大天狗《てんぐ》へと捧げた宝物の悉《ことごと》くを粉砕する。

そうして、撫子は何層めかの宝物庫に背中から叩《たた》き込まれた。

金銀七宝の破片に埋もれ、撫子は呻《うめ》く。

視界が血で赤く染まっている。もはや、どこが痛いのかさえもわからない。それでも必死で手足を踏ん張り、撫子は地獄に這《は》いずる餓鬼の如《ごと》く体を起こす。

「うん……思ったよりも頑丈で安心したよ。これなら楽しませてもらえそうだ」

軽やかに着地したひすいは、おもむろに帽子で顔を隠した。首に巻いていたストールが激しくたなびく。それはやがて、ぎらつく青緑の翼へと変じていった。

「それじゃ、改めまして──」

囁《ささや》きとともに露《あら》わになった顔は、異形のそれだった。

鳥の頭骨を被《かぶ》っているように見えた。オレンジの鬣《たてがみ》が頭部の周囲を取り巻いている。目元は翡翠《ひすい》の薄片が彩り、眼窩《がんか》の暗闇《くらやみ》には瞳が白く光っている。

そして嘴《くちばし》を開けば、虚無の闇《やみ》に歯だけが見えた。

「――私は元愛宕《あたご》山太郎坊筆頭、樒堂《しきみどう》ひすい」

羽毛はあれど肌はなく、剝《む》き出しの筋繊維は鋼糸の束の如き光沢を帯びている。シャープな体軀《たいく》は鮮やかな貫頭衣で覆われ、数多《あまた》の装身具で縁取られていた。

鷲《わし》の羽根を束ねた天狗扇を揺らして、ひすいは嘴を鳴らした。

「遊ぼうよ、獄門撫子《ごくもんなでしこ》。神が振り返るまで……」

撫子は、返事の代わりに炎を噴いた。

加減のない劫火《ごうか》は、大伽藍《だいがらん》の宝物庫を一気に大焦熱地獄へと変貌《へんぼう》させる。数々の宝物を灰燼《かいじん》と化しながら視界を埋め尽くす炎に、ひすいは二本の指を揃《そろ》えて立てる。

「――唵《オン》」

地獄は、一瞬にして搔《か》き消された。炎を目くらましとして接近していた撫子は、護法剣を振りかぶった姿勢のまま目を見開いた。

「これでも栄術太郎《えいじゅつたろう》と名高き愛宕天狗の元筆頭だ……火伏《ひぶせ》なんてお手のものだぜ」

嘴を鳴らして笑いつつ、ひすいは片手を撫子に向かって突き出した。ばちばちと電光が空中に炸裂《さくれつ》し、艶《つや》やかな黒曜石の玉が無数に浮かび上がった。

予感が脊髄《せきずい》を貫く。撫子《なでしこ》はとっさに、護法剣《ゴホウケン》を新たな形へと変じさせる。

「蓮華揺籃《レンゲヨウラン》──ひとひら！」

「煙鏡天狗礫《エンキヨウテングツブテ》」

超速で撃ちだされた黒曜石の多くは、花弁の形をした鋼の盾を前に砕けた。しかし、あちこちから破片が飛び散り、撫子の四肢に浅く傷を思わせる。

「いいでしょ〜、これ」

掌《てのひら》の内で数多《あまた》の黒曜石を浮遊させ、ひすいは笑った。

「テオティワカンで閃《ひらめ》いてね。砕けやすいから、軌道を読みづら──おっと」

ぎしぎしぎしぎし────！　軋《きし》むような雄たけびが大伽藍《だいがらん》を震わせた。

鋼の花弁を押しのけるようにして、巨大な百足《むかで》が躍り出る。それは毒液を散らしながら天狗《てんぐ》の体へと喰《く》らいつき、そのまま壁に叩《たた》きつけた。

嫌な音が響く。大顎《おおあご》から毒液が滴り、引き裂かれたひすいの手足を焦がした。

大伽藍が揺れる。破れた天井から柱や瓦《かわら》が降り注ぎ、床が崩れ落ちた。撫子は優れた身体能力を活かし、なんとか瓦礫《がれき》から赤黒い胴体へと飛び移った。

「……あー、一人死んじゃったか」

背後で聞こえた声に──そして、乾いた香りに血の気が引く。

ばっと振り返れば、たったいま殺したはずの天狗が大百足《おおむかで》の甲殻に寝そべっている。

「七つの玉蜀黍《チコメコアトル》──トルティーヤを作るより簡単に、自分を増やせるんだ。なかなか便利だよ」

撫子は舌打ちして、鎖を護法剣へと持ち替えて斬《き》りかかる。

迫る刃《やいば》に対し、ひすいは無造作に天狗扇を振るった。

風が絶叫した。とっさに身を翻《ひるがえ》した撫子の背後で、壁と柱とが爆《は》ぜたように吹き飛んだ。

がらがらと崩れる瓦礫の狭間《はざま》で、興奮した大百足が躍動する。

赤黒い甲殻が数多の階を突き破り、大伽藍を蹂躙《じゅうりん》する。降り注ぐ瓦礫を巧みに掻《か》い潜《くぐ》りながら、撫子はひすいへと猛攻を仕掛けた。

一方の大天狗は軽やかに甲殻の上を跳ね回り、次々に形を変えて迫る六道鉄鎖《ロクドウテツサ》と戯《たわむ》れた。

火花が弾《はじ》ける。劫火《ごうか》が閃く。鎖が鳴る。翼がぎらつく。天狗扇が翻る──。

「あぐっ……！」

背後から、肩を摑《つか》まれた。鋼鉄の如《ごと》き鉤爪《かぎづめ》が、肉を深々と抉《えぐ》っていた。

とっさに撫子は全身から炎を放とうとしたものの、どういうわけか指先一つ動かない。

「天狗の鉄条《てつじょう》……ようは金縛りさ。それなりに効くだろ？」

軽い言葉とともに、二人目のひすいが撫子を大百足から引き剝《は》がす。

烈《はげ》しく揺れる視界に、一人目のひすいが軽い調子で手を振る姿が見えた。直後それは天狗扇を素早く翻し、大百足の首を一閃《いっせん》にして刎《は》ね飛ばした。

大伽藍が足元で崩れ落ちていく。赤光に染まった神去団地《かむさりだんち》は、一面の血の海のように見えた。

遥《はる》か上空にあったはずの松明丸《たいまつまる》が、今は手が届きそうなほどに近い。

「どうせなら見せてあげようか——幽世《かくりよ》の空を」

雲が視界を遮る。四方八方がわからなくなる。

このまま自分は幽世に呑《の》まれてしまうのか——天明八年の哀れな少年のように。

「こ、こんな……ところでっ……！」

もう、鎖はどこにも届かない。もう、撫子《なでしこ》はどこにも繋《つな》がらない。

撫子はきつく目を閉じる。零《こぼ》れた涙は凍りつき、煌《きら》めきとともに空に散った。

「アマナ……」——最期に、ひどいことをしてしまった。

鵺《ヌエ》の時とは立場が逆だ。あの時、一人残された自分も心を乱されたのではなかったか。

なのに今、アマナに同じ辛《つら》さを味わわせることになってしまった。

「こんなつもりじゃ、なかったのに……」

今はただ、アマナに謝りたい。彼女と、もっと話したい。

もっと撫子に力があれば、それができたはずだ。あるいは、化物《ばけもの》の肉さえあれば——。

——撫子は目を見開く。肉なら、すぐそこにあるではないか。

「こ、のぉ——！」

神経が火花を散らし、筋肉に発破をかける。

そうして死に物狂いでひすいの鉤爪《かぎづめ》を掴《つか》み、撫子はその根元へと喰《く》らいついた。

「ぎゃっ……痛いって……ッ！」

悲鳴とともに、激しく視界が回転する。

みちり、と——鉄板の如《ごと》き皮膚に、犬歯が沈む。血の味を感じた瞬間、耳元で風が叫んだ。

ひすいが、撫子を空へと放ったのだ。

重力に導かれるままに、雲海へと落ちていく。それでも強張《こわば》った顎《あご》を動かし、撫子は食いちぎった肉片を咀嚼《そしゃく》した。天狗《てんぐ》の肉は、軍鶏《しゃも》の味に似ていた。

呑み込む——血肉は火の塊の如く食道を温め、胃袋へと落ちていった。

凍《い》てついた体に、活力が燃え上がる。しかし血肉が齎《もたら》したのは、それだけではなかった。

「あ——」脳内にさまざまな光彩が閃《ひらめ》く。

ひすいに奪われた記憶が、血肉を介して戻ってくる——。


——二月十一日の朝。

条坊《じょうぼう》喫茶の窓際で、撫子はアマナとともに茶を飲んでいた。

バレンタインデーが近いこともあり、街は少し浮き足だっていた。色とりどりのチョコレートを記載した百貨店のカタログをめくりつつ、撫子は唇を歪《ゆが》めた。

「……シール、ね。それだけじゃ、化物がいるとは限らないわ」

「まァ、そう言うな。もしかすると、ツチノコくらいなら見つかるかもしれないぞ」

「それは別にどうでも——あなたね。せめてもう少し美味《おい》しそうに食べなさいよ」

アマナが微妙な笑顔で頰張《ほおば》るチョコレート餅《もち》は、もともとは撫子《なでしこ》の皿にあった。

『私になにかあげたいものがあるのならもらってやらないこともない』などとアマナがごにゃごにゃ抜かしたため、一つ交換してやったのだ。

「ンー……やはり、私は甘いものがあまり得意ではないらしい」

「なら、最初から欲しがるんじゃないの」

「仕方がないだろう。見ていたら、欲しくなってしまったんだ——それで、どうする？」

「鞍馬《くらま》ね……ほとんど行ったことがないのよ。それに——」

「ン？　なにか、予定でもあったのか？」

揺らしていた扇子の動きを止め、アマナが怪訝《けげん》そうな顔で見つめてくる。

「……水族館に行きたかったの」

「ああ、京都水族館か。今、冬季限定のイベントをやっているんだったかな？」

「ええ。あと、そろそろオオサンショウウオに会いたくて……」

「……そんなに好きか、あの巨大両生類」

「好き……とっても……」

「そうか……幸せそうでなによりだ」

撫子は少しだけ頰を染めて、鞄《かばん》につけたオオサンショウウオのマスコットをつついた。

アマナは生ぬるい笑顔でそれを見守っていたが、やがて扇子を閉じた。

「なら、あとで連れていってやろう」

「連れて行くって……？」

「決まっているじゃないか。京都水族館だ。まァ、あまり遅くなるようだったら明日になるかもしれないが……そこまで長居することもないだろう」

「……いいの？」

「冇問題《モーマンタイ》。その代わり、シール探しに付き合ってもらうぞ」

「それなら、仕方がないわ」

撫子は素っ気なく顔をそむけつつ、赤い瞳《ひとみ》をちらりとアマナに向けた。

「……約束よ？　破ったら、剃刀《かみそり》千本吐かすから」

「相変わらず、おっかないなァ……」

わざとらしく震えてみせるアマナに、撫子は笑った——。


「……なんてこと」

目を見開いたまま、撫子は青い蜃気楼《しんきろう》を突き抜けた。

高く響く風の音は、視界一杯に広がる神去団地《かむさりだんち》の絶叫のように思えた。

「わたし……約束を、破ってしまった……！」

アマナに感じていた淡い罪悪感の正体を、今になって理解した。

鬼神に横道なし——酒呑童子《しゆてんどうじ》が今際《いまわ》に叫んだように、鬼は嘘《うそ》を本能的に嫌う。そして約束を破るという行為は、己が立てた誓いを欺くようなもの。

「帰らなきゃ……帰るのよ……約束を破っては駄目——!」

ここで死んでしまえば、それこそ完全にアマナとの約束を破ることになる。

ありふれた約束だった。アマナも、きっと気にしていないだろう。

それでも、撫子《なでしこ》にとっては——。

「嘘になんかしない……! ここから帰るの、絶対に! アマナと、生きて——!」

きつく拳《こぶし》を握りしめ、撫子は必死で頭を振り絞った。しかし、もはや地上は目の前に迫っていた。背後からは、自分を追う天狗《てんぐ》の羽音も聞こえてくる。

かつてなく鮮やかな死への恐怖が、思考を塗りつぶしていく。

やがて乱れた感情は弾《はじ》け、撫子はもはや意味さえもわからずにその名を叫んだ。

「アマナ……ッ!」

「——撫子!」

撫子は、天を仰ぐ。

夕日にも似た赤光が入り乱れる碧天《へきてん》に、流星の如《ごと》く金色が走った。

黒い袖《そで》がはためき、真紅の衣が翻《ひるがえ》る。白い手が延べられ、携えた扇子が撫子を示した。

途端、撫子を苛《さいな》んでいた風が消えた。

柔らかな霊気の流れが撫子の体を支え、景色の速度が遅くなる。そうして羽毛が落ちるかのように、撫子はふんわりとコンクリートの屋上へと降り立った。

重力が戻る——思わず地面に崩れ落ちそうになる撫子の体を、しなやかな手が支えた。

「……死ぬかと思った」

大きく息を吐いたのは、アマナだった。

平安の真紅の衣、殷《いん》朝の黒き道服、天竺《てんじく》の黄金——九尾の力を降ろしている。しかし、なぜかずぶ濡《ぬ》れだ。雫《しずく》の滴る黒髪を掻《か》き上げ、アマナは黄金の瞳《ひとみ》で撫子をじろりと見た。

「君には、言いたいことが山ほどあるが……」

「うんー？　君、どうやってここに来たんだい？」

カチカチと嘴《くちばし》の鳴る音が響く。

振り返れば、塔屋の上——アンテナの突端に、天狗は器用に立っている。天狗扇の柄でとんとんと肩を叩《たた》きながら、ひすいは張りぼてじみた頭部を傾《かし》げた。

「どうやってもなにも……神社の傍《そば》に、君がかつて人間と交信する時に使っていた泉がそのまま残されていたからな。ありがたく使わせてもらったぞ。おかげでびしょぬれだ」

アマナの言葉に、撫子《なでしこ》はあの雑木林の泉を思い出した。

あれが、天明八年に少年が天狗《てんぐ》と会話したという泉だったのだろう。一九九九年にこの『はざま』が完全に現世から切り離された際、こちら側に移ったのだろう。

『あー……あー！　あったねぇ、そんなもの！　いやぁ、うっかりぃ～』

「君のミスはこれに限った話じゃない」

わざとらしくのけぞってみせるひすいに、アマナは唇を吊《つ》り上げる。

「蠟梅羽雉音《ろうばいばきじね》をただちに殺しておけば、祀庁《しちょう》が動くことはなかった。白澤《はくたく》を潰《つぶ》しておけば、私達にも気づかれなかった……中途半端だ。興味関心があるうちは百年でも千年でも時をつぎ込むが、ひとたび飽きれば刹那《せつな》でご破算。実に天狗らしいな」

「「「あっは、耳が痛いねぇ！」」」

重なり合う笑い声に、撫子ははっとして周囲を見回す。

松明丸《たいまつまる》の輝きが注ぐ屋上に、ぎらつく翼が次々に翻《ひるがえ》った。正面にいるひすいと合わせて、合計三人──乾いた香りを纏《まと》った大天狗が、二人を囲んでいる。

「「「なら、ここは天狗らしくいこうか！　──煙鏡天狗礫《エンキョウテングツブテ》！」」」

笑い声とともに、三方向から弾雨が撃ち放たれた。

とっさに庇《かば》おうとする撫子の動きを制しつつ、アマナは素早く扇子をひすいに向けた。

「──【逆《サカシマ》】！」

淡い金色の波紋が閃《ひらめ》いた瞬間、黒曜石の弾丸は逆にひすいの肉体を撃ち抜いた。無数の破片は強靱《きょうじん》な肉体を貫通し、翼をも切り裂く。

羽毛とともに、血飛沫《ちしぶき》が散る。二体のひすいが転落し、正面のひすいが膝《ひざ》をついた。

「ずっる……ッ！　なにそれ――！」

「狐火《きつねび》・空繚乱《カラリヨウラン》！」

アマナが扇子を振るった瞬間、ごうっと黄金の波濤《はとう》が放たれた。

それは一気にひすいを呑《の》みこみ、穴だらけの体を情け容赦なく嬲《なぶ》っていく。波濤はそのままとどまらず、さまざまな幻影をあたり一帯に揺らめかせた。

「行くぞッ！」「きゃっ、ちょっと――！」

扇子で肩を叩《たた》かれた瞬間、体が浮き上がる。

まごつく撫子を浮遊させたまま、アマナは躊躇《ちゅうちょ》なく屋上から飛び降りた。そうして薄暗い路地に優雅に降りると、撫子を伴って滑るように飛ぶ。

「まったく、ひどい子だ」

いじけた言葉に似合わず、前を睨《にら》む横顔はいつになく峻厳《しゅんげん》だった。

九重の円を刻んだ瞳《ひとみ》が赤光に煌《きら》めき、風に揺れる黒髪もまた仄《ほの》かな金の艶《つや》を帯びている。

「…………また、私を置いていくなんて」

しかし一瞬だけ零《こぼ》れた声は、幼子のように細い。

けれどもアマナはすぐに曖昧《あいまい》な笑みを浮かべると、わざとらしくため息をついた。

「いや……本当にひどいぞ。確かに私にも良くないところはあるさ。謝らなきゃいけないことは山ほどあるとも。しかしだな、いくらなんでも――」

「………傷つけたくなかったの」

撫子《なでしこ》の声は涙に濡《ぬ》れ、震えていた。アマナはぎょっとした顔で、視線を向けてきた。

「わたし……こんなにも、誰かと親しくなったことがないから……」

零《こぼ》れた涙は一瞬だけ薄闇《うすやみ》に煌《きら》めき、風に攫《さら》われた。

両手で顔を覆い、撫子は乱れた呼吸を繰り返す。寒さでも、恐怖でもない。ただ己のうちで暴れまわる感情を抑え込もうとして、細い体は震えていた。

「わたしはあなたよりもずっと頑丈よ……力も強いわ。だから、どんどん怖くなってきてしまった……どうすれば、傷つけずにいられるか……」

『自分は素手で彼女を殺せる』――かつてアマナを両腕に抱えた時に、撫子は本能的に感じた。そして鵺《ヌエ》との戦いでは、飄々《ひょうひょう》として見えたアマナの精神の脆《もろ》さを知った。

「ただ、傷つけたくなかっただけなのに……」

迷宮のような路地の景色がめまぐるしく流れていく。

世界に取り残されてしまったような心地で、撫子はぽろぽろと涙を零した。

「なのに……どうすれば大事にできるか、わからなくて……っ。頑張ったのに、うまくいか

なくて……っ！　それに……わたし、あなたとの約束まで破ってしまった……っ！」

「ン？」アマナが首を傾《かし》げた瞬間、飛行が止まった。

辿《たど》り着いたのは、四方を建物に囲まれた一種の中庭だった。空はぽっかりと四角く切り取られ、我が物顔の松明《たいまつ》丸が赤々と燃えている。

「わたし……自分でっ、行きたいって言ったのに……水族館……っ」

「――――ン、ン。なるほど。よくわかったぞ」

曖昧《あいまい》な微笑を浮かべたまま、アマナは泣きじゃくる撫子《なでしこ》に目線を合わせた。

美しい女だと常々思う。九つの円を刻んだ瞳《ひとみ》は底知れず、唇はうっすらとした蠱惑《こわく》的な笑みを浮かべている。黒髪は、光の加減でほのかな金の色彩を帯びた。

そんな美しい顔をした傾国の女は、しゃくりあげる撫子の額を軽く弾《はじ》いた。

「いたっ……！」

「有問題《モーマンタイ》。君が気に病むことは何一つないだろう」

「でも、わたし……約束を……」

「この話を持ってきたのは私だ。そして、こんな事態になったのはあの羽畜生のせいじゃないか。君はなにも悪くない。むしろ被害者だ」

「わたしが、弱かったから……アマナにまで、こんな……っ」

「こらこら、深呼吸しろ」

震える背中を、そっとさすられる。撫子は目を伏せ、素直に深く息を吸った。

こつり、と――額に触れた感触に、思わず目を見開く。

「アマナ……？」

「……道理でいろいろとズレていたわけだ」

額を合わせたアマナの姿は、もう九尾のそれではない。

赤と黒の衣は消え、乱れたチャイナブラウスと黒のパンツの装いに戻っている。

琥珀《こはく》色の双眸《そうぼう》を伏せた状態で、アマナはふわりと微笑《ほほえ》んだ。

「お互いに、空回りしていたんだな」

「お互いに……？」

「何――心というものは、難しいものだと思ってな」

柔らかな笑みから一転、アマナはにやりと笑う。撫子は戸惑い、口を開いた。

――バニラの香り。

それを感じ取った瞬間、撫子はとっさに人間道の鎖を背後に向かって繰り出す。アマナもまた察知したようで、背後に向かって素早く扇子を翻《ひるがえ》した。

青と金の火花は翼によって防がれ、銀の円環は拳《こぶし》によって弾かれた。

「――仲間外れとかひどくな～い？」

街灯の上に降り立ったひすいは、涼しげな様子で自分の手を見た。

右手が焼け焦げている個体だ。そして左手は、転輪《テンリン》によってぱっくりと割れている。しかし軽く握りしめただけで、その骨肉は一瞬にして繋《つな》がった。

「さぁ、もっと遊ぼうぜ。神が気づくまでの一瞬の余興だ。なんならどの神が最初に来るか賭《か》けようか。ジャガーの方《かた》が来るかな？　でも儀式の形態的には、ハチドリの方《かた》が――」

「……本当に、天狗《てんぐ》は足元がおろそかだな」

嘆息するアマナに、ひすいは口を閉じる。そして小鳥の如《ごと》く、首を傾《かし》げた。

「おや、なにか秘策でもあるのかい？　でも見たところ、さっきまで君を覆っていた着ぐるみみたいな霊気が消えているね。そんな貧弱な状態で何ができる？」

「あの太陽を殺せる」

「……あっは。これはまた、大きく出たものだね」

ひすいは笑って、空を指さす。頭上には、いまだ赤い火球の如き偽物の太陽が輝いていた。

「松明丸《たいまつまる》を？　一体、どうやって壊すんだ？」

「時に撫子《なでしこ》――君は一つ誤解をしている」

「ちょっと〜。ひすいさんは無視されるのが一番嫌いなんだけど〜？」

扇子を揺らすアマナに、ひすいはむっとした様子をみせた。到底人からはかけ離れた外見をしているのに、頰《ほお》を膨らませている様が目に浮かぶ。

「……誤解って、何？」

「私にも、それなりに誇りがあるということさ」

アマナはひすいを見据えたまま、素早く扇子を広げる。

撫子が言葉の真意を問うよりも早く、笑みを形作っていた唇が素早く口ずさむ。

「ハレノ日ハレノ日春霞《ハルガスミ》――ケノ日ノ穢《ケガ》レヲケラケラニ――」

アマナは舞うように扇子を舞わせ、地面に爪先《つまさき》を滑らせる。それにつれて赤光が支配していた空ににわかに白い雲が沸き上がり、空気が潤うのを感じた。

「禊《ミソ》ギ祓《ハラ》イ　奉ラン――オン・キリカク・ソワカ――！」

冷たい雫《しずく》が、鼻先を濡《ぬ》らす。それを皮切りに、ざあざあと音を立てて雨が降り始めた。

煌《きら》めく雨によって青空は仄《ほの》かに煙り、二つの陽光もぼんやりと滲《にじ》む。

「狐《きつね》の嫁入り……」

透明な雨の幕がきらきらと光に輝くさまに、撫子は目を見開いた。

「フム……これは本来、婚礼にあたって障りとなるあらゆる穢れや呪詛《じゅそ》を洗い流すための狐の妖術《ようじゅつ》だけど……まさか、これで松明丸を壊せるとでも？」

色鮮やかな翼を雨に濡らしつつ、ひすいが愉快そうに笑う。

「天狗は本当に救い難いな」

しかし――アマナもまた、笑った。

それはどこか――狐が、獲物に食らいつく時の顔に似ていた。

「彼方《かなた》を見るあまり、足下を見失う。……見るがいい、羽畜生。お前の太陽が死ぬぞ」

「大仰なことを言うねえ。だから、この程度の雨じゃ松明丸《たいまつまる》は……」

直後——暗い眼窩《がんか》の向こうで、白く光る瞳《ひとみ》が激しく揺れた。

ぎらつく翼を震わせ、鋭い嘴《くちばし》を大きく開いて、天狗《てんぐ》は自らの太陽を仰ぎ見た。

「まさか——！」

「太陽は一つで十分——とっくの昔に結論は出ているッ！」

弓弦の音が、高く天地に響き渡った。

混沌《こんとん》とした神去団地《かむさりだんち》の奥底から、一筋の閃光《せんこう》が空へと駆けあがる。それは地上に落ちた流星が、天へと戻るかの如《ごと》き光景だった。

眩《まばゆ》い銀の閃光は蜃気楼《しんきろう》をも突き抜けて、まっしぐらに偽りの太陽へ——。

——凄絶《せいぜつ》な鳥の悲鳴が響き渡った。

「大羿射日《たいげいしゃじつ》……楚辞《そじ》、淮南子《えなんじ》、山海経《せんがいきょう》にも語られる神話を引用した術式だ」

人間が忘れ去った時代——地上に十の太陽が輝いたという。

炎熱地獄と化した地上を救うべく、羿《ゲイ》という希代の射手が立ち上がった。彼はその優れた弓矢の腕を以《もっ》て、九つの太陽を悉《ことごと》く射落とした——。

「お前の術は、アステカの祭儀の紛《まが》い物《もの》。そしてアステカ神話における太陽には『寿命』という概念がある——だから、あの太陽は殺すことができるんだ」

揺らぐ炎が四方八方へと四散する中で、巨大な鳥の影が地上へと落ちていく。

それは天気雨の中で、ぼろぼろと崩れるようにして消失した。

「呪詛《じゅそ》は破れた。そして、中途半端に破れた呪詛というものは――」

「――ぐっ、あ……！」

「術者に還《かえ》る……」

呟《つぶや》く撫子《なでしこ》の眼前で、ひすいが胸を押さえ込む。カワセミに似た面の眼窩で、光る瞳がぎょろぎょろと揺れる。艶《つや》やかな嘴から、ごぼりと血が零《こぼ》れた。

「……そこまで人と離れても、血の色は赤いのね」

降り注ぐ雨を体に受けつつ、撫子は六道鉄鎖《ロクドウテツサ》を握りしめる。

ちらりと視線をアマナに向ければ、彼女はどこか満足げな様子でうなずいてきた。珊瑚珠色《さんごしゅ》の唇は、相も変わらず不敵な笑みを湛《たた》えている。

――彼女を見るたびに胸を刺した痛みは、雨とともに流れてしまったようだ。

撫子は、呼吸を整える。そして、地を蹴《け》った。

輝く赤い双眸《そうぼう》の先――眼前で、濡《ぬ》れそぼった翼が翻《ひるがえ》る。

それを掻《か》い潜《くぐ》ると、撫子は異形の胴体めがけて戒棍《カイコン》を叩《たた》き込んだ。

「いいねぇ……！」

興奮の混じった声とともに、硬い感触が拳《こぶし》に伝わってきた。

撫子《なでしこ》は眉《まゆ》を寄せ、ひすいの新たな得物を睨《にら》んだ。精緻《せいち》な彫刻を施した木剣に、黒曜石の破片が鋸《のこぎり》の如《ごと》く嚙《か》ませてある——アステカの木剣だ。

「いいよぉ、君達……！」

ひすいは吐血しながらも木剣を振るい、撫子の棍《こん》を弾《はじ》きあげた。

舌打ちしつつも、撫子はすかさず首を狙《ねら》う刃《やいば》を半歩引いて回避。逆にひすいの腕を摑《つか》み、背負い投げの要領で地面へと叩《たた》き落とした。

「かはっ……！」ひすいは無様に背中から地面に叩きつけられた。

通常ならば翼で防ぐことができたはずだ。どうやら、呪詛《じゅそ》の反動は相当のものらしい。

それでも即座に強靱《きょうじん》な翼で地面を叩き、体勢を立て直す。

その、がら空きの胴体に。

「——鉄蓮華《テツレンゲ》」

地面に新たな亀裂《きれつ》を刻みつつ、撫子は炎を纏《まと》った拳《こぶし》を叩き込んだ。

鋼糸で編み上げられたような表面を焼き、燃える拳が沈み込む。じんっと肩にまで痺《しび》れが走るのを感じたが、同時に内部を潰《つぶ》した確かな手応えが籠手《こて》に伝わってきた。

嘴《くちばし》が震え、喘鳴《ぜんめい》とともに赤黒い血の雫《しずく》を噴き出した。

さらにもう一発——撫子は脇《わき》を引き締めつつ、強く踏み込もうとした。

「——撫子ッ！　来い！」

アマナの叫びに、撫子は目を見開く。同時に、ひすいの頭がぐりんっと動いた。

『きゃっ――ははははッ！　善哉《ぜんざい》ッ、善哉ッ！　素晴らしい《エクセレンテ》！』

血とともに吐き出される笑い声は雲を寄せ、雷鳴とともに不吉な予感を紡ぎ出す。

「ならば、これならどうだ！　――羽根ある蛇の慟哭《エエカトル・オロシ》ッ！」

天地を揺るがして、風が咆哮《ほうこう》した。

さながら竜蛇が降りるかのように、天から烈風が吹き下ろす。それはまたたくまに四方を囲う建物を――辺り一帯を、恐ろしい暴風域へと変貌《へんぼう》させた。

「どうするの、これ――ッ！」

建物の陰に広げられた結界の内で、撫子は声を張り上げる。

アマナは扇子を握りしめ、琥珀《こはく》の瞳《ひとみ》できっと空を睨む。珊瑚珠《さんごしゅ》色の唇は、笑っていた。

「考えはある！　いいか――ッ！」

「――いいねぇ、君達！」

アマナの叫びを掻《か》き消して、ひすいの笑い声が天地に響き渡った。

「もっと遊ぼう！　もっと笑おう！　私と生存競争しようじゃないか！」

白く牙《きば》を剝《む》く気流に建物は次々に巻き込まれ、硝子《ガラス》や外壁が砕かれていった。電柱が火花を散らして薙《な》ぎ倒され、街路樹が呆気《あっけ》なく引き抜かれる。

「思いっきり生きてみせてよ、青人草《あおひとくさ》――ッ！」

広がる嵐《あらし》によって、青空が削り取られていく。

天狗《てんぐ》の笑い声が響く中で、神去団地《かむさりだんち》全てを平らげようとばかりに猛《たけ》り狂った。

――――赤い影が飛ぶ。

万象に牙《きば》を剝《む》く風を打ち、雲に炎の軌跡が残された。

それは一見、燕《つばめ》のようにも見えた。一抱えほどもある大きな鳥が、燃えさかる翼を伸ばしている。首には鎖がかけられていた。

ばちばちと火花を散らす背中を踏み、撫子《なでしこ》はそりの要領で怪鳥を駆る。

「燎原鳥《りようげんちよう》……地獄を飛ぶ鳥か。悪くないね！」

ひすいは笑い、撫子めがけて天狗扇を思い切り振り下ろした。

雲が真っ二つになる。刃《やいば》と化した風は鎖を叩《たた》き切り、撫子を乱気流へと叩き込んだ。破片の入り交じった風に四肢を切り裂かれ、あまたの瓦礫《がれき》が撫子を打ちのめす。

「ぐっ、ああっ……！」

「でも、空中で天狗にかなうとでも？」

地上に叩きつけられた撫子は、それでもなんとか六道鉄鎖《ロクドウテツサ》を手繰ろうとした。

「いいねぇ、頑張り屋は好きだぜ！」

けたたましい笑い声とともに、ぎらつく翼が閃光《せんこう》と化す。一気に神速へと達した天狗の姿は空中からかき消え、次の刹那《せつな》には少女の背後にあった。

アステカの木剣が振り下ろされ、華奢《きゃしゃ》な肩に黒曜石の刃を刻み込む。

「――まだ、頑張れるよねぇ？」

ひすいは嘴《くちばし》を鳴らして、くすくすと笑った。木剣に更なる力を込めると、黒曜石の破片がぶつぶつと神経や筋繊維を断ち切った感触がある。

撫子はくぐもった悲鳴を零《こぼ》し、地面へと崩れ落ちそうになった。

それをわざわざ支えてやりつつ、ひすいは鳥の頭骨に似た顔を傾《かし》げてみせる。

「おいおい、しっかりしてくれよ。君の人生がここで終わってしまうよ？　それって厭《いや》だよねえ、駄目だよねぇ？　もっと足掻《あが》こうよ。もっと命を燃やそうよ。さぁ――！」

「――天狗は、本当に足元が疎《おろそ》かだな」

玲瓏《れいろう》とした声に、ひすいが嘴を止める。その手に、極細の弦《げん》が無数に絡みついた。

「なっ――！　お前、オサキかッ！」

絶句するひすいの眼前で少女は嗤《わら》い、みるみるうちに形を変える。細く引き伸ばした狐《きつね》のような姿――艶《つや》やかな玉石でできた体から、鋼鉄の弦が無数に伸びていた。

九尾の眷属《けんぞく》たるそれは瞬《また》く間にしなやかな体をひすいへと絡め、締め上げた。

「ぐっ……この程度ッ――！」

ひすいは血を吐きつつ、オサキを渾身《こんしん》の力で振りほどいた。

クルルルル……と奇怪な声を上げ、玉石のオサキが宙へと逃れる。弦楽器の棹《さお》にも似た尾が風に青い燐光《りんこう》を散らし、魚が泳ぐように翻《ひるがえ》る。

――燐光を、炎が灼《や》く。

玉石のオサキを狙《ねら》おうとしたひすいは、顔を上げた。

天に炎が翻る――消されたはずの燎原鳥《りょうげんちょう》が急降下してくる。

その背中から、燃えさかる円環を構えた少女が飛び降りてきた。業火の如《ごと》き瞳《ひとみ》は、空から地上へと誘《おび》き出《だ》された愚かな天狗《てんぐ》の姿だけを見据えている。

ひすいは、とっさに翼で自らを守ろうとした。

しかし、無意味だった。

「修羅道――殲輪《センリン》」

燃え盛る円環が、天狗の翼を喰《く》い破った。

天狗の血が雨風に散る。袈裟懸《けさが》けに叩《たた》き切られ、ひすいの上体が地へと落ちていく。両断された自らの体を見上げ、赤く染まった嘴《くちばし》が震える。

「……この、私が……空を……」

玉石のオサキが身を翻し、重い尾でひすいの頭を叩き潰《つぶ》した。

それでも、ひすいの半身はいまだに立っている。それどころか残された左手に木剣を握りしめ、撫子《なでしこ》に向かって一歩踏み出してきた。

「こいつッ、中身がない……ッ！」

がむしゃらに繰り出された一撃を弾《はじ》きつつ、撫子は唸《うな》る。

曝《さら》け出《だ》された天狗の体内は、伽藍《がらん》洞だった。暗い胸腔《きょうくう》に、青い雲にも似た気体が満ちている。

「まさか、こいつも偽物――！」

「――そのままやれ！」

アマナの鋭い叫びに、撫子は目を見開く。玉石のオサキの顎《あご》から、彼女の声が響く。

「天狗は空っぽなんだ！　ともかく器を壊せ！　そうすれば、そいつの霊魂は四散する――！」

「ようは八つ裂きにしろってことね！　上等よッ！」

風の中で吼《ほ》えつつ、撫子は赤熱する円環を閃《ひらめ》かせた。

めったやたらに繰り出された木剣は、腕ごと一撃で斬《き》り飛ばされた。それでも止まらないひすいの半身めがけ、撫子は殲輪をひたすらに暴れさせた。

血が飛ぶ、肉が燃える、骨が灰と化す――斬って、裂いて、潰して、壊して、割って――。

やがて、風が和らいだ。

渦巻いていた雲が散り、透明な陽光が地上に降り注ぐ。

「ああ……」――弱々しい勝《か》ち鬨《どき》の声をあげ、撫子はただ一つの太陽を仰いだ。

手の内で、殲輪が『もっと殺させろ』とばかりに震え出す。撫子はため息とともに右手を振るって、凶暴な刃《やいば》を元の鎖の形へと還《かえ》した。

地面は赤く染まり、数多《あまた》の羽毛とともに細かな肉片が散っている。

撫子《なでしこ》は一瞬だけ、小さく舌なめずりをした。しかし首を振り、天狗《てんぐ》の亡骸《なきがら》に背を向ける。

「……食べられ、ない……食べたく、な――」

ぐらり、と――視界が、傾《かし》いだ。倒れかかった撫子を支えたのは、あの玉石のオサキだった。

クルクルと奇妙な声を立てながら、それは座れるように介添えをしてくれた。

「……こういう芸当もできるのね、あなた」

「今、初めて使った」

陽光に煌《きら》めく煙雨の向こうから、アマナがゆっくりと現れた。

黒檀《こくたん》の扇子を揺らす彼女の元に、オサキは一目散に駆けていく。甘えるような所作をみせるそれを適当に撫《な》でてやりつつ、アマナは眼を細めた。

「王貴人《オウキジン》という。呼び出すのは、三千年ぶりだな」

「呼べなかったら、どうするつもりだったの」

「だったら、私が出てやったさ。ともかく、この羽畜生の目を地上に釘《くぎ》付けにしてやれば良かった。こいつらは本当に、極端な連中だからな……」

全てが始まったのは、ひすいが大嵐《あらし》を巻き起こした瞬間だ。いったん自らの下へと退いた撫子を結界で庇《かば》いつつ、アマナはひすいへの騙《だま》し討ちを持ちかけた。

即《すなわ》ち――本物の撫子は密《ひそ》かにひすいよりも上空へ。

撫子の形を取らせたオサキを放つことで、ひすいの注意を逸《そ》らす。

傲慢《ごうまん》故に注意散漫――夢中になれば極端に視野が狭くなる天狗の性質を逆手に取り、地上にいる撫子しか見えない状態になったところを拘束。

本物の撫子が、上空から一撃で戦闘力を奪う――それが、アマナの策だった。

「……元来、私はそこまで鉑《ハク》の力を使えない」

艶《つや》やかな石の体を持つオサキは最後に主を一舐《ひとな》めして、ゆらりと姿を消した。

「神騙《カンガタリ》をはじめとした鉑の術を使いすぎると、性質が鉑に寄ってしまうようでな。前の『私』達の干渉が激しくなるんだ……難儀な体さ、まったく」

アマナは、振り返る。静かな琥珀《こはく》の瞳《ひとみ》が、よろめきながらも立ち上がる撫子の姿を映した。

「……それでも……頑張りたいと思ったんだよ」

撫子は黙って、見つめ返した。

いつになくまっすぐに見つめ合っていることに、落ち着かない心地になったのだろう。アマナはすぐに目を逸らし、逃げるように扇子で口元を隠した。

「まァ……慣れないことはするものじゃないな。私は結局、こういう柄じゃ――」

「――わたしは、好きにする」

雲は絶えず過ぎ去り、陽光は砕けながらも二人へと注ぐ。透き通った陽光に赤い瞳を煌《きら》めかせ、撫子は花びらのような唇を綻《ほころ》ばせた。

「あなたも好きにすればいい。……あなたが思うように、在ればいい」

琥珀《こはく》の双眸《そうぼう》が見開かれた。やがて眩《まぶ》しいものを見るような顔で、アマナは笑った。

「そう、か……そうだったな」

「あなたが言いだしたことでしょう……共存共栄。お互い、少しずつ頑張ればいいのよ」

「まったく、その通りなんだがなァ……」

苦笑するアマナのもとに、撫子《なでしこ》はひとまず歩き出そうとする。

不意に、足下に震動を感じた。小さな揺れだったが、弱った体はあっさりと足を取られてしまう。そうして倒れかけた撫子に、アマナは慌てて駆け寄った。

受け止めた――しかし、二人とも倒れた。

「……痛いんだけど」

「仕方がないだろう、私だって痛いさ……まったく、うまくいかないなァ」

「ほんとにね。ところで、この揺れはまずいんじゃないの？」

地面が唸《うな》りを上げている。雨もまたますます強くなり、景色さえも白く霞《かす》んでいった。

「蠟梅羽《ろうばいば》は滅び、天狗《てんぐ》もいなくなった……つまり、神去団地《かむさりだんち》が消えるのさ」

「……わたし達は、どうなるの？」

なんとか体を起こし、撫子はアマナの顔を見下ろす。

不安に瞳《ひとみ》を揺らす撫子に、地面に横たわったままのアマナは小さく笑った。

「……我々は現世との縁のほうが強い。どうせ、現世に戻るだろうさ」

「本当に？」

「ああ……それに私は、狐《きつね》の霊雨を使った。松明丸《たいまつまる》の影響も、天狗が仕込んだ呪縛《じゅばく》も――力を失ったならば、浄《きよ》めることができるだろうさ」

撫子は、ゆっくりとまばたきする。そして、アマナの傍《そば》に崩れ落ちた。

ひすいの血肉を口にしたことで、飢えは不思議と感じない。けれども、もう四肢にはろくに力が入らず、脳さえもとろけてしまったような気がした。

「……京都に、帰れるのね」

「ああ……まぁ、京都のどこかは知らないが」

「無責任ね……厭《いや》よ、鴨川《かもがわ》に落ちてヌートリアの餌《えさ》になるのは」

「……奴《やつ》ら、人は食わないだろう」

雨音が高まる。霞む陽光に、全ては洗い流されていく。

建物の輪郭が、陽炎《かげろう》の如《ごと》く揺らぎだした。子供達の声も、寂しい風鈴の音色も、消えた家族の団欒《だんらん》も――神去団地の全てが、過ぎ去っていく。

撫子はぼんやりと空を見つめたまま、とりあえずアマナの手をそっと握った。

――そして、全ては天気雨の内で夢幻となった。

断章　雨奇晴好

木の葉の濡《ぬ》れるにおい——柔らかな土の上で、撫子《なでしこ》は瞼《まぶた》を震わせる。

アマナは、変わらず傍らにいた。さすがに意識を失っているようだが、表情は穏やかだった。

重い体をなんとか起こすと、凛《りん》とした佇《たたず》まいの杉が目に入った。

無個性な建物は影も形もなく、どこまでも杉林が広がっている。甘ったるいにおいの名残もなく、濡れた木々の香りに肺腑《はいふ》まで清められていくような気がした。

見上げた空は青く、差し込む陽光に冷たい雫《しずく》が煌《きら》めいている。

松明丸《たいまつまる》は、死んだ。神去団地《かむさりだんち》は、消えた。

「……終わったのね」

地面を踏む音が聞こえた。そして、墓場のにおいがした。

意外な気配に目を見開き、撫子は振り返る。冬の海を思わせる双眸《そうぼう》と、目が合った。

「……探しに来てくれたの、桐比等《きりひと》さん」

天気雨の中で、桐比等は傘もささずに佇んでいた。

いつものように、葬式帰りのような表情だ。左側の呪符《じゅふ》も静かで、感情を読みづらい。

不意に——その薄い唇が、いびつに吊《つ》り上がった。

「……ヒヒッ、へちゃむくれ」

「ちょっと……絶体絶命の危地にあった姪《めい》に、随分な言いようね？」

「こんなみすぼらしい捨て猫のような姪がいた覚えはないな」

「まっとうな人は捨て猫に優しいのよ。ちょっとは見習ったら如何《いかが》かしら、お・じ・さ・ま？」

「ンンー……ちょっと静かにしたまえよ、獄門《ごくもん》家。今、いい夢を見かけていたのに……」

「ちょいと、キリさん！　二人を見つけたんならゆうてぇなぁ！」

元気に食ってかかる撫子に、桐比等は顔を背けて嘲笑《ちょうしょう》を続ける。そんな二人を頰杖《ほおづえ》をついたアマナが見守る。螢火《けいか》は慌てて駆け寄り、応急処置の用意を始める。

桐比等の左側は盛んにざわめき、雨中に歓声を響かせ続けていた。

「おかえり」「ナデちゃん」「おか、えり」

「——おかえり、撫子」

終　君と星降る京を行く

——ダクトテープで補修した弓を放り出し、白羽《しらは》は雪路《ゆきじ》の方へと駆けた。

雨脚がひときわ強くなったあとで、神去団地《かむさりだんち》の風景は消え去った。擬天狗《ギテング》と死闘を繰り広げていた無耶師《むやし》達はいま、清らかな杉林の中にいる。

「ユキ先輩！　ユキ先輩！　帰ってこれましたよ、あたし達！」

「ああ」と、雪路は答える。

歴戦の狼《おおかみ》の如《ごと》き体躯《たいく》は、いまや数多《あまた》の傷によって赤く染まっている。立っているのが不思議な状態の上司に、白羽は爛々《らんらん》と目を輝かせながら迫った。

「みんな、無事です！　これ、あたしのおかげですよね？　あたしがユキ先輩に言われたとおりに松明丸《たいまつまる》をブチ抜いたからですよ！　あたしってば天下一ですよ！」

白羽は大喜びで跳ねまわり、両手で周囲を示す。

「オオォーッ！　屍山血河《しざんけつが》万々歳ッ！　今日も我ら拝刀衆《はいとうしゅう》の大勝利じゃーッ！」

辻斬爺《つじぎりじい》が、妙に禍々《まがまが》しい勝ち鬨《どき》を上げていた。

ウメは切り株に腰かけ、金髪の不良巫女《みこ》が残していった安い煙草《たばこ》を延々と吹かしている。

「たまたま運がよかっただけさ」

ウメは首を振り、巨大な藁《わら》人形を弄《いじ》った。そこには、無数に注射器が刺さっている。

「土壇場で、血迷った月酔《げっすい》の連中まで割り込んできたじゃないか。おかげで、あたしゃ白髪が増えちまったよ。小僧の気まぐれがなけりゃ全員嬲《なぶ》り殺しだ」

「──気まぐれじゃねぇ。オレはジャノメをブチのめしにきたんだ」

ガスマスクメイド少年──哭壺狼煙《なきつぼのろし》が、木影で肩をすくめる。毒の蔓草《つるくさ》を絡ませた鉄パイプを適当に弄《もてあそ》ぶ手には、しっかりと包帯が巻き付けてあった。

「あと……祀庁《しちょう》に恩を売っとこうと思っただけだ。ビジネスだよ」

「はっ……ぬるいビジネスがあったもんだね」

「まーまー！　皆さんのおかげで、失踪《しっそう》者も全員生還ですし！　なによりこの四月一日《わたぬき》白羽ちゃんのおかげで松明丸ブッ壊せましたし！」

横たわっていた常人達もまた、雨によって徐々に意識を取り戻しつつあった。

「……え、何？」「ここ、どこ？」「寒ッ！」「最悪……充電切れてるじゃん」

「とんだ誕生日になっちまったなぁ」「子供達はどこでしょう……」

困惑している人々を両手で示し、白羽は決然とした顔で振り返る。

「ここは白羽ちゃん昇給ってことでいいんじゃないでしょうか！　ねっ、ねっ、ユキ先輩！」

「ああ」と、雪路《ゆきじ》は答える。

そこでようやく、部下は上司の異変に気付いたらしい。

目をぱちくりさせて、白羽《しらは》は雪路の背中にそっと手を伸ばした。

「ユキ先輩？　聞こえてますかー？　ベントラーベントラーマガミユキジ……あわわっ」

「ああ……」と、雪路はゆっくりと傾いていった。

「──危ないッ！」

倒れかけた雪路の体を、スーツ姿の男がとっさに抱きとめる。悲鳴を上げかけた白羽はそれを呑《の》みこみ、泣きそうな笑顔で目の前の上長を見つめた。

「か、冠《かんむり》さぁん……！　冠さんだぁ……！」

「遅れてしまって、申し訳ございません──お二人とも、生きていてよかった」

意識を失った雪路の体をしっかりと抱えつつ、冠はうなずく。相変わらず表情は少ないものの、銀縁眼鏡の向こうのまなざしは柔らかい。

間もなく祀庁《しちょう》の腕章をした儀式官《ぎしきかん》たちが現れ、辻褄合《つじつまあ》わせが始まった。

現場に残された呪術《じゅじゅつ》の痕跡《こんせき》を回収しつつ、突如として山中にいたことに困惑している人々を保護する。生き残った無耶師《むやし》達も同行することになった。

「……冠さん……私は……」

担架に乗せられた雪路の声に、指揮を執っていた冠は振り向く。

「雪路さん。今はしっかり休むことです。あとは私が……」

「夏《ハー》と……獄門撫子《ごくもんなでしこ》が……いました」

雪路はわずかに身を起こすと、どこか縋《すが》るようなまなざしで冠を見つめた。

「彼女らがいなければ……全員、死んでいた……そのことを……」

「……ええ、もちろん。上に報告いたしましょう」

冠はうなずく。切れ長の瞳《ひとみ》は、あたたかな光を宿していた。

雪路はそれで、安堵《あんど》したらしい。青い瞳から力が抜け、がっくりと担架に体を沈めた。

「ユキ先輩しっかりー！　蘇《よみがえ》ってー！」

白羽の悲鳴を聞きつつ、冠は空を見上げる。

神去団地《かむさりだんち》で一体何人が死んだのか。もはや、想像することもできない。

けれども――銀縁眼鏡が濡《ぬ》れるのも構わず、冠は雨を受ける。杉林に降り注ぐ驟雨《しゅうう》は、どこまでも清々《すがすが》しい。微《かす》かに残されていた血のにおいさえも流されていく。

「……終わったんですね、全て」

――竜児《りゅうじ》はぼうっと空を見上げる。

パーカーはぼろぼろに裂け、本来の色がわからないほどに汚れていた。手元には歪《ゆが》んだ大鉈《おおなた》と、弾を撃ち尽くしたコルトガバメントが転がっている。

青空から降り注ぐ雨が火照った体を濡《ぬ》らし、血に汚れた体を清めていった。

「……また、死に損なった……」

土を踏む音が聞こえた。竜児《りゅうじ》はとっさに体を起こそうとしたものの、ろくに力が入らない。

かじかんだ手に、温かく湿った感触を感じた——舌だ。

竜児は目を見開く。どうにか首をひねると、白い子牛の姿が見える。

全ての目から、ぼろぼろと涙を零《こぼ》していた。それは言葉もなく、竜児の傍《そば》に身を横たえた。

「……結構感情的なんだな、お前」


——神去団地《かむさりだんち》は、樒堂《しきみどう》ひすいの死亡とともに消失。

現世より攫《さら》われた三十人の常人は、祀庁《しちょう》により無事保護された。規則によって彼らの記憶は処理されたうえで、辻褄《つじつま》を合わせる形で社会に戻る。

哭壺《なきつぼ》家は、祀庁との協力によって立て直しを図る。

月酔《げっすい》施療院は消息不明。しかし、京都分院が消滅したという報告はない。

竜児と羅々《らら》も姿を消した。しかし、鞍馬《くらま》近辺で白い子牛を連れた——というよりも、子牛に運ばれている瀕死《ひんし》の男が目撃されたという話を撫子《なでしこ》は雪路《ゆきじ》から聞いた。

「……あの人、大丈夫かしら」

神去団地の帰還から一週間——条坊《じょうぼう》喫茶の窓際で、撫子はぽつりと呟《つぶや》いた。あたたかなミルクティーのカップを両手で包み、かじかんだ指先を温めている。

「何がだ？」

正面の席で烏龍茶《ウーロン》を飲んでいたアマナが、涼しげな顔で聞き返した。

「竜児さんよ。あの人は、団地を壊すことだけを考えて生きていたようだから……」

「さてなァ……私は彼のことはよく知らないから、なんとも言い難いな。せいぜい、白羽《しらは》ともども撃ち殺されそうになったくらいの接触しかしていない」

「……これから、どうするのかしら」

「君の考えることじゃない。それは彼の考えるべきことだ」

黒檀《こくたん》の扇子を優雅に揺らめかせ、アマナは肩をすくめる。口調は常と変わらず、飄々《ひょうひょう》としたものだ。しかし、琥珀《こはく》の双眸《そうぼう》は真摯《しんし》に撫子を見つめている。

「今の君にできるのは、彼の星回りが少しでも幸多いものになるよう祈るくらい……まァ、白澤《はくたく》がついているようだからな。そんなに悪いものにはならないだろう」

「そうね……羅々は、ずいぶん彼を気に入っていたみたいだから」

うなずきつつ、撫子は小さなスコーンを摘《つ》まんだ。口に運べば苺《いちご》ジャムの酸味と芳醇《ほうじゅん》なバターの香りが舌の上で躍り、一瞬で幸せになれるだろう。

しかし――焼菓子を運ぶ手を止め、撫子は祈るように目を伏せた。

「あの人が、本当の意味で神去団地から解放されてくれればいいんだけれど……」

視線を感じた。顔を上げると、アマナが通常の倍にやけた顔をしていた。

「……何よ」

「いやァ、実にお優しいことだなァと……」

「今日は帰るわね。それじゃ」

「待ちたまえ。からかって悪かったよ。単に可愛《かわい》らしいなァと……」

「じゃあね、アマナ」

「待て待て待て！　何故《なぜ》それで帰る！　今日は水族館に行くんだろう！」

コートを羽織っていた撫子《なでしこ》は、ちらっとアマナを見る。いつもよりもやや必死な彼女の顔を見て、ちょっとだけ唇を吊《つ》り上げた。

アマナは目を瞠《みは》る。やがて小さく笑い声を立てると、『参った』とばかりに両手を上げた。

「まったく――悪い子だな」


――約束通り、撫子はアマナとともに京都水族館に来た。

「……撫子。もう次のところにいかないか？」

「ダメ。もうちょっと見てから」

「ンンー……私はペンギンを見たいんだが……まァ、いいか」

オオサンショウウオの水槽は入り口のすぐ近くにある。緑豊かな水辺で、巨大な両生類が折り重なるようにしてくつろぐ姿は圧巻の一言だ。

ほとんどうごかない。しかしたまに気まぐれに泳いだり、水面に鼻面を出したりする。

そんな自由気ままな彼らの威容を、撫子はしっかり目に焼き付けた。

その後も、二人は水族館をめぐる。

「はァ……団地で荒《すさ》んだ心が癒《い》やされるな……」

闇《やみ》に漂うクラゲを見つめ、アマナは頰《ほお》を緩ませる。

そして、クラゲワンダー――西日本最大級のクラゲ展示エリアだ。三百六十度を囲う水槽もあり、中に入ればさながら宇宙に迷い込んだかの如《ごと》き心地になる。

冬季の現在はクラゲを模したガラスのランプが吊るされ、あたたかな雰囲気に満ちていた。

「……あれから、具合はどうなの？」

ふわふわと漂うミズクラゲを見つめながら、撫子はそっとたずねる。

「そう心配するな。私は確かに扇子以上に重いものは持てない人間だが、君が思うほど脆《もろ》くはない。……せいぜい、たまに幻覚を見る程度だ」

「……結構重大じゃない？」

「何、よくあることだ。慣れている――君こそ、ひどい目に遭っただろう」

「わたしはもともと頑丈よ。それに松明丸《たいまつまる》の光で、傷つくそばから治っていった感じで……あの忌々しい太陽のせいで、いったい何人死んだのかしら」

「考えても詮《せん》ないことだ。ひとまずは、我々は守り切った生を謳歌《おうか》しようじゃないか」

「そうね……じゃあ、次はいよいよお待ちかねのウツボよ」

「……チンアナゴよりもウツボ推しなんだな」

青い闇《やみ》の向こうでエイが舞う。鰯《いわし》の群れは銀の渦のようだ。

延々と回転し続けるオットセイもいれば、のんびりと泳ぐアザラシもいた。ペンギン達は愛らしい見た目のわりに複雑怪奇な関係性を築いているらしい。

オオサンショウウオのクッションを買い、彼らをモチーフにしたドリンクに舌鼓を打った。

そうして水族館を出た頃には、もう夕方になっていた。

ほんのりと紫がかった夕闇《ゆうやみ》に、銀のイヤリングにも似た三日月が引っ掛かっている。

「ンン……少し小腹がすいたな。居酒屋にでも入るか？」

「悪くないわね」

空にはちらちらと星の光も見えた。しかし、京都はまだ賑《にぎ》やかだった。

水族館を出てすぐの梅小路《うめこうじ》公園では、サッカーに興じている人々がいた。出入り口の近くには緑と白の市電車両が展示されていて、そこで写真を撮る観光客もいる。

梅小路公園を出て、歩道橋へと差しかかった。

宵の色へと染まりつつある空を背景に、京都タワーが蠟燭《ろうそく》のように光っている。それを見つめながら、撫子《なでしこ》は先を歩くアマナに声をかけようとした。

「ねぇ、アマナ……」

隣を、女が歩き去った。少し煙たいバニラの香りを鼻先に感じた。


「――またねぇ、撫子ちゃん」


とっさに人間道の鎖を手にして、撫子は振り返った。

眩《まばゆ》いライトを灯《とも》した車が道路を行き交う。歩道を、浮足立った観光客達が歩いていく。

そのどこにも、テンガロンハットは見当たらない。

「撫子！」――呼び声に、我に返る。

振り返れば、気づかわしげな琥珀《こはく》の双眸《そうぼう》と目が合った。

「大丈夫か？　顔色が悪いぞ？」

「……あの、大伽藍《だいがらん》にいたひすいだけど」

撫子は不安に瞳《ひとみ》を揺らし、包帯の上からしきりに首筋をさすった。

「わたしは、あれが本体だと思っていたけれど……もし……」

――外界に本体があったとすれば？

ウメを守り、数多《あまた》の護符となって散った不良巫女《みこ》の話を聞いた。素性も明らかではない彼女は、恐らく外界から式神を放っていたのだろう。

同じように、大伽藍《だいがらん》のひすいも七つの玉蜀黍《チコメコアトル》で生じた分身に過ぎないとすれば――。

「もし……もし、ひすいがまだ死んでいなかったら……」

「――冇問題《モーマンタイ》」

重い言葉を紡ぎかけた薄紅の唇を、白い指先が優しく封じた。

撫子《なでしこ》は息をのむ。その唇を軽く弾《はじ》くと、アマナはにやけた顔で首を傾《かし》げた。

「何を恐れることがある？　奴《やつ》がもう一度あの鳥顔を見せてきたなら、もう一度撃ち落とすまでだ。悪くない話じゃないか……何度でも、あのムカつく面を殴れるぞ」

「……アマナは、怖くないの？」

「莫迦《ばか》なことを――怖いに決まっているだろう」

「ええ……そんな……」

それまでの余裕が嘘《うそ》のように、アマナはげんなりとした顔で肩を落とす。

「天狗《てんぐ》なんて、ただでさえ関わり合いになりたくないのに……付き纏《まと》われるなんて、厄介にもほどがある。君が傍《そば》にいなければ、耐えられたものじゃないさ」

落ち着きなく扇子をいじりつつ、アマナはいじけたような視線を送ってきた。

「だから、さ――もう私を置いていくのはやめてくれよ、君」

撫子は、赤い目を見開く。その唇は、やがて弧を描いた。

「……そうね」

ミルクティー色の髪を夜風になびかせつつ、撫子は何度もうなずいた。

「現れたのなら、また倒せばいいだけ――それだけだわ。本当に、シンプルな話ね」

「そうとも。これからも、しっかりと私のために働きたまえ」

「あなたねぇ……ひひっ」

顔に似合わぬ声で撫子は笑う。アマナもまた、扇子の陰で優雅に微笑《ほほえ》む。

そして二人は、星の煌《きら》めく京都を歩いていった。

あとがき

令和六年能登半島地震の被災者の皆様に心よりお見舞い申し上げます。一日でも早く、皆様が平穏に復することをお祈りいたします。

さて、二巻です。

今回のお話の成分は団地、太陽、天狗《てんぐ》といったところでしょうか。

小学校の頃まで、私は結構な規模の団地の近くで過ごしました。点在する公園でかくれんぼしたり、小型犬に追っかけ回されたり……良い思い出です。

思えば当時の私にとって、団地とは不思議な場所でした。

同じ町の中に、コンクリートでできた別の世界があるように思えたのです。

そんな懐かしい記憶を、よこしまな天狗が引っ掻《か》き回した結果が今回のお話です。

『真昼の怪奇現象って怖いよね』『とりあえず天狗』『マンションって階段ピラミッドに見えないこともないな……』『ともかく天狗』『古代メキシコ展……』……etc

ありとあらゆるイメージをよこしまな天狗がかき混ぜた結果、なんだかトルティーヤに合いそうな感じのカラフルな怪奇譚となりました。

基本的に夜だった一巻とは異なり、撫子《なでしこ》も元気にお天道さんの下で駆けまわっております。

このまま構想について語り続けるのもアレなので、零《こぼ》れ話を一つ。

撫子が元気に振り回している六道鉄鎖《ロクドウテッサ》についてのお話です。

思えば、作中では六道鉄鎖そのものについての説明はまだそんなにしておりませんね。なので、語れる範囲をこの場を借りて少しだけ——。

右手には天道《てんどう》・修羅道《しゅらどう》・人間道《にんげんどう》。

左手には餓鬼道《がきどう》・畜生道《ちくしょうどう》・地獄道《じごくどう》。

左右の割り振りは右記の通りとなっております。右手が六道における三善趣、左手が三悪趣に擬《なぞら》えられている感じですね。

使っていない時は結構小ぶりなサイズになるので、アクセサリーとしても誤魔化せます。この世の素材ではないので、薄着の時は透明化できる仕様。おしゃれもこれで安心。

……つらつらと書きましたが、一巻では思いっきり左手で修羅道を使ってましたね。ゴメンナサイ。今回はしっかり右でバーニングしてます。

次のお話の成分はどんな感じになるでしょう。それはまたのお楽しみに……。

そして、コミカライズのお知らせです。

オビの方でも告知がなされていますが、『獄門《ごくもん》撫子《なでしこ》此処《ここ》ニ在《あ》リ』は今春コミカライズが決定しております。自分が言葉を連ねた物語がまた新たな形で世に紡ぎだしていただくことは、まさしく望外の喜びです。銃爺《がんじい》先生に深く感謝いたします。

どうぞ、新たなフィールドでの撫子《なでしこ》とアマナの活躍をご覧いただければ幸いです。

謝辞に移りたいと思います。

担当編集の清瀬様。二巻にして団地で天狗《てんぐ》で太陽がヤバイという方向に突っ走った本作を支えていただき、本当にありがとうございます。

挿絵のおしおお先生。表紙のどこか儚《はかな》げな撫子、がらりと雰囲気の変わった口絵……全てが最高です。本当にありがとうございます。

そして題字を手がけてくださった蒼喬《そうきょう》先生、ガガガ文庫編集部の皆様……続刊を出すにあたって協力してくださった全ての方々に、心からの感謝を。

それでは、次の胡乱《うろん》な夜更けにお目にかかりましょう。

二〇二四年　一月
高所恐怖症の伏見七尾《ふしみななお》

ガガガ文庫2月刊

お兄様は、怪物《なぞ》を愛せる探偵ですか？2 ～とぐろを巻く虹～

著／ツカサ　イラスト／千種《ちぐさ》みのり

25年前に神隠しに遭った少女が発見され、調査に赴く葉介と夕緋。現場である洋館は霧で孤立しており、そこで惨劇のループが始まる――。ワケあり兄妹探偵が「ありえない」謎に立ち向かう、シリーズ第2弾！

ISBN978-4-09-453169-5（ガつ2-27）　定価891円（税込）

獄門撫子此処ニ在リ2 赤き太陽の神去団地

著／伏見七尾《ふしみななお》　イラスト／おしおしお

ここは神去団地。赤く奇妙な太陽が支配する、異形の土地。目覚めたとき、『獄門家』としての記憶すら失っていた撫子は、妖しい神秘を宿した太陽を巡る流血の狂乱からアマナとともに脱出できるのか？　それとも――。

ISBN978-4-09-453170-1（ガふ6-2）　定価891円（税込）

白き帝国1 ガトランド炎上

著／犬村小六《いぬむらころく》　イラスト／こたろう

「とある飛空士」シリーズ犬村小六が圧倒的筆力で描く、誰も見たことのない戦場と恋の物語。「いかなるとき、いかなるところ、万人ひとしく敵となろうと、あなたを守る楯となる」。唯一無二の王道ファンタジー戦記！

ISBN978-4-09-453119-0（ガい2-34）　定価1,001円（税込）

たかが従姉妹との恋。3

著／中西鼎《なかにしかなえ》　イラスト／にゅむ

夏休み――幹隆はカラダを使って幹隆の心を繋ぎ止めようとする凪夏との、不純なデートを繰り返していた。そんなある日、伊緒が幹隆にキスをした理由をついに自白する。そして訪れる、凄惨な修羅場。

ISBN978-4-09-453171-8（ガな11-4）　定価814円（税込）

ノベルライト 文系女子《ラノベガール》、ときどき絶叫女子《パンクガール》。

著／ハマカズシ　イラスト／ねめ猫《ねこ》⑥

ガガガSPの『ノベルライト』で運命的に出会う青春と京子。「あなたもガガガ好きなの？」でも二人の好きはガガガ違いのようで……小説に思いを馳せ、時に不満をデスボイスで叫びながら転がるローリング青春パンク！

ISBN978-4-09-453175-6（ガは6-12）　定価836円（税込）

変人のサラダボウル6

著／平坂読《ひらさかよみ》　イラスト／カントク

芸能界にスカウトされたサラと、裏社会の帝王となったリヴィア。二人の異世界人は、まったく異なる方向性でこの世界に影響を与えていくのだった――。あの人物の正体も明かされる、予測不能の群像喜劇、第六弾登場！

ISBN978-4-09-453166-4（ガひ4-20）　定価792円（税込）

星美くんのプロデュース vol.3 女装男子でも可愛くなっていいですか？

著／悠木《ゆうき》りん　イラスト／花ケ田《はながた》

転校生・未羽美憂は、星美のかつての幼馴染みであり、トラウマの元凶だ。また仲良くなりたいと申し出る彼女だが、同時にかつての星美は普通ではなかったと伝える。星美は、再び現実と向き合うことになる――。

ISBN978-4-09-453173-2（ガゆ2-5）　定価858円（税込）

魔王都市2 －血塗られた聖剣と致命の亡霊－

著／ロケット商会《しょうかい》　イラスト／Ryota-H《リョータエイチ》

魔王都市内で派出騎士の変死事件が発生。その陰で蠢くのは、偽造聖剣の製造元でもある《致命者》と呼ばれる謎の組織。再び事件解決に乗り出すキードとアルサリサに、過去に消えた亡霊と、底知れぬ陰謀が襲いくる。

ISBN978-4-09-453172-5（ガろ2-2）　定価891円（税込）

ガガガブックスf

エルフの嫁入り ～婚約破棄された遊牧エルフの底辺姫は、錬金術師の夫に甘やかされる～

著／逢坂為人《おうさかなると》　イラスト／ユウノ

ハーフエルフであるために婚約を解消されてしまった、遊牧エルフのつまはじきものの底辺姫ミスラ。彼女が逃げるように嫁いだ先は、優しい錬金術師の青年で……人間とエルフの優しい異文化交流新婚生活、始まります。

ISBN978-4-09-461170-0　定価1,540円（税込）

GAGAGA
ガガガ文庫

獄門撫子此処ニ在リ2
赤き太陽の神去団地

伏見七尾

発行　2024年2月24日　初版第1刷発行

発行人　鳥光 裕

編集人　星野博規

編集　清瀬貴央

発行所　株式会社小学館
〒101-8001 東京都千代田区一ツ橋2-3-1
[編集]03-3230-9343 [販売]03-5281-3556

カバー印刷　株式会社美松堂

印刷・製本　図書印刷株式会社

Printed in Japan ISBN978-4-09-453170-1

第19回小学館ライトノベル大賞
応募要項!!!!!!!!!!!!!!!!!!!!!!!!!!!!!!

ゲスト審査員は田口智久氏!!!!!!!!!!!!

（アニメーション監督、脚本家。映画『夏へのトンネル、さよならの出口』監督）

大賞：200万円＆デビュー確約

ガガガ賞：100万円＆デビュー確約

優秀賞：50万円＆デビュー確約

審査員特別賞：50万円＆デビュー確約

スーパーヒーローコミックス原作賞：30万円＆コミック化確約
（てれびくん編集部主催）

第一次審査通過者全員に、評価シート＆寸評をお送りします

内容 ビジュアルが付くことを意識した、エンターテインメント小説であること。ファンタジー、ミステリー、恋愛、ＳＦなどジャンルは不問。商業的に未発表作品であること。
（同人誌や営利目的でない個人のWEB上での作品掲載は可。その場合は同人誌名またはサイト名を明記のこと）

選考 ガガガ文庫編集部＋ゲスト審査員 田口智久
（スーパーヒーローコミックス原作賞はてれびくん編集部による選考）

資格 プロ・アマ・年齢不問

原稿枚数 ワープロ原稿の規定書式【１枚に42字×３４行、縦書き】で、７０～１５０枚。

締め切り 2024年９月末日 ※日付変更までにアップロード完了。

発表 2025年３月刊『ガ報』、及びガガガ文庫公式WEBサイト GAGAGA WIREにて

応募方法 ガガガ文庫公式WEBサイト GAGAGA WIREの小学館ライトノベル大賞ページから専用の作品投稿フォームにアクセス、必要情報を入力の上、ご応募ください。

※データ形式は、テキスト（txt）、ワード（doc、docx）のみとなります。
※同一回の応募において、改稿版を含め同じ作品は一度しか投稿できません。よく推敲の上、アップロードください。
※締切り直前はサーバーが混み合う可能性があります。余裕をもった投稿をお願いします。

注意 ○応募作品は返却致しません。○選考に関するお問い合わせには応じられません。○二重投稿作品はいっさい受け付けません。○受賞作品の出版権及び映像化、コミック化、ゲーム化などの二次使用権はすべて小学館に帰属します。別途、規定の印税をお支払いいたします。○応募された方の個人情報は、本大賞以外の目的に利用することはありません。